漫娱图书
Xu ze & Lu he yang

如果是等陆赫扬的话，
多久都没关系。

欲言难止

yuyan nanzhi

麦香鸡呢 著

长江出版社
CHANGJIANGPRESS

漫娱图书

陆赫扬叫他:「17号。」

「嗯。」

很久后,回答陆赫扬的是这样又低又哑的一个声音。

许则有时会分不清，在陆赫扬面前自己是许则还是17号。

不过无论是哪个身份，他都没有办法拒绝陆赫扬。

许则 × 陆赫扬

CONTENTS

第一章	十七号选手	009
第二章	晚山夜雨	043
第三章	送你回家	073
第四章	似梦非梦	100
第五章	三个机会	133
第六章	栀子花香	164
第七章	生日快乐	203
第八章	海底明月	235
番外一	一罐糖果	275
番外二	一个夜晚	280

Yuyan nanzhi

YUYAN　　　　　　　　　　NANZHI

许则什么都不用做
光是在那里
就能带陆赫扬逃离现实的所有
回到那个风吹起白色窗帘
栀子花飘香的小房间

Yu Yan Nan Zhi.

第一章 十七号选手

SHIQIHAOXUANSHOU

放学前最后一节课,夕阳笼罩整个学校,操场上至少有二十个班级在上体育课。羽毛球拍和网球球拍击球时发出的声响惊动树间的鸟群,燕子麻雀扑棱着翅膀飞腾起来,在半空绕个圈,又纷纷降落回原位,不肯归巢。

池嘉寒行色匆匆地往前跑,他体力稍弱,疾跑穿过半个操场后就忍不住开始大口地喘气。到了器材室门口,他一把向门推去,虚掩的门朝里旋转,一股橡胶和石灰粉的味道扑面而来。

器材室很宽敞,最里面的高窗下,少年正拿着笔坐在一块军绿色的软垫上,膝上叠放着几本书。窗外的余晖斜斜地投在他身上,照出一双手臂上成片的乌青。

少年抬起头,看着池嘉寒走到自己面前。

"就知道你在这儿。"池嘉寒喘着气,在看见对方肿起的右脸和嘴角的紫红瘀血时,紧拧起眉,"不都是周五打吗?昨天才星期四,提前了?"

"嗯。"少年简短地应一声,又低下头看书。

"许则。"池嘉寒沉声叫他。

许则顿了顿,这才把书放到一边,伸手拉起校服下摆,露出右侧肋骨上贴着纱布的部位，语气平淡："就这里，没别的伤了。"

纱布贴得杂乱不平整，一看就是出自他自己之手，胡乱包扎。

池嘉寒蹲下去，轻扯着纱布的一角，将其拉开，隐约看见里面密密麻麻的小伤口，已经结成一粒粒血痂，乱七八糟地和纱布凝固在一起，很符合许则的一贯作风——简单粗暴地把纱布往伤口上摁，好像不在乎换药时扯下来会有多痛。

"碎玻璃？"池嘉寒蹙着眉问。

许则没有正面回答，只说："他们喜欢看。"

"他们还喜欢看空手接白刃，你要不试试？"

"刀具不能带上台。"许则有点认真地答道，顺手把衣摆放下去。

池嘉寒往后坐在地上，冷冷地瞪他半晌，才说："放学去医院。"

"没事，涂点碘酊就可以。"说话间，许则把书整理好。下课铃响了，许则站起身，动作牵扯到伤口，他轻微地皱了皱眉。

许则朝池嘉寒伸出手，却被他负气地挡开，池嘉寒自己站起来，拍拍裤子上的灰尘。

两人走出器材室，天气预报说晚上会下雨，现在的风已经有点凉。两人上了三楼，两栋教学楼之间的天桥上人来人往，他们走到一半，许则忽然扭过头，看向栏杆外。

风更大了，迎面走来几个男生，其中一个尤其高，面容冷淡，正垂眼看手机，但他哪怕低着头也能让人一眼就注意到他。

他身旁的人和池嘉寒认识，抬手打了个招呼："嘉寒。"

池嘉寒朝那人挥挥手，当是回应。

招呼很简短，但那群人的聊天还是因此被打断了几秒，其余人纷纷看向池嘉寒和许则这边，连同那个正在看手机的人，也抬起了头。

从他们的角度看过去，许则比池嘉寒高半个头，正侧着脸看向另一边。风吹起他额前的发，许则脸上没什么表情，显得有些冷漠阴郁，但手臂上的瘀青很是扎眼，短袖校服完全挡不住。

几人互相擦肩而过，一个男生轻轻撞了下身边只抬头看了一眼就又把视线移回手机屏幕上的人，说："赫扬，嘉寒旁边那个人——许则，精神力等级也是S。"

陆赫扬关了手机，将其放进校裤口袋里，刚刚其实并没有看清什么，只是象征性地抬下头而已。不过他还是笑了笑，说："是吗？"

那群人在身后走远，许则仍保持着往右看的姿势，实际上他的目光一直是飘忽的，没有具体的落脚点，他现在想回头再看一眼，但这个念头很快被打住。许则转回头重新看向正前方，将自己肿起的右脸和青紫的嘴角平静地暴露在每一个迎面而来的人的视线里。

校门口，陆赫扬和其他几个人道了别，站在路边的树下。两分钟后，一辆通体漆黑、内饰全粉的敞篷跑车干脆利落地停在他面前，驾驶座上穿T恤戴墨镜仿佛刚从热带度假回来的男生朝他吹了声口哨："陆公子，好久不见。"

"超过一周旷课，会被退学。"陆赫扬垂着眼微微歪着头，提醒他。

贺蔚摘下墨镜，将其扔到中控台上，弯起一双桃花眼，玩世不恭地笑着："那可太好了。"

副驾驶那侧的车门缓缓地抬起，陆赫扬坐进去，系上安全带。他和贺蔚一样，一到联盟规定年龄就考了驾照，但陆赫扬对开车上学没什么兴趣，贺蔚曾评价他有这种想法是因为太过依赖家里的司机。

正值放学时间，路上挤，贺蔚慢悠悠地开着车，瞥了眼陆赫扬腕上的手环，轻叹一声："预备校的学生放学了也不能摘手环吗？"

精神力手环——能够根据挡位压制与控制有时不稳定的精神力。联盟高等预备校的校规之一是要求预备生们在校期间必须佩戴精神力手环，以防精神力相互冲突，因此难免会在一定程度上使学生们感到被压制与禁锢的不适。

"去哪儿？"陆赫扬不答反问。

"先吃个饭。"车子驶过校门,贺蔚看向那块气派的巨大白色石雕校牌,叹了口气,"听说读预备校就跟坐牢一样。"

"还好。"陆赫扬调整了手环挡位,适当释放出精神力,接着整个人往后陷进座椅里,闭上眼,"看你自不自觉。"

反正对贺蔚来说,不管在哪里读书都像坐牢。

"那我还是等退学通知好了。"贺蔚说。

陆赫扬却笑:"你下周一应该会被押着来学校。"

联盟高等预备校致力于为联盟培养顶尖军事、策略、医学人才,进校的基础条件是预备生精神力的等级必须达到 A 级及以上,并且必须要通过特定的书面和体能考核。全校各级预备生共三万多人,其中精神力为 S 级的学生数量只有两百左右。

经过一代代的筛选与沉淀,拥有高等级精神力的学生们基本集中于"强强联合"的上层社会,以至于预备校一直被看作是特权阶层的专属院校,毕竟家世显赫的学生占据了大部分入校名额。

也正因如此,预备校的老师们从不干涉学生的任何行为——学生有什么情况无须他们插手,家长们会第一时间出手管束。预备校相当于一个微缩社会,聚集众多名流权贵的后代,很少有家长会任由孩子在外丢人。

贺蔚这次因父亲的升迁而回到首都,上周正式通过预备校的考核,但一直没来上课。到目前为止,贺少爷已经给他作为联盟中央银行行长的父亲在外丢了五天的脸——他这都没被家里抓起来,也算个奇迹。

"确实,我毕竟不是那个顾昀迟,不能像顾少爷一样一个星期逃课五天。"贺蔚耸耸肩,"吃完饭一块儿去玩。"

陆赫扬没有明确地拒绝,只是说:"我爸今天回来。"

"哟——"贺蔚倒吸一口气,扭头看他,"那算了,吃了饭就送你回去,麻烦你代我向尊敬的联盟理事长问好。"

"一定。"陆赫扬淡笑着说。

贺蔚正要收回目光,忽而又望向路边,看了几秒,抬抬下巴,问:"那个人也是我们学校的?"

陆赫扬睁开眼,顺着他的视线侧头看过去。

非机动车道上,穿校服的少年正骑着一辆旧单车,后背弓起,晚风灌满他的上衣,吹出鼓胀的弧度。

他骑的那辆单车实在过于破旧,和周遭来往的豪车格格不入,难怪被贺蔚一眼发现。

"预备校里还有这么节俭的学生?"贺蔚笑了声,"有点意思,你认识他吗?"

那张白皙的侧脸,陆赫扬隐约有印象。在看清少年手臂上的瘀青时,他联想起十几分钟前在教学楼天桥上看到的人,似乎是姓许……具体叫什么,他当时没注意听。

"不认识。"陆赫扬转回头,再次闭上眼,"我没时间留意不相干的人。"

周一一早,陆赫扬进了校门,从旁边停车场过来的贺蔚晚了他半分钟,一脸阴沉,没走几步便被拦下。

"请佩戴精神力手环。"机械提示响起,道闸杆卡死,贺蔚连同身后的同学被全部拦住。

贺少爷大概前一晚刚被家法伺候过,以至于他脸色虽臭,却还是一声不吭地掏出手环戴上。被放行后他走了几步到陆赫扬身边,皱着眉:"我说,你完全就是一副看戏的样子啊。"

"绝对没有。"陆赫扬回答。

贺蔚明显不信,轻轻哼了声,问:"你爸还在家吗?"

"今早刚走。"

"是不是又度过了一个压抑的周末?"贺蔚压低嗓音,"我爸知道陆叔叔回来了,让我去你家玩玩,我问他是不是想要我的命。"

陆赫扬笑了笑:"有那么可怕吗?"

"有。"贺蔚说,"我从小就怕你爸,你不是最清楚嘛。"

安静两秒,他又开口:"我这几年都没怎么回来,也不知道……林叔叔,还好吗?"

"还好。"陆赫扬看了眼手表,"要上课了。"

两人上了楼,贺蔚被分在陆赫扬所在班级隔壁的二班,他拍了下陆赫扬的肩,懒洋洋地从后门进了自己班。

"麻烦等一下。"

陆赫扬正准备往班里走,忽然听见身后有人叫自己,声音很低,但走廊上没什么人,很安静,倒也能听得很清楚。

他转过身,还没来得及看清对方是谁,那人已经走到他面前,低着头从手上抽出一沓纸,递过来:"是关于分班的资料。"

陆赫扬没说话,伸手接过资料,两人身高差不太多,那人始终没抬头,陆赫扬只能看见他低垂的眼睫,高挺的鼻梁,和颜色很淡的嘴唇,眉骨和唇角上有隐隐青痕,整张右脸颊泛着红肿。

似乎察觉到他的目光,对方稍稍把头侧向另一边。

"谢谢。"陆赫扬说。

对方似乎就在等这样一个回答,很快地点了一下头:"不客气。"

他尾音有点哑,说完就转身走了,去敲隔壁班的门,继续送资料。

陆赫扬拿着资料进班级,将其分发下去。他回位置时同桌正抱着脑袋在补觉,手肘上有块血痂——听说是同桌最近练滑板摔的。陆赫扬想起刚才送资料的那个人,露在短袖外的手臂上布着几块瘀紫,腕上的手环是最便宜的那种——劣质,旧,无法调节挡位。

虽然只要戴了手环,人多多少少都会因为被压制精神力而身心不畅,但上万块钱的手环和百来块钱的总存在些许差别——一般来说,手环越昂贵,带来的不适感便越轻,反之越重。

挺奇怪的,他即便没看清那个人的脸,那双伤痕累累的手臂倒是真的很好认——在预备校里确实太少见了。

"许则?"隔壁班坐在门边的女孩儿看起来有些惊讶,"你怎么来我们这栋啦？"

　　许则像是在出神，闻言有些缓慢地看向她，回忆了几秒，还是没能想起对方是谁，不知道女孩儿是怎么知道自己名字的。他回答："来送资料。"

　　"啊我知道了，肯定是教导主任半路上找学生跑腿吧。"她站起来，伸手接过资料，这下才看见许则脸上的伤，顿时吸了口气，"你……"

　　许则头没偏半分，一副完全不遮掩的样子，说："这些是关于分班的资料，麻烦你分发下去。"

　　"好……"女孩儿抱着资料，犹豫地看着许则的脸。

　　许则低声说了句"谢谢"，回身离开。

　　"看见了吗？许则的脸和手。"女孩儿把资料传下去，扭头跟同桌窃窃私语。

　　"他怎么总带伤啊？听别人说是在外面惹事被打了。"

　　"不信，他不像那种人。"

　　"我也不太相信，不过他们都这么说……"

　　许则走在教学楼间的天桥上，风吹过来，把人吹得清醒了点。他回头看那栋教学楼，临近上课，走廊上空无一人，只有其他楼层里几个送资料的学生在走动。许则又低头看自己的手臂，再抬手摸了摸右脸，仍然是疼的，还有点发热。

　　下午，二年级里所有 S 级的学生，一共三十五人，被召去会议室开会。按往年惯例，这三十五个学生会在进入三年级时被合并组成两个班级，并获得联盟各所高校的提前招录资格。

　　除去联盟预备校刚开学的那次，今天算是 S 级学生们第一次正式的集体会面。第二个学期已经快过半，之后为他们专门设立的类似活动也会越来越多。

"顾昀迟没来？"到会议室坐下后，贺蔚扫了一圈，"他一年来学校的天数有超过三十吗？"

陆赫扬答："应该没有。"

没过多久，老师到了，粗略地数了一下人，开始点名。

"十一班，许则。"

没人应。老师抬起头，再次开口："十一班，许则。"

"还没来是吗？"

老师移动鼠标，正要做备注，一个高瘦的身影忽然出现在门口，那只戴着旧手环和遍布瘀青的手抬起来，曲起修长的五指，在门上轻轻叩了叩。

"到。"

音色清晰干净，少年还在微微喘气："老师对不起，我迟到了。"

"没关系，请进，自己找位置坐下。"

"许则。"贺蔚靠在椅背上转着笔，饶有兴趣地说，"这不是上星期在校门口看到的那个人，骑自行车的？原来还是个Ｓ级啊。"

陆赫扬低头看桌上的文件："有点印象。"

"嗯哼，难得。"贺蔚顿了下，反应过来，"不对啊，你上次还说不认识。"

"今天早上他来我们班送过资料。"

"哦……这样。"正说着，许则已经走过来，贺蔚眯了眯眼，忽地伸手，食指一弹，陆赫扬的笔受了力，借着惯性咕噜咕噜地滚到了地上，刚巧落在要上台阶的许则面前。

余光里，陆赫扬看见许则停住了，并且在停顿的那瞬间，许则的身体很明显地晃了一下。接着许则快速弯腰把笔捡起来，轻放在桌沿。陆赫扬的视线从他的指尖顺着手臂往上，最后落在他那张比起青肿的右脸看起来要正常得多的左脸上，说："谢谢。"

许则看起来有些仓促，大概是因为迟到了，他匆匆点了下头，低低"嗯"了一声就迈腿往上走。

"有点意思。"贺蔚以一种趴在课桌上睡觉的姿势伏下去，笑着说，"看起来阴沉，没想到还挺乐于助人啊。"

陆赫扬把桌边的笔拿到面前放好，只说了句："下次扔你自己的笔。"

第一次开会，内容很简单，老师大致交代了后半个学期的一些安排，关于外出集训、听讲座，参加各类活动、竞赛的事宜。

许则坐在中间一排，看着大屏幕，但他总是不自觉地垂下眼，望着前排座位出神，不过每次也只发一两秒的呆，很快就回过神，重新看向讲台。

结束前，老师将行程表发下来，活动大部分由学校出资组织，剩下一部分需要自费。

许则顺着日期一行行往下看，在看到自费活动后面跟着的价格时，目光顿了顿，随后他把表格对折，放进校服口袋里。其他人陆陆续续离开会议室，老师在收拾东西，许则站起来，迈下台阶，走到讲台边。

"有什么问题吗？"老师问。

"老师，每个活动都必须参加吗？"

"没有强制性要求，但建议都参加，对之后的录取方向和专业选择会有帮助。"

与此同时，陆赫扬和贺蔚正往门边走，听见老师问了句："是有什么不方便吗？"

讲台前的少年站得很直，顿了一秒，他说："我想申请不参加。"

陆赫扬抬眼，恰好看见许则的侧脸，片刻后，他从许则身后路过。贺蔚搭着陆赫扬的肩，很难讲贺少爷这一刻是怎样想的，他低笑着自问自答说："是有什么不方便吗？有啊，钞票不方便。"

下午最后一节是游泳课，许则从更衣室出来，池嘉寒正站在泳池边热身，他是九班的，九班和十一班的游泳课从二年级开始就一起上。

"能下水吗？"池嘉寒看了眼许则肋骨上的伤，多少有些担心。

"没事。"

"有事你也不会说的。"池嘉寒高高地举起手臂，随口道，"刚刚我听见体育老师说你们班下周起游泳课换到星期二了。"

许则对此并不关心，但他还是问："为什么？"

"就是调课吧，之后你们就跟一班……还有哪几个班我忘了，一起上课。"

许则一怔，随后很慢地把投在深蓝色泳池里的目光移到池嘉寒脸上："一班？"

"嗯，应该是的。"察觉许则的注意力忽然明显地集中，池嘉寒扭过头问，"怎么了？"

许则摇了一下头："没什么。"

哨声响起，两人回到队伍里，体育老师开始安排训练任务，完成训练任务的人可以提早下课。

池嘉寒并不擅长游泳，以往许则都会在任务达标后来监督他训练，但今天许则训练完从水里上来时，池嘉寒发现他的伤口已经泛白。体育老师做好数据记录，抬头看了许则一眼，表情有些犹豫，最终还是什么都没说，让他下课了。

毕竟许则身上的伤向来层出不穷，老师向他询问也总是无果，预备校的老师又严格遵循不干涉学生私生活的准则，久而久之，老师们便只能报以视若无睹的态度。

有女孩儿跑到许则面前，对他说了什么，许则只低头看了看，接着摇摇头。

池嘉寒用膝盖想都知道他肯定又在说"没事"。池嘉寒爬上岸，走过去推着许则往座椅边走去，让他坐下，从一旁的公用药箱里拿了碘酊棉签帮他消毒。

许则一路都没怎么反抗，只说："伤口已经愈合了，不会感染的。"

池嘉寒几乎要被他气笑："不会感染，但那些女生会心疼。"

许则在这方面一直很迟钝，又或是从没留意过。他皱起眉："什么？"

"没什么，等会儿你不要下水了，我自己练，你早点放学休息。"

"你会被留堂的。"许则对池嘉寒的游泳水平很清楚。

池嘉寒噎了下，才说："我最近进步了，能按时完成训练的。"

"没事，走吧。"许则随手抽了张纱布按在伤口上，站起来，"我在岸边看着你。"

两人回到泳池边，气氛似乎有所不同，池嘉寒往前看，见有个迟到了半节课的少年正站在隔壁池边，身旁围着不少女孩儿。体育老师掐着秒表吹哨，少年干脆地入了水——池嘉寒估摸着他的入水位置就够自己游好几秒的了。

"贺蔚，S级，上星期转来的，今天刚来上课。"池嘉寒说，"跟陆赫扬关系很好。"

陆赫扬的背景一直是个谜，而贺蔚是个刚转学进来的生面孔，两人走在一起，多少有些耐人寻味——在预备校里，个人信息能完全被保密不被查到半点的人，通常不容小觑。

在池嘉寒看来，就算大家都在猜，许则也不会是其中之一。他好像游离在所有人之外，对任何事都漠不关心——沉默寡言，不社交不娱乐，你不知道他在乎什么、喜欢什么、有什么欲望，如果他脑袋上的那张脸长得再普通一些，完全会是被淹没在校园里的籍籍无名的一位。

不过池嘉寒还是觉得，作为朋友他有义务向许则稍稍科普些人际交往的知识，即便许则绝不可能主动惹事，但在预备校里，多了解一点总是不会错的。

许则看着那头的泳池，"嗯"了一声，如同往常一样，没发表任何意见。

池嘉寒确实进步了，在下课前五分钟完成了今天的训练指标，同时，贺蔚则是在十五分钟内结束了所有训练任务。

回到更衣室，贺蔚冲了个澡，出来时陆赫扬正坐在储物柜前的椅子上看手机。听到脚步声，他抬起头："好了？"

"好了，辛苦陆公子专程来这儿等我。走，吃饭去了。"

两人顺着更衣室和浴室之间的长廊往外走，路过第4号更衣室门口时，里面忽然走出来一个人，身上穿了件洗得有些磨毛发白的黑T恤，头发半湿，发尾上的水珠沿着白皙的后颈滚进领口里。

许则低着头停在更衣室门口，扣手环，顺便给正在往外走的两人让路。

不料那两人却并没有从他面前路过，许则听见有人叫他的名字，并且是以那种一个字一个字的叫法。

"许、则。"

这语气听起来像是来堵人的，许则面无表情抬起头，冷冷地看过去，却瞬间怔了怔。

贺蔚正勾着嘴角朝他笑："老师跟我说，你今天的训练成绩是所有人里最好的，你平常喜欢游泳？"

明明是贺蔚在问他问题，许则的目光却落在陆赫扬的脸上。在撞上那道陌生又平静的视线时，许则的手指无意识地蜷缩了一下，手环掉在了地上。

"不喜欢。"许则回过神，俯身去捡手环，低声回答。

"那说明你天赋好，下星期游泳课刚好是期中考试，我们比一场？"

许则继续扣他的手环，但不知怎的，始终扣不准，最后他干脆放弃，垂下手，说："我们班以后的游泳课被调到了周二。"

"周二？"贺蔚想了一秒，转头问陆赫扬，"你们一班的游泳课好像是在周二来着？"

"嗯。"陆赫扬应了声。

"那也巧，你俩可以比比看。"贺蔚这人好像不挑点事就会无聊死。

陆赫扬没搭话，不怎么在意的样子，看了眼手机："顾昀迟说他到了，催我们过去。"

"啧,他的耐性什么时候能好一点?走了走了。"贺蔚搭住陆赫扬的肩往前走,路过许则面前时,顺口道:"你的手环换个吧,太旧了,所以才这么难扣。"

许则微微低着头,没作答,等他们走后,他再次拿起手环。走廊光线昏暗,许则戴了足足有半分钟,才把手环扣好。他将书包挂到左肩,往外走,一滴水珠顺着刘海落下来,流进右眼,视野顿时模糊了,许则抬手擦了下眼睛。

不知道为什么,他觉得有些懊恼。

"你想干什么?"去停车场的路上,陆赫扬忽然问。

贺蔚装傻:"什么干什么?"

陆赫扬看他一眼。

"你说许则啊?"贺蔚笑了笑,"我又没干吗,聊两句怎么了?"

"为什么提换手环的事?"

"我真的没恶意,就随口一提,没想那么多。"贺蔚转着车钥匙,"我堂妹,以前在初级预备校,去年转学走了,你知道吧?"

"知道。"

"这小孩,走的时候跟我哭诉说她向一个学长告白被拒绝了,今天听到许则的名字我才想起来,他就是那个学长。"贺蔚说着,坐上驾驶座,"所以,我好奇嘛。"

"以后别那么无聊了。"陆赫扬说。

贺蔚的优点之一是充满好奇心,缺点是他的好奇心从来不被用在该用的地方。

"你别弄得好像我欺负他一样。"贺蔚发动车子,"他好歹是个S级啊。"

陆赫扬淡淡道:"怕你惹事。"

"怎么会,我这人最安分了。"贺蔚大言不惭,"倒是你,我感觉许则好像很怕你,被你看一眼,手环都掉地上了。"他说完还问陆赫扬,

"你发现了吗?"

陆赫扬摘下手环,勾在手指上掂了掂,回答:"没发现。"

周五,最后一节课的下课铃响起,贺蔚睡眼蒙眬地支起身,其他同学在收拾书包,贺蔚清醒两秒后直接拿了手机和车钥匙就走人。

他慢悠悠地走到一班后门,往第三列末位望了眼——空的。贺蔚歪过头,问正在整理课桌的同学:"陆赫扬呢?"

"刚刚有女生来找他,他就出去了。"对方挺腼腆地小声回答。

"好,谢谢。"贺蔚说。

女孩子找陆赫扬能有什么事,贺蔚不用想也知道。他从小到大一直认为陆赫扬是个冷淡的人,习惯跟别人保持距离,但这种疏离感反而可能更容易吸引人。

贺蔚想,抛开脸蛋和身材,陆赫扬要是温柔可亲一点,也许反而就不会被过度迷恋了。

或者他可以跟自己一样,用"我的理想型是一米八以上有腹肌的女性"来作为拒绝理由,这同样也是很有效的。

贺蔚下楼去架空层的饮料机里买了两瓶水,又在楼梯口等了会儿,看到陆赫扬从另一条通道里走过来。

"这是你在预备校里拒绝的第几个了?"他把水递给陆赫扬。

陆赫扬没说话,拧开瓶盖喝了口水,朝教学楼外走。初夏时节,花坛中郁金香大片地盛放,因为品种问题,香味很清淡。学生们沿着中央大道徐徐地往校门口走,人群中有不少成双成对的情侣。

因为学生都成年了,预备校在恋爱方面向来不约束学生,学生们但凡有了交往对象,父母会将对方的底细查得比谁都清楚——合适的,家长们睁一只眼闭一只眼;不合适的,他们也有很多手段来让一段关系结束。

"哎,你到底喜欢什么样的?"贺蔚突然好奇,尽管他知道问不出结果。

陆赫扬回答:"一米八以上有腹肌的。"

贺蔚笑骂:"少来!"

陆赫扬直接跳过这个话题,问:"去哪儿?"

"先吃饭。"贺蔚咬了下舌尖,哼笑一声,"吃完饭去湖岩公馆。"

"去干什么?"

"别告诉我你不知道,就说去不去吧。"

湖岩公馆坐落在首都近郊的一处景区里,整个景区只向会员开放,会员可以在此休闲、应酬或处理公关事务。

"上次带一个朋友去玩,结果他看了没两分钟就吐了,哭着让我送他回家,后来还打电话跟我说他做了好几天噩梦,问我为什么喜欢看那种变态的东西。"贺蔚觉得好笑又无奈,"就是新奇才觉得好看啊,生活这么无聊,不猎奇怎么发泄。"

有人活了十几岁就能将别人一辈子都触之不及的东西全数见识完毕,所以要用更罕见、更新奇的刺激来满足内心,贺蔚就是这样的人。

"我看过了。"陆赫扬言简意赅道。

贺蔚前一秒还在抛车钥匙,下一秒车钥匙就掉在了地上。陆赫扬俯身把钥匙捡起来,贺蔚看着他,愣了几秒,才问:"你去看那种东西干什么?"

他好像已经忘了自己半分钟前还问陆赫扬要不要去湖岩公馆。

"你不是说了嘛,"陆赫扬将车钥匙放回他手中,"猎奇。"

"噢……陆赫扬是个隐形的大变态。"贺蔚回过神,"啧啧"几声,"我迟早把这件事抖出去,让你身败名裂。"

陆赫扬笑了一下,没说话。

走出校门,贺蔚摘了手环,抬手将刘海往脑后捋,忽然想到什么似的:"对哦,今天是周五。"

他抬起双肘做了个拳击姿势,说:"听说今天17号会上场。"

陆赫扬看向他:"谁?"

"去了就知道了，不会让你失望的。"

陆赫扬没多问，两人往停车场走。去停车场的途中会路过一排车棚，同样是预备校专门为学生停放交通工具而准备的，从几千块的山地车到几十万的重型机车，参差不齐地排列其中。

放学时间，棚里的车子大多已经被骑走，所以尽管其中那辆旧自行车单看是十分不起眼的，也还是让人一眼就注意到了——何况它旁边还蹲着一个人。

许则正徒手捏着链条在修车，链条大概是早上停车的时候脱落的，他当时没有发现。这辆旧单车经常出现这样那样的毛病，他习惯了。

"要帮忙吗？"

许则抬起头，贺蔚脸上依旧带着那副不搞事就会死的欠揍的笑容，低头看着他。

"不用，谢谢。"许则没往贺蔚身旁看，及时收回目光，低头摆弄那根不听话的链条。

"这个油弄到手上很难洗吧？"贺蔚好像对这辆快报废的单车很感兴趣，还凑近了看，问，"一般要修多久？"

今天温度似乎有点高，许则感觉背上出了层薄汗，颈间也发热，视线里是自己那双忙碌的蹭满黑油的手。最后他终于准确地将链条搭在齿轮上，握着脚踏板转了几圈，然后站起身，回答："三四分钟。"

说完，许则捻了捻手指，接着不知怎么了，他下意识就把手往衣服上擦。

"哎，校服。"贺蔚提醒他。

许则的手有些生硬地停在半路，随后他用手掌相蹭，胡乱地互相擦揉几下。他闻到浓重的机油味，从没觉得那么难闻过。

面前忽然递来一张纸巾，压在纸巾上的大拇指白皙干净，他再向前看，那人的手腕白皙充满骨感。陆赫扬语气平淡："只找到一张，擦一下吧。"

许则怔了怔，抬头，但目光往上走到一半就停住了，最后落在陆赫扬的鼻梁上——看起来像在直视他,实际上两人并没有到四目交接的地步。

"谢谢。"许则接过纸巾,嗓子好像不太舒服,发出的声音都有些不像自己的。

"不客气。"陆赫扬看了眼手机,对贺蔚说:"走了。"

吃过晚饭,贺蔚让人送了衣服过来,两人换掉校服后开车去城西。比起首都其他区域,城西的人口流动相对频繁,情况也更复杂一些。这里的建筑大多有了年月的痕迹,水泥路坑洼不平,一眼看过去,店面外的霓虹灯牌基本都缺了字或字的偏旁,很少有健全的。

"难怪你要换辆车。"陆赫扬看着窗外说。

"把超跑开进这种地方,不是找死吗?"贺蔚笑笑,"这儿乱得很,联盟这么多年都不敢动它,我才不当'出头鸟'。"

车子驶进一条小巷,半分钟后来到一幢楼前,楼外的墙体上悬挂着几块褪了色的破旧广告牌。大楼里外外都没亮灯,一片漆黑,但隐约可以听见模糊的人声,从很远的地方传来。

两人上了台阶,拨开干硬发黄的橡胶帘,走进大楼。穿过空荡昏暗的大厅,贺蔚带着陆赫扬在一座电梯前停下。这楼里像七零八落的拆迁现场,电梯却还在运行,刚才在外面听见的人声更近了——似乎并不是从远处传来,而是来自地下。

电梯门打开,陆赫扬和贺蔚走进去,电梯壁上贴满广告。贺蔚按了负二层的按钮,随着电梯下行,那种嘈杂声越来越清晰。

"叮——"

门打开的一瞬间,像揭起一块厚重的布,被压在下面的那些声音陡然变得明晰尖锐起来,直撞在耳膜上,砰砰作响。

"这里之前是个商场,后来废弃了。"走出电梯,因为周围太吵,贺蔚不得不附在陆赫扬耳边跟他说话,"有人就把负二层的车库和负一层的超市打通，改成了地下俱乐部。"

空气里弥漫着各种味道，香水味、烟味、酒味……一个穿着比基尼的女人不知道什么时候靠了过来，贴在陆赫扬身侧。

陆赫扬转过头垂下眼，见女人两指间夹着一包烟，嘴里还含了一根，双唇微张，冲他轻轻吐了口蓝莓味的烟，长而卷的睫毛下是一对戴着紫色美瞳的眼睛。

暗粉色的灯光从头顶打下来，氛围暧昧，陆赫扬朝女人笑了笑，伸手接过那包烟，接着，他将几张钞票塞了过去。

"陆公子太上道了。"贺蔚抛着刚从酒保那儿买来的一听冰啤酒，笑着说。

人群里不断投来窥探的目光，打量着这两个年轻挺拔的陌生人，贺蔚毫不在意，搭着陆赫扬的肩带着他往另一条通道走。走到尽头，出现在眼前的是一个环形场馆，不算大，梯形看台上已经挤满人，场馆最中央是一座下沉式的八角笼封闭擂台。

观众席上的人形形色色，从蓬头垢面的醉鬼到穿衬衫的白领，再到贵宾座上的富人，乌泱乌泱地聚集在这里。

工作人员检查过门票，两人进场，一个精瘦的男人哈着腰蹿了过来，贺蔚低头跟他说了几句，那人立刻点点头，带着他们往前走，来到第三排的位置。

坐下之后，贺蔚抽出几张钞票，陆赫扬顺便将刚买的烟递过去，男人一一收下，立刻识相麻利地走了。

没过半分钟，灯忽然熄灭，整个场馆漆黑一片，接着，一道雪亮的光从屋顶中央投射下来，照在那座八角笼上。与此同时，正上方的电子屏幕亮起，显示拳手名为"Owen"和"17号"，下面跟着几串投注数字。

"17号是这里年纪最小的拳手，S级，每周五来打比赛。"贺蔚说，"不过上周五我来的时候他不在，听说他周四提前打了，那场特别惨烈。"

"就叫17号？"陆赫扬看着屏幕问。

"对,就叫17号,打得不错,但听说他不常赢。打地下拳赛嘛,少不了暗箱操作,有人要他赢,他就得赢,要他输,他当然就非输不可。"贺蔚说,"在这种擂台上打死人都是常事,17号挺聪明的,不争输赢,不出风头,虽然赚得没别人多,但起码能保住命。"

尖叫声猛然响起,一束追光打在选手通道处,一个男人走出来,耀武扬威地朝人群打着空拳。他的肌肉鼓胀得惊人,已经到了有点夸张的地步。待他抬腿跨进八角笼,陆赫扬才看清他身后被挡住的另一个选手——17号。

相比之下,17号看起来要青涩瘦削许多,身量挺拔,四肢修长,肌肉线条流畅,在灯光下显得清爽干净——如果忽略皮肤上那些伤疤的话。

尖叫声更响了,17号将护齿咬进嘴里,戴上拳套,随后抬起头,很平静地往观众席上看了眼。他的上半张脸被油彩遮盖,模糊了长相,只露出嘴唇和下巴。

台裁上场,八角笼的门被关上,两个拳手面对面站在里面,四周被漆黑的钢丝网围裹。

这里没有评委、没有标准、没有计分、没有奖牌,只有不谈规则与量级的暴力,如同最原始的斗兽场。

观众的呐喊在比赛尚未开始时就已经快要冲破屋顶,贺蔚的眼神跟着兴奋起来,他咬了颗口香糖到嘴里,低笑一声:"这不比我们学的什么击剑、马术、跆拳道来得刺激?"

陆赫扬只是将左腕上的手环挡位调高,盯着17号的侧脸,没有说话。

鼎沸喧哗中冲出一声开赛哨响,眨眼的工夫,Owen出了记直拳,17号反应迅速地抬肘格挡,侧闪躲过。

"这拳套真薄,八盎司都没有吧?估计只有六盎司,容易把指骨打断。"贺蔚嚼着口香糖,"不过在这种地方,一般戴厚拳套的都有猫腻。"

他靠过去,单手握拳,在陆赫扬右侧肋骨上挨了挨:"有人会在拳套里塞碎玻璃，往对手的肋骨下面，就这儿——肝的位置，砸一拳过去，对面的人就别想起来了。"

地下场子里，拳手大多玩得"脏"，看客们并不在意，甚至还为此欢呼喝彩——他们本就是奔着刺激来的，巴不得场面再疯狂惨烈一点。

开场没十几秒，17号明显落了下风，Owen一直用速度极快的刺拳干扰他的进攻节奏，同时不断地攻击他的头部和下腹。17号接连后退，眼看就要退到八角笼边缘。不少观众已经从位置上站起来，嘶吼："反击啊！打他啊！"

Owen凭借量级优势，开始用重拳破17号的格挡。在持续的防守中，17号的左手格挡被Owen攻破，紧接着Owen借机挥起直拳正面砸在他的脸上，鲜红的鼻血登时喷出来，溅在脚下灰色的橡胶垫上。

尖叫和呼喊声震耳欲聋，有人已经围到八角笼附近，像汹涌的蚁群，抓着钢丝网冲里面的拳手大喊。到底是在斥骂还是鼓励都不重要，这种比赛只为刺激观众的肾上腺素，用拳手的搏斗和鲜血供他们放肆发泄，愤怒、激动、欢畅……只要挑起其中任何一种情绪，就算成功。

"一场打几个回合？"陆赫扬看着低头背靠在钢丝网边用手肘擦血的17号，忽然问。

"这儿的赛制没有回合一说，打到其中一个人完全爬不起来就算结束。"贺蔚将手肘撑在膝头上，身体往前倾，盯着赛场，"一般是这样，有些时候会开擂台赛。"

八角笼里，17号缓缓直起身，抬手，将两只拳套轻轻一撞，然后走回场地正中。

Owen扭了扭脖子，在原地叉开脚摆出站架，等17号走到面前，他吐着舌头挑衅地做了个充满侮辱性的鬼脸，场上顿时又沸腾起来，大骂的叫好的，不过17号似乎并没受到什么影响，收拢双臂恢复预备姿势，微微弓起背。

又是一连串飞速的刺拳，17号再次被击中鼻子，血顺着他尖瘦的下巴往下流，混合着脸上的油彩，看起来一塌糊涂。Owen 气焰嚣张地向他逼近，拳拳朝着要害去。

17 号又被逼到了边缘位置，陆赫扬听见周围那些给 17 号下了注的观众纷纷骂起脏话，抱怨他怎么连个新来的拳手都打不过……但忽然间，那些骂声又化成了兴奋的惊呼，因为一直处于防守地位的 17 号忽然下潜闪身转换了交锋位置，接着回手一个上勾拳打中 Owen 的下巴。

这一拳实实在在，把 Owen 打得有些蒙，Owen 反应过来后重新发起进攻，17 号连续闪过，出了一个直拳击腹的假动作，随后紧跟上一记右勾拳，准确地击中 Owen 的左脸。在所有人还没有看清他的这套动作时，Owen 的头已经歪到一边，护齿沾着带血的唾液，直接从嘴里被打了出来。

17 号像只苏醒后力量爆发的雪豹，沉静、果断、迅速，出拳干脆，一击即中，反将 Owen 渐渐逼入角落。那种毫不迟疑的冷静和霸道的侵略性化成一记接一记的直拳勾拳，闪电坠地似的迸开，将整个场馆点燃，众人的高呼声快要撞破耳膜。

"真聪明！知道这些人就爱看这样的反转。"贺蔚从位置上站起来，浑身肌肉都亢奋地绷紧。

最后一刻，17 号出了一个力道十足的后手拳，正中 Owen 的面门。Owen 仰头吐出一口血，整个人往后撞在钢丝网上，又被弹回来，直挺挺地趴在地上。血在脑袋下慢慢地流出，Owen 用手撑着地试图爬起来，但他次次都摔了回去，显然已经不具备任何还击能力。

"没死就起来！打！"

"接着打！打啊！"

"别停！反击啊！"

观众们挥舞着拳头嘶声呐喊，台裁没叫停也没读秒，意味着 17 号可以继续补拳——任何规则在这里都不适用，只要他想，他可以把 Owen 打到昏死在台上，满足看客们残忍的愿望。

但 17 号只是双手交叉做了个停止的动作，然后摘下圈套和护齿，推开八角笼的门，从选手通道走回后台。许多人大喊着把杂物扔进八角笼，不过很快就有人拿着担架进去，将 Owen 抬走。

场地被清理干净，新的拳手上场，开始新的比赛。

贺蔚坐回位置上，嘴里的口香糖已经没什么味道了，但他还在嚼："17号的腰腹力量和臀腿力量够厉害的，那腰，那腿。"

"不止。"陆赫扬说。

"什么？"

"背部力量也不错。"说完，陆赫扬站起来往外走。

"不看啦？"贺蔚问他。

"出去透个气。"

晚上十一点多，两人离开地下俱乐部。贺蔚开着车，突然说："17号既然是S级，如果档案有记录的话，预备校应该找过他啊。就算没钱读书，联盟也会给他免学费以及提供补贴，他至于来打野拳吗？"

陆赫扬靠在椅背上："可能他太缺钱了。"

"其实在这种地方赚不到多少钱，真要捞钱，肯定还是打职业赛赚得多，商业价值完全不一样。"贺蔚说，"看17号的样子，他估计以前受过专业训练，不知道他为什么在这儿混。"

"说不定——"陆赫扬看着前路，将右手搭在膝头，食指指尖在膝盖上轻轻点了几下，他接着说，"17号就在预备校里。"

贺蔚一怔，转头看了他一眼，接着笑起来："不可能吧，怎么可能啊？"

"嗯。"陆赫扬应了声，"我也觉得。"

周一，最后一节课下课，陆赫扬去游泳馆等贺蔚。天很阴，像是要下雨，闷得人喘不过气。陆赫扬绕过花坛，往游泳馆的台阶上走，正遇到一个人从里面出来，手上拎着塑料袋，低着头，脚步有点急。

许则往下迈了一个台阶后才意识到有人，想躲避已经来不及了，撞上去的那刻，对方那张冷淡的面容在眼前闪过，许则甚至能看到他根根分明的睫毛，长而黑，瞳孔也很黑，抬眼看过来的时候，显得目光没什么温度。

许则感觉自己的上臂被一只手扣住，按理说，被扶了那么一下，他应该站稳了的，但许则反而更慌乱地趔趄了一步，一脚踩进台阶侧边的草地，塑料袋里的东西掉出来，发出玻璃碰撞的声音。

乌云阴沉沉的，仿佛要压下来了。许则抬头看了陆赫扬一眼，匆忙的一眼，接着他很快移开视线，俯身去捡地上的东西，边捡边说："对不起。"

他的耳朵有点红，看起来确实是十分抱歉的样子。

"是我的问题，没及时往旁边让。"陆赫扬弯腰帮他捡。许则的声音低哑，呼吸也有些急促，让人理所当然地以为他是生病了，来医务室看病。

但陆赫扬同时也看见，许则的鼻子上贴着纱布，边缘露出一小块青紫色的皮肤，嘴角也有点肿，如果光看他这模样，他更像是跟人打完架之后来配药的。

不过掉在地上的并不是感冒药或跌打药，而是几支一次性注射器和针剂瓶。捡最后一个针剂瓶时，两人同时伸出手，碰在一起后，许则瞬间收回手，陆赫扬于是把瓶子捡起来，看到上面印着"精神力稳定剂"的字样。

陆赫扬对精神力稳定剂不太熟悉，S级的人在精神力的自控能力方面有天生优势，在没有受到严重刺激的情况下一般不会失控，就算一年中偶然地出现一两次波动期，也仅仅是有轻微的发热症状而已，不会严重到什么地步。

作为S级，用到精神力稳定剂算是种很罕见的情况。

陆赫扬什么也没说，把那支稳定剂递过去，许则伸手接下，立刻塞进塑料袋里，低声说："谢谢。"

"不客气。"陆赫扬说完,抬腿上台阶,进了游泳馆。

他边走边将手环的挡位调高,以彻底隔绝其他陌生的、富有压迫性的S级精神力。

许则的精神力外溢了,精神力在波动期来临时会变得更加难以控制,而许则的旧手环显然已经没办法压制住这种等级的精神力了。

许则是从特殊通道出去的,他的精神力已经开始外溢,如果往学生人群里走,会影响到其他人。他一边匆匆往前走一边从口袋里拿出一张精神力稳定贴,用嘴咬下涂布层,抬手将稳定贴按在后颈上。

特殊通道尽头是一间专用休息室,许则在门口做了面容录入,然后推开门。他大口地喘气,甚至来不及走到沙发边,直接沿着墙坐在地上,将袋子里的东西倒出来。手在发抖,许则用牙齿撬开碘酊棉签的瓶盖,抽了一根棉签,动作太忙乱,棉签瓶被放下的时候倒了,许则只是看了眼,没时间在意。他握着棉签棒在手臂内侧用力地涂几下,接着将一针精神力稳定剂打进静脉里。

他本来能熬到回家之后再做这些的,但短时间内情绪的剧烈波动会使本来就波动的精神力变得更不稳定,从而推动精神力外溢的峰值迅速到来。

许则喘息着沉重地闭上眼。

周二下午,池嘉寒上完实验课回教室,走到二楼时,一抬头看见许则的背影,愣了一下,跑了两步追上去,把人拽住。

"你不是请假了吗?"

许则转过头,唇色苍白,脸上泛着不正常的红,眼睫垂下来,没什么精神,一看就是发热烧出来的样子。

"请了早上的假。"许则开口,声音很哑,"现在是下午了。"

长了脑袋的人都知道现在是下午,池嘉寒无言地闭了闭眼:"波动期就请半天假？"

"要期中考试了。"许则的大脑好像运转得有些缓慢，他顿了一秒，继续说，"今天游泳课期中考试。"

"可以申请补考，又不是其他科目，不用担心试题泄露，而且你是因为波动期到了，老师肯定会同意的。"

池嘉寒的逻辑很严密，根本找不出漏洞，许则沉默了会儿，回答："我想今天考。"

"为什么非得今天？今天游泳课上有你在意的人？就算有，你要这么鼻青脸肿头昏眼花地去见人家吗？万一发挥失常考差了，得不偿失。"

这只是一些很荒谬的假设，池嘉寒清楚在许则身上绝不会出现类似的情况。许则总是一声不吭地很固执地坚持某些事情，池嘉寒仅仅希望他能多把身体当回事——虽然这个可能性微乎其微。

说完，池嘉寒看见许则的睫毛动了动，接着，许则移开视线看向别的地方，过了会儿才说："不会发挥失常的。"

……

池嘉寒发觉在与许则交谈时，双方的重点总是难以一致，他不知道这算不算是不同精神力等级的人之间的思维差距的一种。

"你现在不难受吗？"

"还好。"许则说。

"打了几针稳定剂？"

"不多。"许则又把目光移开。他不太会撒谎，也知道对池嘉寒撒谎没意义，所以诚实道，"三针。"

"……你不是S级。"池嘉寒荒唐地看着他，"你根本就是个机器人。"

"三针稳定剂，你就不怕精神力暴动引发高烧休克？"

话音刚落，铃响了，许则忽略池嘉寒的问题，有些生疏地拍了一下他的手臂，作为无言的宽慰。许则说："回教室吧。"

下午最后一节课，陆赫扬从更衣室出来，泳池边的学生们已经在排队热身准备考试。队首的几个人朝陆赫扬招手，让他站到前排去——这样可以早点考完试下课。陆赫扬笑了下，摇摇头，站在了队伍最后面。

有人比他来得更晚。察觉到身后有人，陆赫扬下意识地回头。

在他往后看的那瞬间，许则正好低下头。

许则今天脸上没贴纱布，鼻子和左脸相交的位置有一块淡淡的青紫，仍然垂着睫毛，让人看不清眉眼。陆赫扬瞥了一眼就转回身，听老师介绍今天的考试内容。

老师拿着扩音器在讲话，每个字都在游泳馆里撞出回音。许则顿了几秒，抬起头，看着陆赫扬的后背。

陆赫扬正处于青春期发育阶段，身材颀长，介于青涩与成熟之间，背脊平坦，腿很长，背部与手臂上的肌肉线条流畅完美，皮肤白皙，没有任何伤疤瘀青——在一众条件优越的Ｓ级学生中也称得上是顶尖的。

他垂在身侧的那双手，骨节分明，白而修长，垂下来的时候十指自然地弯成弧形。这双手在一个男性身上显得过于精致漂亮，但它同时并不失力量感，让人觉得陆赫扬就该有这样一双手。

许则看了有一会儿，忽然发觉游泳馆里变得很安静，一点声音都没有，非常奇怪。

许则这样想着，耳朵里就猛地涌进了熟悉的水声和说话声。

他才意识到自己刚才到底有多出神。

考试项目是50米自由泳和200米混合泳，四个考试泳池，每个泳池有八条赛道。体育老师们按排队顺序将所有学生分成组，每组八人，每次四个组同时进行考试。

许则和陆赫扬被分进同一组，陆赫扬是4号，许则是5号。

临近下课才轮到他们，前一组还在考试，八个人走到出发点预备。陆赫扬站在许则身边，只是那么站着而已，许则却感到有种无形的压迫感袭来,让他浑身僵直。

"贺蔚上次说让我跟你比比看。"陆赫扬看着泳池,突然开口,"被他说中了。"

陆赫扬没有看许则,甚至连头都没有侧一下,以至于许则愣了大概有三秒钟,才确定他真的是在跟自己说话。

"不是……"许则的手指动了动,很想抓点什么在手里,太空了。他抿着嘴吞咽了一下,才继续发出声音,"是考试,不算比赛。"

陆赫扬终于看了他一眼,好像笑了笑,说:"这次不算的话,下节课比?"

许则并不是这个意思,他怀疑自己现在在陆赫扬眼里变成了一个争强好胜的人,于是他补充道:"还是不用比了,你游得比我好。"

"为什么?"他们今天应该是第一次一起上游泳课,陆赫扬不知道许则这个结论从何而来,无意地问,"你看过我之前的成绩?"

前一组已经到达终点,助教正在记录成绩。泳池里水波翻涌,许则直直地看着那片晃动的水面,感觉自己此刻的脑袋里也是这样的状态。

他听见自己说:"没有,是我猜的。"

陆赫扬又转头看他的侧脸,许则的表情像在发呆,看起来又有些僵硬,总之他不在状态。

轮到他们上场了,陆赫扬走向自己的出发点。

等陆赫扬走后,许则又在原地站了几秒,才往出发点走。水波晃得他眼晕,许则抬手搓了搓脸,不小心按到鼻侧的瘀青,有点疼,他愣了下,然后戴上泳镜。

先考的是 50 米自由泳,一声哨响,八个人同时跃进泳池。许则入水后往右边看了一眼,陆赫扬的身形在水中有些模糊,但可以看出游泳姿势很好看,像鱼一样。

许则转回头,伸出手臂抱水,奋力地摆动双腿。

很快,指尖挨到池壁,许则抬起上半身,出水面的同时,他听见体育老师在喊:"5号第一,4号第二,1号第三……"

　　终点处的八名助教掐着秒表做成绩记录,许则抹了一把下颌上的水,扶住泳道的浮标。离他不远一只修长有力的手也扶了上来。陆赫扬摘下泳镜,将湿发往后拢,水珠顺着他的额头和高挺的鼻梁往下滚。

　　泳池水凉,但许则感到很热——应该是他处于精神波动期的缘故。他透过淡蓝色的泳镜镜片,看着陆赫扬的侧脸,又很快转过头,看别的地方。

　　陆赫扬没多停留,紧接着就上了岸,站到出发点,准备接下来的200米混合泳。

　　又一声哨响,第二场考试开始。

　　入水后,许则和陆赫扬一直保持着领先其他人的速度,两人不相上下。但游到第150米时,许则开始变得有些吃力。他正处在精神力的波动期,情绪起伏和激烈运动下,精神力极其不稳定,又受那三针稳定剂的作用,所有的副作用只能积压在身体里,从而引起了发热头晕和四肢无力,影响体能。

　　最后50米,许则完全靠本能在往前游,赛道像是没有尽头,身体产生严重的下沉感,他连抬头换气都困难。终于,手碰到池壁,许则体力不支,只浮出水吸了口气就整个人沉下去,脚踩在池底发虚打滑,他试图去抓浮标,但没能够到。

　　挣扎中,手指似乎又碰到了什么东西,许则以为是浮标,便努力伸出手。他仍然什么都没抓到,手腕却忽然被牢牢地扣住,一股力量将他向上提,把他从水里拽出来。许则用力地咳嗽,身前是条泳道线,他趴到浮标上,大口呼吸,满脸是水。

　　"许则许则,怎么了啊?"

　　许则擦了擦脸上的水,抬头,体育老师正蹲在岸上看着他,又问:"还行吗?"

　　"没事。"许则摇摇头。

他转回头，陆赫扬就在对面，两人之间隔了条泳道线。许则微微张着嘴，胸口起伏几下，对他说："谢谢。"

"没事。"陆赫扬说，"上去吧。"

陆赫扬双手撑着泳池边缘上了岸，助教朝许则伸出手，帮了他一把。体育老师在一边看成绩，说："陆赫扬不错，2分07秒21。许则2分07秒68，就差了一点点。"

下一组准备上场考试，许则和陆赫扬往泳池边的通道走。许则走在陆赫扬身后，手里的泳镜被他攥得很紧，几秒后，许则快走两步，到陆赫扬侧后方的位置，说："恭喜。"

陆赫扬有些意外，回过头，同时把脚步放慢，等两人并肩后，问："恭喜什么？"

"200米混合泳，你应该是年级第一。"许则解释。

其实他在说出"恭喜"后就已经后悔了，一次小考试而已，陆赫扬大概并不需要别人来特意道喜，而且更尴尬的是，自己还解释了为什么要说"恭喜"。

池嘉寒之前说过，处在精神波动期的人智商会下降至少70%，原来是真的。

陆赫扬难得愣了愣，确实是第一次有人在一场期中考试后跟他说"恭喜"，有点新奇。他笑了一下，说："那也恭喜你。"

见许则不解，陆赫扬于是学着他解释道："50米自由泳，你应该是年级第一。"

偏偏许则不是个懂得如何开玩笑的人，他沉默了一会儿，然后认真又严肃地回答："谢谢。"

陆赫扬侧头看他，看一眼之后又转回头。许则觉得陆赫扬好像又笑了，接着他听见陆赫扬说："不客气。"

周五放学，陆赫扬在收拾课本，贺蔚从后门进来，靠在他桌边，问：

"晚上吃完饭就送你回家？"

"今天这么安分？"陆赫扬抬眼看他。这段时间贺蔚就没消停过，吃完饭就回家的情况不存在的。

"那倒不是，我要去城西。"贺蔚说，"我看你好像不喜欢那儿。"

"我没说不喜欢。"陆赫扬将椅子推到桌子底下。

"你喜欢？喜欢啊？"见陆赫扬往外走，贺蔚上去搭他的肩，笑嘻嘻，"我不是怕你这贵公子不适应那种地方嘛，再说了，从小到大都没见你喜欢过什么，我真的摸不准你的心思。"

"那就别摸了。"陆赫扬说，"不喜欢就不会跟你去了。"

贺蔚愉快地吹了声口哨："行，我让人加个位置。"

出了教室，两人从天桥走，对面陆陆续续走来不少下了体育课回班的学生，手里拿着球拍或跳绳。陆赫扬和贺蔚穿过人群，看见走在最后面的许则。

他仍然是一个人，看起来不属于任何班级群体，甚至不属于预备校，总之游离感很严重，沉默，安静，走路的时候视线微微向下，不往别的地方看，好像在想事情，又好像在出神。

一个女孩儿从身后跑过来，犹豫片刻，伸手拍拍许则的肩，跟他说话。

许则停下脚步，侧头看她，似乎没听清对方说什么，于是把腰弯下去一点，倒弄得女孩儿不好意思起来，将一瓶饮料塞到他手里，掉头就跑了。留下许则站在原地，他看着手中的饮料，过了两秒，才慢慢反应过来似的，回头看那个早就跑得没影儿的女孩儿。

他回头的时候，露出后颈上白色的稳定贴。

"你说他这是单纯还是迟钝？"贺蔚笑着问陆赫扬，又说，"这种性格的人在预备校挺少见的。"

这人过剩的好奇心又开始作祟，陆赫扬选择闭口不言，以免引起贺蔚更强烈的讨论欲。

许则拿着饮料又站了会儿，才重新往前走，一抬头正看见两米外的陆赫扬和贺蔚,那瞬间他脸上短暂的怔愣和身体的僵硬有些明显,被贺蔚看得清清楚楚。

"是真的。"贺蔚低声说,"他好像真的挺怕你的。"

"为什么不能是怕你?"陆赫扬终于问他。

贺蔚很无辜:"我一个新来的转学生,干吗要怕我?没道理嘛。"

为了证实自己的友好无害,在走到许则面前时,贺蔚朝他打了个招呼:"嗨。"

许则看向他,没有说话,只是点了一下头,接着跟他们擦肩而过。

"好冷漠,好冷漠。"贺蔚夸张地打了个寒战,"他绝对不是怕我。"

"不熟的人对你打招呼,你也会觉得奇怪。"陆赫扬说,"别没事找事了。"

贺蔚却忽然不怀好意地笑了一声:"我感觉许则要是跟我们在一个圈子,你跟他说不定挺合得来的吧……两人都长了张看破红尘的冷淡脸。"

陆赫扬问:"意思是你跟我合不来?"

"怎么会?!"贺蔚立刻钩住他的肩,笑着说,"要是合不来,哪有这十几年交情呀。"

晚上八点多,陆赫扬、贺蔚和顾昀迟一起去了城西。俱乐部里依然拥挤混乱,充斥着各种气味,他们三个太显眼,一出电梯就被盯上了,顾昀迟的手里甚至不知道什么时候被塞进了一块紫色的筹码。

塞筹码的人朝他们挤眉弄眼:"送的,玩玩呗。"

顾昀迟看也不看,直接把东西扔回那人手里:"用不着。"

"哎呀,太没眼力见儿了,我们顾少爷千亿身家,哪看得上这点啊。"贺蔚撞了一下顾昀迟的肩,说,"是吧?"

顾昀迟扫他一眼。

"上次我听说,那个人,叫什么来着?也是预备校的,在这里一晚上输了这个数。"

贺蔚说着，伸手比了个数字。

陆赫扬问："八百万？"

"嗯。"贺蔚点点头，"后来他爸派人把他押回去，听说挨了顿打，被打进医院了，三天没来上课。"

"感觉像是会发生在你身上的事。"顾昀迟评价。

"开什么玩笑？那有什么好玩的？我拿那八百万买辆新车多好。"

一说到车，顾昀迟脸上露出厌恶的表情："内饰弄成粉色，也不知道什么人会坐你的车。"

"赫扬天天坐。"贺蔚淡然道。

顾昀迟于是问陆赫扬："坐在里面不觉得浑身不适吗？"

"没办法，我没有千亿身家，只能蹭别人的车。"陆赫扬回答。

贺蔚拍着他的肩哈哈大笑起来，顾昀迟面无表情地转过头，懒得再讲话。

进了场馆，贺蔚这次订的是第二排的位置。大屏幕亮着，陆赫扬抬头看选手名，贺蔚跟着望了眼，忽然想到一件事，说："哦，那个卖票的跟我说，17号今天不一定会上。"

陆赫扬的动作很短暂地顿了一下，没说什么，在位置上坐下。

几场拳赛过后，观众们已经被刺激得亢奋不已，喊声震天。只有陆赫扬安静地坐在位子上，他看了眼手环——仍然是最低挡位，他进场之后没有调过。

又一场结束，大屏幕变为空白，不再显示拳手名和投注情况，中场时间到了。

贺蔚喊累了，坐下来喝水，顺便看手机。陆赫扬支着下巴，半垂着眼，不知道在看哪里。顾昀迟侧过头，说："看你没什么精神。"

"有点累。"陆赫扬放下手，"我出去——"

尾音被忽然响起的尖叫声淹没，陆赫扬抬头看去，选手通道口处走出来一个平头男，面相凶悍，一道刀疤从左额角延伸到右下颚，贯穿整张脸。

陆赫扬的目光从他身上掠过，微微歪头，看向平头男身后的人——17号。

和上周一样，17号的上半张脸涂了油彩，穿着一条廉价的黑色运动短裤，裤腿到膝盖的位置。今天他手上戴的是分指拳套，看起来也已经很旧了。

"17号要上，今天打MMA（综合格斗，是一种规则极为开放的竞技格斗运动）。"贺蔚兴奋地用手肘推推陆赫扬，将手机递到他和顾昀迟面前。

屏幕上是卖票的人十分钟前发来的消息，说中场休息时17号会上，因为上周17号离场太早，拳赛的刺激程度不够，所以今晚他被罚无奖金打一场娱乐赛。

他还说17号几乎隔段时间就会被罚一次，原因都只有一个——他赢了就走人，下手不够狠。

"能理解。"贺蔚关了手机，看着走进八角笼的两个拳手，"年轻人，手上干净点是好事。"

17号站到八角笼中央，低头调整拳套束口，坐在围栏上的台裁朝他喊话，17号于是回过头。

他回头的时候，露出后颈上白色的稳定贴。

又有人在大喊"17号"，17号便抬头看观众席，脸上仍旧是很平静的神色。因为这是中场休息的娱乐赛，相对来说比较放松，17号的视线在观众席上停留得也比上次久一点，时间大概延长到了两秒。

在这两秒钟的时间里，17号的目光恰好落在第二排，某个时刻，很明显地，17号忽地整个人僵硬地顿了一瞬，呆怔过后才别开眼，低头看脚下的橡胶垫。

开赛哨响，对面的平头男已经站好姿势，然而17号却还是保持着直立垂手的状态，有点失神的样子，直到平头男的拳迎面砸来，他终于反应过来,迅速地抬臂格挡,惊险地躲过去。

贺蔚立刻"咝"了声:"17号不在状态啊。"

他话才刚说完,17号的下颚就挨了一拳,整个人往后撞在钢丝网上,差点站不稳倒下去。

短短几个回合,气氛已经再次被炒得火热。陆赫扬把手环挡位调高,身体微微往前倾,手肘搭着膝盖,十指扣在一起,轻抵住下巴。

顾昀迟看了他一眼,陆赫扬正盯着八角笼,脸上两分钟前的那些"有点累"似乎突然间消失了。

第二章 晚山夜雨

WANSHANYEYU

　　17号再抬头时，已经流了一下巴的血。平头男将他困在角落，不断地朝他脸上砸拳，17号只是抬手格挡，并不反击。贺蔚左看右看，最终下结论："17号今天魂儿丢了。"

　　"在捧新拳手吧。"顾昀迟说，"每次有新人来，第一场都是跟17号打。"

　　整场下来，17号几乎没怎么出拳，上场喊停的时候，他安静地躺在围栏下，满脸是血。平头男还打算朝他脑袋上补几拳，被台裁拦下了——这毕竟是娱乐赛，没必要打得太过火。

　　平头男站到八角笼中央，以胜者的姿态举起拳，昂着头环视一圈后才离场。17号在垫子上躺了会儿，慢慢地坐起来，似乎是无意识地，他又朝观众席看了一眼。

　　他脸上的油彩和血混在一起，狼狈不堪，面颊已经肿起来，几乎不成人样。陆赫扬坐在比八角笼高出一米多的位置上，微微俯视下去。隔着黑色的钢丝栏，17号坐在里面，像只被打断爪牙的困兽。两人的目光远远地交错半秒，17号艰难地把头别开。

　　台裁俯身询问了他几句，17号摇摇头，用手指钩住围栏站起来。鼻血还在往下流，17号动作僵硬地抹了一把嘴角和下巴，低着头走出八角笼。

"真憋屈。"贺蔚看起来很遗憾,"17号明显打得过的,结果就这么输了,他演技好差。"

"他今天确实不太走心。"顾昀迟评价。

一直没说话的陆赫扬忽然问:"他什么时候来这里的?"

"听说是去年。"顾昀迟喝了口饮料,"以前在别的场子打。"

17号的背影消失在通道口,陆赫扬收回视线,打开手机,指尖划过屏幕,在一条消息上停留几秒,最后他熄了屏,说:"我出去打个电话。"

贺蔚发出一声不怀好意的怪叫:"谁啊,异性吗?"

陆赫扬站起身,十分坦然:"嗯。"

在俱乐部里走了一圈,陆赫扬意识到这里并没有安静的、适合打电话的地方。他也不清楚自己到底绕到了哪里,面前有个电梯,陆赫扬随手按了键,进去。一楼到了,电梯门打开,陆赫扬迈出去,穿过一条短短的通道,走到楼外。

这里是条小巷,路灯昏黄。陆赫扬站在墙边,拨了个号码,大概十秒后,电话接通了。

对面传来一道成熟的女声:"出去玩了?"

"嗯。"

"听说贺蔚一回来,天天带你在外面疯。"

陆赫扬轻笑了声:"他回来之前,我跟昀迟也经常出来玩。"

"明天中午去鸢山吗?"电话那头的女声发出一声很轻的呼气,"我凌晨下飞机。"

"去。"陆赫扬顿了顿,说,"别抽烟了。"

"没办法,不想戒。"她的声音听起来很疲惫,"先睡觉了,你早点回家,晚安。"

"晚安。"

挂了电话,陆赫扬仍然站在原地,看着朝自己走来的两个人。

旁边就是大楼的侧门——他刚才走出来的地方,但陆赫扬从余光里看见有个男人已经堵在了那里。

陆赫扬此刻对城西的"乱"有了一个较为真切的认知。

身后是墙,三个人从三个方向将他拦着,很熟练老道的堵截方式,除非陆赫扬有能力一挑三,不然他不可能脱身。

但不管陆赫扬是否有这个能力,他都没有一挑三的打算,对着三个来路不明拿刀带棍的流氓,正面斗狠不是明智的做法。从他和贺蔚、顾昀迟这些人从小接受的家教来看,冲动气盛逞威风是最愚蠢的行为,事情已经发生了,最重要的是想办法保证自己的安全。

"这手环得一两万吧?"为首的黄毛上下打量陆赫扬,又往他腕上瞄了眼,确认这是个养尊处优的有钱人。他玩味地说道:"哪儿跑出来的小少爷,钱包带了吗?"

陆赫扬没说话,从裤袋里拿出钱包。他和贺蔚他们有个习惯,出门一般不带卡,只带现金,手机带的也是备用机,里面没什么重要信息,弄丢了、被偷了也没关系。

另一个混混从陆赫扬手里抽走钱包,打开看了眼,将钞票全拿出来,又翻了翻,问他:"卡呢?"

陆赫扬正要回答,左边侧门那里,忽然传出一点动静。眨眼间的工夫,站在陆赫扬左侧的混混闷哼一声,脖子上多了只修长有力的手。

一个穿着黑色连帽衫的人十分迅速地挡到陆赫扬身前,头上扣着外套的帽子,高而瘦,陆赫扬听见他用冰冷的声音说了句:"把钱还给他。"

被掐住脖子的混混顿时僵在那里,旁边的黄毛骂了句脏话,用刀尖直指黑衣男:"你是什么东西,多管闲事?"

还有个混混伸手去掏手机,陆赫扬知道他是准备叫人,于是说:"没有卡,只带了现金。"

他轻轻拍拍黑衣男人的肩,对方很聪明地立即领悟了他的意思,松开了掐着那个混混的手,往后退了半步,仍然挡在陆赫扬的面前。

见又占了上风,黄毛嗤笑一声,拿刀指指陆赫扬:"靠墙蹲下去,把手环脱下来,还有手机,都拿出来。"

"东西给了就让我们走吧。"陆赫扬平静地说,"我只带了这些。"

"啧,让你蹲着你就蹲着。"右边的混混不耐烦地伸腿要踹陆赫扬的膝盖,想逼他蹲下去。

那人的脚尖还没挨到陆赫扬的裤子,黑衣人突然毫无征兆地猛地一脚踩在他的小腿上,紧接着一个反身肘击,将人直接打翻在地,混混蜷着身子惨叫起来,手上的棍子滚到一米之外。

他的动作快得惊人,身手专业矫健,另外两个流氓见状,拔腿往巷口跑,黑衣人眼疾手快地擒住一个,一拳击中对方的鼻梁,攥着衣领把人砸在墙上。他回头打算解决最后一个,发现陆赫扬已经将那个流氓按在地上,并把刀踢到角落里。

"南门这边,叫人来!"最先倒地的混混不知道什么时候拨通了电话,声嘶力竭地放声大叫。

"走。"陆赫扬说。

黑衣人却回身将缩在墙边的人提起来,沉声道:"钱。"

那人哆哆嗦嗦地把陆赫扬的钱交出来,黑衣人刚拿到钱,陆赫扬就拉起他往前跑:"别管钱了。"

陆赫扬拽着黑衣人要进侧门,对方却往后拉了他一把,说:"他们会从里面出来的。"

他反牵着陆赫扬往小巷另一头跑去,夏天的晚上,大楼背后常年不见光的空巷里有股阴凉潮湿的霉气。暗黄的光影随着步伐猛烈地晃动,陆赫扬看着眼前的人,他头上的外套帽子在晃动,但始终没有掉落下来。

拐了两三个弯,黑衣人带陆赫扬躲进一间狭小的屋子里,关上那道破旧的门,谨慎地反锁住。

两人都在克制呼吸,但剧烈运动过后呼吸没那么容易平复,喘息声在黑暗里显得十分急促。小屋子里似乎塞了很多东西,留给他们的空间只有一小块。他们面对面地站着，距离很近，陆赫扬闻到对方身上有轻微的血腥味。

"受伤了？"陆赫扬忽然轻声地问。

黑衣人一直专注地在听外面的动静，直到陆赫扬开口，他才下意识地往后撤，但立刻撞上了什么东西，发出沉闷的响声。

陆赫扬拉了一下他的袖子："小心。"

安静了会儿，黑衣人才回答："没事。"

"谢谢你。"陆赫扬说。

两人又陷入沉默，双方的呼吸声重叠，陆赫扬能感受到对方现在正处于一个极度不自在的状态里。整整半分钟过后，黑衣人终于开口说道："你的手机应该很重要，不能被抢了。"

"是很重要，所以谢谢你。"视线渐渐适应黑暗，陆赫扬能看见对方帽子顶端的尖尖，而他的脸则完完全全地隐藏在帽子里。

窸窸窣窣的响声后，陆赫扬的手里被塞进了什么东西——是那卷已经被捏得皱巴巴的现金。

"你的钱。"对方说。

在这种时候，陆赫扬叫他："17号。"

急促的呼吸停滞两秒，然后变得更错乱了。

有虫鸣声隐隐约约传来，门下的缝隙里透进一道微弱的光。

"嗯。"

很久后，回答陆赫扬的是这样一个又低又哑的字。

小屋里更静了，虫鸣声也更清晰，一时间没人说话。

过了会儿，陆赫扬问："今天晚上是故意输的吗？"

虽然看不清，但陆赫扬察觉到17号有些意外，大概是意外自己怎么问他这个问题，而不是关于问他"为什么他会出现在小巷""为什么要救自己"之类的问题。

"是。"17号回答。

他诚实得让陆赫扬都开始意外了。

"看你流了很多血。"陆赫扬说。

"都是这样的。"17号顿了顿,声音低了些,问,"你是……第一次来看吗?"

其实是第二次,不过陆赫扬回答:"嗯,第一次来,对什么都不熟。"

外面响起细碎的脚步声,17号立即侧头靠近门边听了几秒,确认是行人路过后,他才重新面向陆赫扬,说:"这里很危险,你以后不要来了。"

"真的吗?"陆赫扬问。

17号显然犹豫了,难以想象有人在刚刚经历过抢劫之后还会发出这样的疑问,但对方的语气又实在很认真,认真到听起来几乎有些单纯,让他不得不信。

"这里很乱,治安很差。"17号解释道。

陆赫扬于是回答:"好的,我知道了。"

又过了将近一分钟,17号把手搭在门锁上,慢慢地拧开锁,低声说"我先走了,如果五分钟之后没有别的动静,你再出去,往右,走到巷口左拐,可以回到停车场。"

"好。"

黑暗中,17号好像转头看了陆赫扬一眼,随后他一点点拉开门,路灯的光斜斜地打在他身上,帽檐把他的侧脸完全挡住,只露出一道高挺的鼻梁,上面还残留着没擦干净的油彩和血迹。

"谢谢你。"陆赫扬最后说。

17号的身形一顿,"嗯"了一声,接着迈出去,反手将门掩上。

他按原路回到了刚才出事的侧门,那里已经空无一人。17号走到墙边,俯身捡起角落里的那个钱包。

钱包看起来很贵,也很新,那几个流氓大概忙着追人,所以把它落下了。17号将钱包收进外套口袋里,往下拉了拉帽檐,没进侧门,直接走出了小巷。

在小屋里等了两三分钟,陆赫扬打开门走出去,往右,走到巷口左拐,然后停住脚步。他看着面前三个气喘吁吁的人,问:"找我?"

为首的保镖一愣,然后按住耳麦,说了句:"找到了。"

"从跟丢我到现在,应该不超过十五分钟,对吧?"

"刚准备汇报。"那人沉声回答。

陆赫扬笑了下:"那做个交易。"

对面几人露出不太理解的表情,陆赫扬继续说:"跟丢我的事,我不说,你们也别说。"

"就这一次。"他紧接着道,"我出来打电话,边打边走,就迷路了,也没出什么事,没必要弄得太严重,不是吗?"

保镖犹豫几秒,最终点了一下头:"明白,下次我们会注意。"

贺蔚和顾昀迟出来的时候陆赫扬正站在车边,贺蔚一步跨下台阶,问:"怎么了?"

"上车再说。"陆赫扬拉开车门。

三人上了车,贺蔚边打方向盘边回头:"出什么事了?你不是说打个电话,怎么没再回去看拳赛了?"

"被打劫了。"陆赫扬说。

贺蔚猛踩一脚刹车,整个人扭过来看着他:"没事吧?"

"没事,就丢了个钱包。"而且钱包虽然丢了,可里面的钱还皱巴巴地躺在口袋里,损失可以忽略不计。陆赫扬笑笑:"是我自己不小心,跑去偏僻的地方打电话。"

"人没事就好。"贺蔚松了口气,重新开动车子,"你要是出点什么事,陆叔叔和我爸肯定第一个把我杀了。"

"保镖呢?"顾昀迟问。

"我在俱乐部里绕了半天才出去的,他们跟丢了。"

贺蔚立刻问:"那陆叔叔是不是也知道了?"

"没有,我跟他们谈好了。"陆赫扬揉揉后颈,"说只是迷路了,让他们别汇报。不然他们要被罚,我们以后也别想来这里了。"

贺蔚啧了一声:"平时到哪儿都跟着,真出事了反而见不到人。"

从小被保镖跟到大,三个人已经习惯了每时每刻被监视行踪。就像这次来城西,明知每人身后至少跟了三个保镖,他们也只装作没看见,反正已经装了那么多年。

顾昀迟微皱着眉:"要不要查一下,把人抓出来?"

"没事,不用。"陆赫扬用指腹捻弄着那卷皱缩的钞票,说,"我对这个不感兴趣。"

周六早上九点半,陆赫扬下楼吃早餐。十分钟后,楼梯上响起脚步声,陆赫扬抬头看去,女人披着深蓝色真丝睡袍,长发松松地挽起,露出一张五官精致但疲惫的脸。

"你只睡了三个小时。"陆赫扬喝了口牛奶,说。

"下午又要上飞机,时间太紧了,只能少睡一点。"陆青墨在餐桌边坐下,揉揉额角,"反正平时也睡不了多久,习惯了。"

"我可以自己去鸢山的,等你下次有空了,我们再一起去。"

陆青墨笑了下:"下次,谁知道下次是什么时候,这次都已经隔了快三个月了。"

"你给自己的压力太大了。"陆赫扬涂好一片吐司,放到陆青墨面前的盘子里。

"没有压力,就是想去看看了。"

"好。"陆赫扬说,"等会儿我开车,你在路上休息一下。"

两人吃过早饭,换了衣服,陆赫扬让司机开了辆普通的车过来。陆青墨坐上副驾驶座,手里拿了一个长条形的礼盒,陆赫扬开动车子,问:

"是什么？"

"画笔。"陆青墨说，"定做的，等了很久。"

陆赫扬看着前路："他收到了会很开心的。"

"希望吧。"陆青墨将手搭在礼盒上，往后靠着椅背，闭上眼。

去鸢山要经过一片老城区，离预备校不远。每次开到这里，陆赫扬都会把车速放慢，因为路面不太开阔，骑车和走路的人又多，十分拥挤，需要特别小心。

路边开了很多早餐店，不过这个点出来买早饭的人已经不多了。陆赫扬无意间瞥了一眼，转回头之后，顿了一秒，又再次侧过头看向那个方位。

穿着白T恤的少年拿着一瓶豆浆和一袋面包，付完钱之后推着一辆旧单车在人行道上走。他的身形很挺拔，又因为习惯性走路看地，所以头微微往下低着，他穿得也普通，但身上的游离感仍然强烈，跟来往的忙碌人群十分不搭，仿佛是意外路过，并不属于这里。

陆赫扬转回头，继续往前开。大概两三米后，在转角处，车轮滚过一个浅坑，之后行驶时轮胎下明显出现异物感，伴随着咯吱咯吱的声音。没过多久，仪表盘上提示胎压异常。

陆赫扬踩了刹车，将车停在路边。

陆青墨睁开眼，问："怎么了？"

"车胎出问题了。"陆赫扬打开双闪，解了安全带，"我下去看看。"

许则刚走到路口，就见一辆私家车在面前停下，没过几秒，那边驾驶座上的人下了车。

快十一点，太阳已经很大，照得人有些睁不开眼。许则直直地站在原地，看着陆赫扬绕过车头，俯身查看右前方的车胎。

陆赫扬观察了几秒，直起身。这实在让人难以想象——车胎上扎着一把折叠刀。刀应该就躺在刚才的那个浅坑里，而且是打开的，所以车子压上去的时候，刀刃嵌进了轮胎里。

他没有征兆地回头，问许则："附近有修车店吗？"

像发呆被突然打断，许则的脸上出现一瞬间的僵滞，但他同时又反应很快地躲开陆赫扬的目光，看着那个车胎，过了会儿才回答："有，但是有点远。"

他知道陆赫扬并不记得自己，就像在路上随口询问一个陌生人。

许则对此没有感到意外，甚至认为这是很合理的。

接着，他看见副驾驶那侧的车窗缓缓地降下来，戴墨镜的长发女人坐在里面，问陆赫扬："是漏气了吗？"

许则一怔，日头仿佛猛地毒辣起来，一下子晒得他喘不过气。

"嗯。"陆赫扬回答，"扎到东西了。"

陆青墨便说："打电话让司——"

"换个轮胎吧，很快的。"陆赫扬站到副驾驶那侧的窗外，一手撑在车顶边缘，弯下腰跟陆青墨说话，"让司机再开车过来的话，可能要等很久。"

"早知道让保镖跟着了，出问题了至少能坐保镖的车走。"

陆赫扬笑了笑："你先找个地方坐会儿，车修好了我们就走。"

"附近有修车的吗？"

"有的。"陆赫扬说。

陆青墨没再说什么，只是往陆赫扬身后看了眼。有点奇怪，陆赫扬看起来跟那个少年并不认识，但对方却没有急着走，而是站在那里，沉默地抿着嘴，鼻梁和唇角有瘀青——总之不像个普通的过路人。

陆赫扬站直，对许则说："等我一下，有件事要麻烦你。"

他注意到许则的脸色和唇色比刚才看起来更苍白一些，不知道是不是因为太热了。

许则从始至终握着车把一动没动，陆赫扬跟女人在说什么，他听不清。事实上，如果许则能听清，说不定还会后退几步，直到完全听不见为止。

陆赫扬去后备厢拿了把伞,接着打开副驾驶那侧的车门,替陆青墨撑起伞,跟她并肩走向最近的小卖部,最后又独自撑伞走回来。

"你有修车店的电话吗?"陆赫扬走到许则面前,礼貌地将伞往他那边靠过去一些,问道。

"没有。"许则朝车胎看了眼,太热了,不自觉地舔了一下唇,问,"你们车上有备胎和工具吗?"

"有的,后备厢里。"陆赫扬回答,刚刚拿伞的时候他看见后备厢里有备用轮胎和工具包。

"我会换。"许则将早饭挂在车把手上,把自行车推到一边停好。他说:"要二十多分钟。"

陆赫扬却说:"等一下。"

许则马上停在那里,陆赫扬走了两步过去,再次把伞撑到他头上,说:"你先吃早饭。"

只是犹豫了很短的时间,接着,许则什么也没说,很听话地拆开早饭。他吃得很快,没发出任何声音,陆赫扬站在他旁边,安静地撑着伞。

两分钟后,许则把早餐吃完了,用塑料袋里店家给的一小张纸巾擦了擦嘴。一米外就是垃圾桶,许则去扔了垃圾,然后直接走向半掩的后备厢,将其打开,拖出备用轮胎,单手拎起工具包。

他的动作熟练干脆,完全不需要任何人帮忙。陆赫扬站到他身边,替许则挡住太阳光。过了会儿,陆赫扬蹲下去,问:"有什么我能帮忙的吗?"

"没事,我一个人就可以。"许则回答。他其实想让陆赫扬不用等在这里,可以去小卖部里乘凉,但最终却没有这样说。

许则低着头,麻利地开始拧螺丝,光凭手的力气无法将锁死的螺丝拧松,他站起身,一手按在车前盖边沿,抬脚在扳手握柄上踹了几下,接着又蹲下去,开始拧螺丝。

拧松所有螺丝,许则把千斤顶放到车下,慢慢地抬起车子。车轮离地后，他回头拆掉螺丝，卸下旧车轮，拎起备用轮胎安进去。

上螺丝定位，降千斤顶，最后拧紧螺丝。许则挨个踩扳手握柄，确认已经完全拧紧，俯下身将工具收进包里，连同旧车胎一起，放回后备厢，整个过程用了十五分钟不到。

陆赫扬在许则放好东西后关上后备厢，再一抬头，许则竟然一声不吭地已经回到人行道上准备骑车离开了，陆赫扬叫住他："许则。"

他看见许则的动作忽地一顿，接着有些愣愣地转头看过来。

"等一下。"陆赫扬说着，去开前车门，从里面拿了一包湿巾。

他走到许则身前时，陆青墨也顶着大太阳从小卖部里出来了，手上拎着一个塑料袋。

"擦一下脸和手。"陆赫扬把湿巾递过去。

陆青墨躲进陆赫扬的伞下，从塑料袋里拿出一把新伞，也递给许则："辛苦了，太阳很大，撑把伞吧。"

两只手同时拿着东西伸到许则的面前，他拒绝任何一个都显得不妥，只好把湿巾和伞都收下。他刚换完车胎，整双手都是灰扑扑的，额角有汗，一滴滴地顺着侧脸往下滚。

"怎么买了这么多东西？"陆赫扬问。

"不能白站在别人店里乘凉，就买了点。"陆青墨又拿了一瓶矿泉水给许则，"喝口水。"

等许则接过矿泉水，陆赫扬对陆青墨说："你先回车上吧。"

"嗯。"转身之前，陆青墨对许则笑了一下，嘴角的弧度优雅漂亮，"谢谢你。"

许则慢慢地点了一下头，说："不客气。"

等陆青墨回到车上，陆赫扬看着许则，问："你住在附近吗？"

"嗯。"许则看起来有点出神，还维持着被叫名字时那种愣愣的表情。

光线很亮，陆赫扬今天是第一次完全看清许则的脸，许则的眼睛有些特别，瞳色是深灰的，深到几乎泛起了一点点蓝调，让他的眉眼看起来冷感很重,但并不锐利,而是像湖一样沉静。

"鼻子怎么了?"陆赫扬脸上带着似有若无的笑意,问他。

好像才意识到什么,许则愣了下,想立刻扭头,但那又会过于突兀,而且从开始到现在,该看清楚的都已经被陆赫扬看清楚了,这个时候再遮掩,已经没有意义。

"不小心撞到了。"许则垂下眼,低声说。

"那下次小心。"陆赫扬看了眼手环上的时间,"我还有事,先走了,谢谢你帮我们修车。"

"不客气。"许则还是这样回答,只是声音更低了一点。

陆赫扬回到车上,车子往前开了几米,陆青墨问他:"你跟那个人认识?"

"算不上认识,他也是预备校的。"

"预备校里还有这样的学生。"陆青墨笑笑,"看起来和预备校的学生不太一样。"

陆赫扬问:"哪里不一样?"

"哪里都不一样。"

快到下一个拐弯了,陆赫扬在打方向盘前看了眼右方的后视镜,烈日下,许则还站在原地,手里拿着水和伞,目光似乎正追随着他们的车尾。

周二,游泳课,许则在大厅里取了衣柜卡,今天抽到的是6号更衣室。

上星期期中考试过后,这次游泳课请假的学生明显多了很多。体育老师睁一只眼闭一只眼,只专注在那帮没有及格的学生们身上,并不太管束其他人,所以整个游泳馆比往常上课时空一些。

许则原本也可以不来上游泳课的,但他还是一下课就收拾好书包过来了。

路过几个更衣室,没什么人,偶尔有一两个学生正边换衣服边聊天。等他走到6号更衣室门口,视野忽然亮了一些,因为这间更衣室里的天窗最大，落日余晖投射进来，把衣柜和长椅都染成淡金色。

身形挺拔的男性正站在那片光影里，背对着许则，抬手把校服 T 恤换下来。

许则在原地怔了几秒，才反应过来，没来由地抓了一下书包带子，准备往前走，但门边凸起的标志牌上的红色字很明确地提醒他，这里就是 6 号更衣室。

陆赫扬把校服放进储物柜里，顺手捋了捋额前松散的发，打开水瓶，把里面的水喝完。他拿起泳裤准备去淋浴间，一转身看见许则站在门口。陆赫扬关上柜子，边朝门外走边说："好巧。"

"嗯。"这次许则回答得很快，但他其实是在回答完之后才想明白陆赫扬说的"巧"是指他们都抽到了 6 号更衣室。

"外面很热？"走过许则身边时，陆赫扬突然问。

许则有些不解地抬头看他，但立刻又避开陆赫扬的眼睛，看向别的地方，可实际上他也不知道该往哪儿看比较好。

"你的脸被晒红了。"陆赫扬接着说。

许则视线轻微地飘忽，回答："对，有点热。"

但陆赫扬又说："太阳都要下山了，还这么热？"

许则一下子不知道怎么应对，陆赫扬的手环已经被他摘掉了，陆赫扬的精神力小范围地发散，被自己的旧手环阻挡住一部分，但许则仍然能感知到一些。S 级的精神力天生带有压迫性，像只无形的手，扼住脖子或是别的什么地方，充斥着对抗的意思。

他忘了自己的手环质量不太好，既然不能彻底阻挡陆赫扬的精神力，当然也就无法完全隔离自己的精神力。

陆赫扬在感知到空气里另一种精神力时，只是看了许则一眼，然后走向对面的淋浴间。

换好泳裤，陆赫扬从淋浴间出来，许则还穿着校服，坐在长椅上，盯着地板发呆。昏黄的日光落在他的背上，悄无声息。

"要上课了。"陆赫扬将校服放进储物柜里,提醒他。

许则如梦初醒似的抬起头,看着陆赫扬的背影。两秒过后,他"嗯"了一声,拿起泳裤去淋浴间。

他在走到门口时就习惯性地拽住领口,一边走一边把上衣脱下来。陆赫扬拿了泳镜走出更衣室,正好看见许则的衣服换了一半,露出一截窄窄的后腰,上面有几处伤痕。

接着,许则绕进了淋浴间,消失在陆赫扬的视线里。

课上,许则按照体育老师给的任务指标做训练,陆赫扬和他隔了两个泳池,跟同班的同学在比赛自由泳。半个小时后,等老师登记完成绩,许则提早下课,回到更衣室。

他拿着衣服去淋浴间很快地冲了个澡,连头发都没擦干,又径直去了游泳馆大厅。

大厅里有台饮料机,许则站在它面前看了一会儿,确定里面的矿泉水已经没有了库存。离下课还有十分钟左右,许则没犹豫,转身走出游泳馆。

最近的饮料机在篮球馆,但其实也不近,他常走的那条路在维修中,需要绕道。许则顶着一头湿发,从夕阳和树荫下跑过,太阳确实要落山了,但在没有晚风的情况下,也确实有点热,跑两步就会出汗。

陆赫扬在下课前五分钟冲完凉,擦着头发回到更衣室,看了眼手机,贺蔚说在停车场等他。陆赫扬于是把东西收进书包里,关上柜门。

"赫扬,好了吗,一起走吧?"同班的几个学生也收拾好东西,从别的更衣室过来,站在门口喊他。

"好了,走吧。"陆赫扬说。

他们走到 4 号更衣室门口的时候,许则正从走廊尽头迎面跑进来,喘着气,身上穿着那件旧的黑T恤,头发还没干,脖子上湿湿的,不知道是汗还是从头发上流下来的水。

许则一抬头就和陆赫扬对上了视线，很短暂地愣了愣，微微张嘴，看起来似乎要说什么，但又意识到陆赫扬身边还有好几个同学，所以他最后只是安静地抿起唇，靠着墙往里走。

擦肩而过时，有个人不小心撞到了许则，许则手里的东西掉在了地上，那人说了声"不好意思"。许则没回答，等人走过去后，沉默地弯下腰，把东西捡起来。

走了几步，陆赫扬忽然回头看了一眼，许则手上拿着的是瓶矿泉水，掉在地上后可能弄脏了，许则低着头，侧脸看不出什么表情，他用手心擦了擦瓶身，然后往6号更衣室走去。

喉咙有点干，陆赫扬转回头看着自己手上的空水瓶，剧烈运动后确实很口渴，想着等会儿要去大厅里买瓶水。

周四早上，二年级的S级学生们被统一组织去隔壁市听讲座和参观基地。这次是学校出资，无须自费，但许则还是申请了不参加，不过老师很快来找他谈话，让他去听一听，对之后的联盟学院和专业的选择都会有帮助。

三十五个S级学生，最后确定参加的有三十一人，其中一部分人出于校车不够宽敞、路程太远等原因，直接让自家司机开了保姆车来。陆赫扬他们在这方面倒是不怎么挑剔，三个人拎了旅行包就上校车，坐到最后一排。

对于顾昀迟会愿意参加此次活动，贺蔚感到十分诧异，毕竟顾少爷是个一年来学校不超过三十次的旷课"惯犯"，居然会出现在这种集体性活动里，可以说是非常令人意外了。

他从上车前就不断地发出疑问，顾昀迟被他问得很烦，扔下一句"闭嘴"就合上眼靠在椅背上开始睡觉。

其他S级学生陆陆续续上了车，陆赫扬正在看手机，忽然听见贺蔚很轻地吹了声口哨："我还以为许则不会来呢。"

陆赫扬稍稍抬起头，发现许则也正朝这边看，两人对视的那刻许则转过头，在车子中间的一个位置上坐下。他只背了一个书包，瘪瘪的，看起来没装多少东西。

三个多小时过后，到了基地的山脚下，这里离市区稍微有些距离，显得偏僻了点。附近唯一一栋酒店是专门为上级和教授考察提供的，条件还算可以。

大家在酒店大堂集合，因为没那么多大床房，所以有几个人需要睡双人间。公平起见，老师用抽签决定房间分配，抽到哪张房卡就睡哪间房间。

陆赫扬举了一下手："老师，我不抽签了，给我双人间的吧。"

他在车上没能睡着，现在有点累，想尽快休息一下，也并不在乎睡单人间还是双人间，大床还是小床，这没什么重要的。

老师于是将一张双人间的房卡交给他，陆赫扬接过房卡，窝进沙发里闭上眼，等他们抽签结束。

没过一会儿，陆赫扬听见许则说："老师，也给我双人间的吧。"

陆赫扬半睁开眼，隔着两三米的距离，模糊地看见许则的侧脸。

在许则说完之后，又有几个人认领了双人间，到最后剩下的反而都是大床房，抽签已经没必要。

贺蔚和顾昀迟因为下车后去上了个厕所，回到大厅时直接分到了大床房的房卡。

所有人去前台做登记，大堂经理忽然拿着对讲机过来，说："抱歉，503房间水管出了问题，需要维修，暂时没办法入住了。"

"谁住503号房？"老师问。

"我。"许则举了举手。

老师点点头，问前台："还有其他房间吗？换一间。"

"稍等。"前台查询确认过后，有些抱歉地说，"不好意思，没有空余房间了。"

"那许则你可能需要和同学一起住一晚了。"老师转过头："刚刚选到双人间的举一下手。"

情况其实有点令人尴尬,这帮S级学生来自不同班级,许则平常又独来独往不跟人交际,老师担心他会落单。

不过还没等有人举手,一个声音响起来,语气淡淡的："我是双人间的,让他跟我住吧。"

S级学生们纷纷往后看,只有许则一个人站着没动,表情呆怔,肩背绷得紧紧的。

对贺蔚来说,今天继顾昀迟愿意参加活动之后又一惊人事件发生了。去乘电梯的路上,他挨着陆赫扬的肩低声道："我刚刚还想说,把我的房间让出来,我跟你睡一间,让许则睡大床房。"

"可你没说。"陆赫扬看他一眼,"平时嘴巴不是很快吗?"

贺蔚哑口无言,磕巴了两下,才回答:"我没想到你比我更快。"

"也不一定。"陆赫扬回答。

这句话让人摸不着头脑,贺蔚揣摩两秒,立刻反应过来,一把拉住顾昀迟,指着已经站到电梯里的陆赫扬,控诉道:"他居然是这种人!"

"被说中了,所以你恼羞成怒?"顾昀迟煽风点火,平静地反问他。

"滚!"

两个电梯同时在五楼停住,睡双人房的学生们在这层下。陆赫扬在朝房间走的过程中回头看了眼,许则正走在最后面。

陆赫扬刷卡开门,推门进去后没往房间里走,而是握着把手站在门边,顺手把房卡插进卡槽里。

大概三四秒过后,许则走到门口,大概是没想到陆赫扬就在门边等着,脚步顿了一下,接着他快步走进房间,同时说了一句:"不好意思。"

陆赫扬笑了下,把门关上,问:"有什么不好意思的。"

许则背着书包，站在电视机前的位置，整个人看起来有点僵硬和无所适从。他说："我走得太慢了。"

"没有。"陆赫扬把包放到沙发上，问他，"你睡哪张床？"

许则摘下书包，拎在手里。他盯着两张床之间的过道，尽量平静地说："都可以。"

"你睡靠窗那张吧。"陆赫扬拉开旅行包拉链，"十二点吃饭，我先睡半个小时。"

"好。"许则还是盯着过道看。

陆赫扬拿着睡衣进了浴室，换好后他开门出来，隔壁房间传来一阵敲打声——隔壁就是503，水管坏了的房间，现在应该是有人在维修。

许则正坐在床尾，陆赫扬拿出眼罩和耳塞，看向他的侧脸，说："如果我没听见闹钟，麻烦你叫一下我。"

"好。"许则将绞在一起的十指松开来，站起身，把窗帘拉上。

窗帘的遮光效果很好，房间里昏暗一片，陆赫扬问："你也要睡吗？"

许则又在床尾坐下，说："我不睡。"

"那窗帘开着也没事，我有眼罩。"

"没关系。"黑暗里，许则的语气听起来好像稍微放松了一点，他低声说，"你休息吧。"

"嗯。"

陆赫扬躺到床上，塞好耳塞，但没有立刻戴上眼罩。从他的角度看过去，许则就坐在隔壁床的床尾，没玩手机，也没看电视，只是坐在那里一动不动，很安静。

光线暗，他不戴眼罩其实也没有关系，但过了会儿，陆赫扬还是把眼罩戴上了。

许则在床尾坐了半个多小时，隔壁依旧在敲敲打打，可他还是动作很轻地拿出手机看了眼时间，老师在群里发消息，让大家准备一下，十二点下楼吃午饭。

他盯着屏幕,直到屏熄。许则把手机放回口袋,又坐了一会儿,然后他转过头,看向还在睡觉的陆赫扬。

其实他看不清什么,只能看到陆赫扬脸上的眼罩。许则站起来,走过去,脚踩在地毯上,没有声音。他走到陆赫扬床边,放轻呼吸,伸手在陆赫扬的肩上轻轻拍了拍。

等了两秒,没有反应,许则收回手,开口:"陆……"

只叫了一个字他就停住了,因为声音有点哑。许则再次伸出右手,拍拍陆赫扬的肩膀。

就在下一秒,陆赫扬毫无征兆地抬手按住许则的手背,紧接着用另一只手摘下自己的眼罩,在黑暗里盯住他。

一片死寂,连隔壁的装修声都听不见了,许则瞬间屏住呼吸,本能地从此刻的陆赫扬身上察觉到危险。

两人对视片刻,陆赫扬移开手,摘下耳塞,冷静地说:"不好意思,我以为有东西爬到肩上了。"

许则直起身,无意识地摸了一下手背,才回答:"没事,老师让我们下去吃饭。"

手机闹钟在这个时候响了起来,陆赫扬把它关掉,然后说:"好的。"

许则去拉窗帘,陆赫扬起身站在床边换衣服。许则看着窗外没回头,忽然听见陆赫扬说:"这里有家点心店的流沙包很好吃。"

"流沙包?"许则以为陆赫扬已经换好衣服了,但他转过身时陆赫扬正在换衣服,许则立即把视线转开,去看自己的书包。

"对,不过有点远,在市区。"陆赫扬套上T恤,"去年我和昀迟一起去吃的,现在不知道还有没有了。"

其实那流沙包可能并没有那么好吃,只不过那时他和顾昀迟出于甩掉保镖的想法,钻进左拐右绕的小巷,最后发现了那家不知名的小店——在那种情况下,吃到的东西也许就会特别美味一点。

现在又来到这座城市，突然想起这件事，所以陆赫扬提了提，也只是随口一说而已。更主要的是，他觉得许则过于紧绷了，虽然不知道原因是什么，但或许他可以用聊天的方式让许则稍微放松一些。

该下楼了，陆赫扬拿起手机准备出门，却听见许则问他："那家店……是在哪条街？"

没想到许则会主动顺着这个聊下去，陆赫扬想了想，说："好像叫金秋街，不过具体在哪条巷子，我记不清了。"

"那，店名叫什么？"

陆赫扬看向他，这次许则没有躲避他的目光，脸上的表情反而有点认真。陆赫扬笑笑，回答："只记得有个'乐'字，全名忘了。"

许则点点头，没有再说话。

午饭结束，老师让大家回房间午睡，下午两点半准时出发去听讲座。贺蔚和顾昀迟在车上睡足了，陆赫扬也在饭前休息过，三个人打算去逛逛。

离开前，陆赫扬走到许则座位边，把房卡递给他："房卡给你，我等会儿要出去。"

许则接过房卡，眼神停留在陆赫扬的手指上，回答："好的。"

回到房间，许则洗了把脸，拉上窗帘。走到床头时，他停下脚步，短暂的犹豫过后，许则弯腰把陆赫扬床上褶皱的被角拉上来，小心地抚平被面。

酒店的床很软，许则有些不习惯，来回翻了几次身，最后他朝左边侧躺，看向过道另一边床上的枕头，慢慢地闭上眼。

大约四十分钟过后，许则醒过来，看了眼手机，一点半。他正要坐起身，忽然听见很轻的敲门声，那人好像并没有认真在敲，只是试探性地叩几下。

许则下了床，走到门边，没有看猫眼就直接拉开了门。

门外，陆赫扬的手上拎着一袋东西，他看起来正要离开，听到门开了，回过身，嘴边带了点笑意，显然是玩得挺开心的。他问："吵到你睡觉了？"

许则还处在刚睡醒迟钝发蒙的状态，头发乱乱地翘起几根，T恤领口歪到一边。他反应过来后把门拉开一些，说："没有，我刚好睡醒了。"

"那正好。"陆赫扬又笑笑，从许则面前走过，把袋子放到桌上，"门先别关，贺蔚他们马上要过来。"

"好的。"许则虚掩上门，接着去拉开窗帘。

陆赫扬正在解袋子，旁边突然递过来一盒纸巾，他侧头看去，许则似乎已经回过神，表情开始变得不自然起来，说："擦一下汗。"

"没事，我等会儿要洗澡的。"陆赫扬从袋子里拿出一杯西瓜汁，放到桌上，问许则，"喝吗？鲜榨的。"

许则愣了一下，又想到这杯应该是陆赫扬他们三个人其中之一的，总之绝不会是自己的那份，他打算拒绝。

但陆赫扬接着说："给你带的，如果你不爱喝也没关系。"

外面太阳很大，陆赫扬的脸晒得有点红，头发被凌乱地往后拢起，汗从额角流下来，但他看上去丝毫不狼狈，反而少了几分冷淡，显出点他本色里的野性来，蓬勃的，伴随着手环低挡位无法阻挡的精神力外溢。

许则清晰地感受到对方同为S级所带来的压迫感，这压迫感没有让他产生不适，只是引发了较量抗衡的本能冲动。

"谢谢。"许则嗓子发干，低声说。

陆赫扬去浴室洗澡，没过多久，贺蔚和顾昀迟推门进来。见许则站在桌边，一副有些失神的样子，头发和衣领也乱乱的，贺蔚立刻口无遮拦地说："哇，看来是陆赫扬吵得你没有睡好。"

浴室门打开，陆赫扬擦着头发走出来，问："什么？"

"你确定要听他重复那些废话？"顾昀迟说。

陆赫扬认同地点了一下头："那还是算了。"

"我懒得跟你们讲。"贺蔚走过去把桌上的袋子拎到茶几上，从里面拿出一袋杨梅，"刚刚为了抓鱼，我都掉河里了。"

顾昀迟在沙发上坐下："要不是你掉河里了，我们也不会那么早回来。"

这是事实，贺蔚不服气地嘀咕了一声，插上吸管喝西瓜汁，喝了两口以后抬起头，问许则："你喝了吗？这西瓜汁是赫扬榨的，很甜。"

不等许则回答，陆赫扬从袋子里找出一根吸管，给桌上那杯西瓜汁插上，递到许则的手里，接着又开了一杯给顾昀迟。

"还有冰杨梅。"贺蔚纯粹是个到了山里看什么都觉得新奇的大少爷，为自己挑了一颗最大的杨梅，咬了一口，说，"老板说是放在山泉水里冰镇的，吃起来特别爽。"

仲夏悠闲的午后，陆赫扬和顾昀迟靠在沙发上，贺蔚坐在茶几的一头，窗外阳光热烈，空调风吹拂着薄薄的窗帘。三个人在聊天，从贺蔚养在马场里的马，聊到顾昀迟上周陪爷爷在拍卖会上拍下的名画，再聊到陆赫扬定期参加的滑翔和跳伞活动……许则安静地坐在床尾看着他们，觉得这一刻很好，虽然他并不是他们中的一员。

有些界限是很明显的，陆赫扬他们看起来礼貌客气，但也仅限于此，实际上他们与许则之间的距离永远不会被拉近。圈子从出生起就已经被画好，其余人很难再和他们深交，他们也不需要。

不过这对许则来说没什么要紧的，他并没有想过这些。只是现在，至少他可以坐在这里，旁观陆赫扬在其他亲密的朋友面前是怎样的——这都是他从前没有机会看到的样子。

两点半一到，几个人出了房间。走廊不算宽阔，四个男性走在一起有点挤，许则一个人自觉地落在后面，没过两秒，陆赫扬放慢脚步，退下来和他并肩走。

所有人集合完毕，校车往山上开，十几分钟后他们到了基地，不过今天是研究员们统一做报告的日子，所以他们无法参观，只能等到明天。

讲座在会议厅里举办，除了预备校的S级学生们，还有一批市、区重点预备校的学生们。S级精神力的人成队出现算是件罕见的事，直到他们落座,那些目光仍然在他们的身上来回打探,带着些好奇。许则坐在倒数第二排,和陆赫扬他们隔了三排的位置。

讲座开始没多久,陆赫扬左手边的外校女孩儿就侧过头跟他说话,看表情,她应该不是在聊关于讲座的事。

许则就那么看了他们一会儿,然后把视线转向大屏幕,安静地记笔记。

三个小时后,讲座结束,S级学生们坐车回到山下酒店,趁天还没黑,贺蔚提议再去抓一次鱼。对他来说,在山里下河抓鱼反而比坐私人游艇去海钓来得更新鲜有趣一点。

陆赫扬打算把房卡先给许则,但看了一圈,没有见到他的人影。他去询问老师,老师给出的回答是:"许则一下车就跟我请假了,说出去一趟。"

"能去哪儿啊?"贺蔚在一旁进行一些乱七八糟的猜测,"不会是被外校的女孩儿拐跑了吧?"

"这样吧,我联系一下许则,到时候让他去前台再领一张房卡。"老师说,"你们出去玩的,都注意安全,今天晚上会下雨,早点回来。"

"嗯嗯。"贺蔚的谎话张口就来,"我们就是去看看风景,走走。"

山里的鱼很灵活,他们抓了一个多小时,最后只收获几尾小鱼苗,三个人将它们放回河里,上岸,回酒店洗澡吃晚饭。

就在他们往回走的那十分钟里,天上下起暴雨,到酒店时他们的头发和衣服都已经被淋湿。陆赫扬打开房门,里面一片漆黑——许则还没有回来。

甚至一直到晚饭结束,八点多的时候,许则仍然没有出现。外面还在下大雨,老师在陆赫扬离开餐厅时告诉他:"许则跟我说他在回来的路上了,你记得给他开门。"

"好。"陆赫扬回答。

回到房间,陆赫扬打开电视,新闻台正在重播早间新闻。陆赫扬看着画面中被一众名流拥簇的那个男人，脸上没什么表情，按下遥控器换了台。

大概十分钟后，他听到敲门声。

陆赫扬从沙发上站起来，过去将门打开。

站在门外的是许则，他整个人像刚从水里被捞出来，浑身湿透，一滴一滴的水珠顺着发尾往下掉，薄薄的白T恤紧贴在身上，清晰地显现出衣服下的身体线条。他的唇色和脸色苍白，但深灰色的瞳孔在两人四目交接时好像忽地有了些神采，眼睫毛跟着轻微地抖动了一下。

他手上拎着一袋东西，被包得里三层外三层的，不知道装了什么。

"进来。"见许则还站着不动，陆赫扬提醒他。

许则动了动脚尖，往房间里走。门边是开关台，陆赫扬调高空调温度，没问许则去了哪里，也没问他去做了什么，因为这是对方的私事。陆赫扬只说："你先洗个澡。"

"嗯。"许则低声地应道。他把袋子放到桌上，去书包里拿衣服，看起来有点犹豫，好像明明已经知道答案，但还是想问些什么。

踌躇过后，许则终于问："你们已经吃过晚饭了吗？"

"对。"

许则默不作声地点了一下头，拿着衣服进了浴室。

许则洗完澡出来，陆赫扬正支着下巴坐在沙发上看电影。旁边还有张空着的单人沙发，但许则只是走到自己的床边坐下，垂着脑袋擦头发。

"晚饭吃了吗？"陆赫扬回过头，问他。

许则把脸从毛巾里露出来，回答："还没有。"

"需要帮你联系餐厅吗？"

"不用的。"许则说，"我自己买了。"

陆赫扬看向桌上那袋被包得严严实实的东西："这个？"

"嗯。"

陆赫扬于是转回头，继续看电视。许则拿毛巾一下一下地揉着头发，很轻地深吸了口气，问："你要一起吃一点吗？"

"谢谢，我晚饭吃饱了。"陆赫扬礼貌地拒绝他。

"好的。"许则的声音被捂在毛巾里，有点闷闷的。

头发被擦到半干，许则站起来，走到桌边，把袋子拆开。有根碎发落在脸上，痒痒的，许则抬手在眼下抹了抹。

这个动作很像在擦眼泪，陆赫扬扭头看他。

许则垂着眼睛，身上那件黑T恤陆赫扬已经是第三次见到他穿了，许则淡色的唇微抿着，不知道为什么看起来好像有点低落。陆赫扬感到奇怪的是，许则应该是个情感波动很小的人，不爱笑，话很少，可有时自己却还是能从他身上察觉出一些细微的情绪，也许是自己多想了。

"买了什么吃的？"陆赫扬忽然问。他莫名想看看许则现在的正脸，以确定对方是否真的在失落，或是别的什么。

许则没有把脸转过来，但动作明显地顿了一下。他手里攥着塑料袋的带子，捏紧了，仿佛回答这个问题是件挺为难的事。

不过他还是回答了："流沙包。"

陆赫扬轻微地愣了愣，重复道："流沙包？"

"嗯。"

房间里一下子静下来，陆赫扬又看向电视屏幕，片刻后，他站起身朝桌边走，伸手将塑料袋拉开一点。里面的东西还有温度，热气笼罩指背，陆赫扬看见里面不止有流沙包，还有其他点心，被一份一份地单独打包严实，许则又在外面套上好几个塑料袋，所以完全没有被淋湿。

许则又问道："你要吃吗？"

这个提议被陆赫扬拒绝过一次，许则原本不可能再问，可眼下他实在没什么能说的话了，只得又问一遍。

陆赫扬一手撑在桌沿，微微倾斜身子，不答反问："你去市区了？"

"嗯。"

"怎么去的?"

"山下,有公交车站。"许则很诚实地告诉他。

"远吗?"

"大概走两公里,再坐四十多分钟的公交车,就到市区了。"

许则的语速不快不慢,他吐字清晰,像导航在为主人播报行程路线。

"所以你来回花了三个多小时。"陆赫扬下结论。

"嗯。"许则其实没仔细看时间,但他现在稍一计算,大概是用了这么久,他刚刚没有计算时间。

"那家店还在?"陆赫扬看着许则的脸,问他。

"已经不开了,在另一家店买的。"许则说完之后,又补充了一句,"他们说这家店的也很好吃。"

陆赫扬发现许则说话是需要被带动的,表现在只要你问他问题,他就一定会回答,并且是如实地回答——但这不是重点。

重点是,来回三个多小时,在一条陌生的街上,在街边十几条小巷里,去找一家只知道名字里有个"乐"字并且已经消失的小店——这期间他到底要绕多少路,要主动开口去询问多少人,只有许则自己知道。

陆赫扬的食指指尖在光滑的桌面上很轻地打着圈,他问:"为什么?"

"因为……"许则往后退了一步,手扶在桌子上,使自己看起来自然一些。他能感觉到陆赫扬的眼神,看着地毯,说,"你说很好吃,我就想尝尝是不是真的很好吃。"

这个回答就不太诚实,陆赫扬想告诉许则,你一点也不像个会因为嘴馋而大费周章地去买东西吃的人。

但他只是直视着许则,慢慢地开口:"是这样啊。"

许则连点头都忘记,就只站在那里。

"你吃吧。"陆赫扬最后说,"吃完早点休息。"

他坐回沙发上,低头看手机。许则后知后觉地"嗯"了一声,拆开包装膜和塑料盖,在椅子上坐下。

电视里猛地响起一声尖叫，将两人的注意力都吸引过去。许则看看屏幕，又微微侧头看着陆赫扬，没想到陆赫扬也正在看他，并说："你可以来沙发这里看。"因为许则坐的位置看屏幕有点吃力。

"没事。"许则摇摇头。

他继续吃东西，又听见陆赫扬说："隔壁房间的水管已经修好了。"

许则觉得自己瞬间就领悟了陆赫扬的意思，看着包装盒里的小吃，身体像被定住了。过了会儿，许则才抬起头，说："我马上跟老师说一下，去隔壁住。"

他一边说一边在脑袋里计算，自己拿着所有东西从这间房间里离开大概需要多久，应该不会超过一分钟——即使这样也很漫长。许则就算再迟钝，在意识到对方表达拒绝意味的暗示时也仍然会感到尴尬、难堪，毕竟那是陆赫扬。

在许则准备起来收拾东西时，陆赫扬却问他："你想去隔壁吗？"

这个问题让许则完全不知道该怎么回答，他对陆赫扬提问的意图感到一片茫然。

陆赫扬却从容地喝了口水，然后朝许则看过来，说："想也没办法了，隔壁已经有人入住了。"

换作别人可能会有种被逗弄的感觉，但许则只是缓慢地眨了一下眼睛，在确认自己不需要从这间房间离开之后，轻声说："好的。"

"流沙包还有吗？"陆赫扬弯起一点嘴角，心情不错的样子，"想尝尝看值不值得你跑那么远去买。"

"有。"许则的动作一下子利落很多，他拿出一盒没打开的流沙包，走到沙发边递给陆赫扬，说，"还没有冷。"

陆赫扬接过去，笑了下，"谢谢。"

关灯后，陆赫扬在戴眼罩之前问许则："空调温度需要调吗？"

房间里很静，陆赫扬的声音又低又轻，许则摸了一下自己的耳朵，回答:"不用的,刚刚好。"

"好。"

视线渐渐适应黑暗,许则以为自己会睡不着,甚至彻夜难眠,然而他现在的心情竟然意外地平和,感觉像在做一个梦。

他闭上眼陷入睡眠,梦变得越来越复杂、混乱。

陆赫扬在凌晨一点多被吵醒,摘下眼罩,旁边床上的许则正在断断续续地小声咳嗽,伴随着吸鼻子的声音,不算响,但陆赫扬没戴耳塞,一点动静就能影响到他。

他坐起身,伸手按亮壁灯,往右边看。许则半张脸埋在被子里,紧闭双眼,眉头微微皱起,无意识地咳嗽着,并且不受控制地在散发波动的精神力。

应该是他淋了雨的缘故,再加上许则的波动期刚过去没多久,他很容易就因此感冒了。

陆赫扬下了床,站到许则的床边,把他的被子往下拉了一点,露出整张脸。许则的嘴唇和脸颊都泛着不太正常的红,头发乱乱的,这样躺在床上的时候,看起来很脆弱,但反而比平时的他更生动、真实一些。

"许则。"陆赫扬叫他。

许则的眉头皱得更紧了,他把头往右扭。陆赫扬看见他后颈也红了一片,估计是发烧了,如果不及时处理,可能又会引发精神力暴动。

陆赫扬出了房间,下楼找值班服务员,要了一支体温计和两片退烧药。

电子温度计因为太久没用,里面的电池早就不知道什么时候被拆掉了,服务员让陆赫扬稍等一下,她找找电池,但陆赫扬不想再麻烦对方,从药箱里拿了支水银温度计。

回到房间,陆赫扬戴上手环,将挡位调到最高,以阻挡许则外溢的精神力,接着拧开一瓶新的矿泉水,把水和药片放到床头柜上,用酒精棉片消毒温度计。他俯下身,准备将温度计放到许则的腋下,说:"量一下体温。"

许则似乎对这根冰凉的东西很排斥，把头别开。他的鼻息沉重又急促，修长白皙的脖颈随着呼吸起伏。陆赫扬伸出另一只手，固定住许则的胳膊，想把温度计放好。

这过程中，许则迷迷糊糊地半睁开眼，极不清醒地看着陆赫扬，没过多久又闭上眼睛，大脑一片混沌。

陆赫扬趁着空隙，把温度计放入许则的腋下，许则被冰了一下，又想躲开，但陆赫扬低声说："别动，测体温。"

他不知道许则听见没有，不过那颗脑袋确实没有再乱动了，连手也垂下去。

为避免许则把温度计拿出来，在等待结果的几分钟里，陆赫扬一直站在旁边看着。

时间一到，陆赫扬取出温度计——将近三十九摄氏度了，他确实发烧了。陆赫扬去洗手间洗了手，回来后，托着许则的后颈把他的头抬起来一点，在下面垫了个枕头。他拿着药送到许则的唇边，说："你发烧了，吃颗药。"

许则这次很顺从地张开嘴，把药吃进去，陆赫扬接着喂他水，许则喝了两口就停下了。

陆赫扬问他："药吞下去了吗？"

许则有气无力地点了一下头。

"再喝点水。"陆赫扬说。

许则听话地又喝了几口，陆赫扬把瓶子移开。有水从嘴边溢出来，滑到他的下巴上。陆赫扬抽了张纸巾，帮许则擦了擦，然后拿走枕头，让他重新躺回床上。

过了十几分钟，许则渐渐平静下来。陆赫扬收拾好东西，在回床上之前看了许则一眼，最后关上灯，重新睡觉。

第三章 送你回家

许则每次发烧都会做很多梦,都是差不多的梦,有好的也有坏的。

他被牵着手走进那片陌生的住宅区,有个声音叮嘱他:"你乖乖的,不要说话,见到人就要笑,知道吗?"许则抬起头,却看不清对方的脸。

梦里真热,许则有些呼吸困难,忽然有凉水劈头泼下来,他视线模糊,耳边传来小孩对他大喊"你活该"的声音。许则抬手擦脸,但他怎么擦也擦不干,不断有水往下流。

周围瞬间又安静了,有人拿着纸巾在他脸上轻轻擦,对他说:"没关系,我陪你一起晒干。"

许则张了张嘴,想回答"好",可嗓子里发不出任何声音。

他艰难地睁眼,看见光从窗帘外透进来一点点。脑袋异常沉重,许则缓了半分钟,才想起自己在什么地方,立刻转头看向隔壁床,空的。

"醒了吗?"

许则循着声音抬头看去,陆赫扬正靠在几米外的桌边,看不清脸。许则坐起来,问:"要迟到了吗?"

他发现自己的嗓音有点哑,鼻塞,头晕,后颈微微发热。

"没有。"陆赫扬过去将窗帘拉开一条缝,说,"你凌晨的时候发烧了。"

所以他身体的不适就有解释了,但许则的重点完全在另一个地方,他问:"我吵到你了吗?"

因为鼻塞,许则说话时带着点鼻音。陆赫扬站在漏进来的那道光里,看着窗外,昨晚下过暴雨,今天天气很好。他回答:"嗯,吵到了。"

白色的床单被许则一下子抓紧,他刚要说"抱歉",又听见陆赫扬说:"我给你量了体温,喂了退烧药。"

许则不记得,完全没有印象,唯一能回忆起的画面是在壁灯昏暗的光影下,自己半睁开眼,面前有个模糊的人影——他以为那是梦。

"谢……"

陆赫扬不咸不淡地打断他:"给你量体温的时候,你咬了我一口。"

许则彻底呆立在那里。

"起来洗漱吧,收拾好东西退房,然后吃早饭。"陆赫扬抬手将窗帘拉开一半,房间里瞬间明亮起来。

许则已经完全丧失思考能力,只呆呆地应了声"好"。

直到早饭结束,坐上车到达基地,许则仍然没有回过神。

他完全不打算逼自己去回忆凌晨的细节,陆赫扬说了什么,许则无条件相信。

午饭是在基地食堂解决的,他们吃完后就上车回预备校。许则在离开食堂时发现自己裤袋里那本手掌大的笔记本不见了,大概是他用餐的时候从口袋里掉出来了。他立刻折回去找,恰巧碰见陆赫扬一个人在食堂门口,贺蔚和顾昀迟正站在大厅的饮料机前。

许则低着头从陆赫扬身边走过时,被叫住了:"找东西吗?"

他停下脚步,抬起头,陆赫扬手里拿着小小的笔记本,说:"有个人捡到了,里面写着你的名字。"

"谢谢。"许则伸手去拿本子。

然而陆赫扬却将手往后移了一下,导致许则抓了个空。许则露出微怔不解的表情，陆赫扬看着他，问："发烧好了吗？"

许则本来是好了，但他这样一提，背上立刻冒汗，又热起来，出于一种无颜面对的难堪。他把目光别开一点，不去看陆赫扬的手，回答："好了。"

陆赫扬这才把笔记本递还给许则。

许则接过本子，顿了顿，说："对不起。"

"为什么对不起？"陆赫扬看似认真地问。

他并没有笑，但许则却感觉他的眼里含了点笑意，让人捉摸不清。

"我不应该……"许则说着，看了陆赫扬一眼，又很快侧过头，说，"我当时什么都不知道，对不起。"

在他看来，这是一件非常冒犯的事。

"你确实什么都不知道。"陆赫扬说，"没关系，别放在心上。"

许则抬眼看他，陆赫扬的表情看起来很自然，跟怀揣心思的人完全不一样，一眼就能看出不同，许则抿了抿唇，点点头，庆幸他没有在意这件事。

回到预备校是下午四点多，贺蔚下了校车直呼脖子疼，要立马回家睡觉，一刻都不能等。

他拎着旅行包往停车场走，没走几步又停下来，回过头，看着并肩站在原地的陆赫扬和顾昀迟，不可置信地问："你们不会还要回班里上最后一节课吧？"

"不是。"陆赫扬说，"今天周五。"

贺蔚有些迷惘："所以呢？"

"我们要去城西。"顾昀迟一边在手机上打字一边回答他，"在订位置了，给你三秒钟时间决定要不要去。"

顾昀迟说完，陆赫扬立刻平静地开始读秒："三、二……"

贺蔚被他们催得毫无招架之力："去去去！去！我去！"

接着,他视线越过陆赫扬的肩,忽然说:"许则,你还回去上课啊?"

陆赫扬和顾昀迟转过身,许则正背着书包往校门走,听到贺蔚叫他,回过头,浓烈的夕阳照在他的脸上,却给人一种干净又清凉的感觉。许则这次没有去看陆赫扬,只是对贺蔚点了一下头:"还有一节课。"

"真努力啊。"贺蔚感叹,"要是你是我爸的儿子,他该多开心。"

这是很无心的一句玩笑话,但许则的脸色忽地僵了半秒,然后他说:"我先走了。"

"拜拜!"贺蔚朝他挥挥手。

许则往前走了没两米,听见贺蔚不怀好意地问陆赫扬:"上次给你打电话的小姐姐到底是谁?今天约出来让我们瞧瞧?"

"真的想见她?"陆赫扬问。

许则垂眼看着地面,加快脚步走了几步,很快就听不清他们接下去的对话。

"嗯嗯想看!"贺蔚猛点头。

"可你早就见过她。"陆赫扬说。

贺蔚睁圆眼睛,陆赫扬继续说:"新闻里也经常能见到。"

贺蔚的嘴角开始抽搐,陆赫扬最后说:"她叫陆青墨。"

"哦……原来是我们美丽的外交官陆姐姐。"贺蔚笑不出来,"我就说嘛,你怎么会……算了,是我太单纯了,单纯的人总是容易受伤。"

"有病。"顾昀迟说。

三人吃过晚饭,换了车,开车去城西。他们出了电梯走进俱乐部时,陆赫扬被一个高壮的男人撞了一下,对方连道歉都懒得说,头也不回地继续朝前走。

"是故意的吗?"贺蔚低声地问。

"不是。"陆赫扬微微转头,见那个男人已经走到角落里。角落的位置还站了几个人,其中一个穿黑衬衫的男人正背对着他们,一手搭在旁边的游戏机上,指间夹着一根雪茄。

"撞你的是个保镖。"贺蔚在这方面相当敏锐,"估计来了什么人,今晚要当心点。"

他们进了场馆,位置已经爆满,顾昀迟订了第一排的座位。三人坐下没几分钟,第一场就开打了,陆赫扬注意到有一张贵宾座一直是空着的。

第二场开始后不久,四个男人从一条小通道里出来,走向贵宾座。最中间的男人穿着黑衬衫,在沙发上坐下,其余三人守在椅子后。场馆里灯光已经暗下去,让人看不清那人的模样。

"唐非绎。"顾昀迟喝了口水,淡淡道,"原来是他。"

陆赫扬对这个名字不算陌生,唐非绎的父亲曾经做生意不择手段,后期规矩了些,跟顾昀迟家在商业场上交过手,不过顾家实力足够雄厚,并没有受到任何影响。现在唐非绎接手了他父亲的大部分生意,一面塑造成功的商人形象,一面干着父辈的老本行,为了赚钱不择手段,属于难惹的那类人。

"瓜来了。"贺蔚拿着手机,卖票小弟已向他详细地科普完毕。

"地下俱乐部唐非绎也有投资,这个拳击场是他单独包下的,他算是大老板。而且他每次来自己也会投注,投的一定是当晚最大的。"

"最近几个月,他每次都只投给一个人。"贺蔚抬起头来,"你们猜是谁?"

话音落地,一声哨响,第二场结束,大屏幕上显示下一场比赛的两位拳手的名字。

其中一个是17号。

灯光亮起来一些,陆赫扬侧过头,看见唐非绎的脸。

那是一张很年轻的脸,嘴角上挑,眼睛细长,透着股病态的邪气。

唐非绎正跷着二郎腿靠在沙发上,慢慢地转着右手无名指上的一枚马鞍戒,头仰起,盯着大屏幕上的选手名。

"不是吧?谁不知道唐非绎下手黑,会操控拳手比赛啊。"贺蔚痛心疾首,"他都毁了多少个好拳手了,现在是打算祸害 17 号吗!"

陆赫扬把视线从唐非绎脸上移开,同样去看大屏幕,屏幕上除了选手名,还有本场最大的投注者——Tang。

"我的身材又好年纪又小又能打的 17 号,呜呜呜。"贺蔚还在一旁惋惜,灯光暗下去,第三场要开始了。在陆赫扬还没来得及把目光转向选手通道的时候,贺蔚忽然骂了句脏话,大叫起来,"这什么啊!这什么啊!"

紧接着,陆赫扬耳边响起这几次以来听到的最尖锐、最大的欢呼声,他看见唐非绎放下腿,身体前倾,望着选手通道的方向,脸上带着微笑。

追光灯打在 17 号和他的对手身上,另一个拳手是什么样陆赫扬没在意,他只看见 17 号的上半张脸涂了油彩,但除此之外,他的脸上还有其它的装饰,比起平常的样子,多了几分危险的美感。

这场打的是 MMA,17 号的装扮十分奇特。黑色的油彩蔓延至后背,和以往的干净和清爽的感觉完全不一样。

贺蔚都看呆了,一边说着脏话,一边拿出手机打开照相机时,嘴里还说着:"我以后也要当老板,包整个场子让别人按我的想法来比赛。"

"你现在也可以。"陆赫扬拿过他的手机,关掉,说,"拍这个干什么。"

贺蔚啧啧几声:"湖岩公馆的表演好油腻,完全比不上这个。"

毕竟一种是讨好宾客的表演,一种是忍辱负重的谋生,二者有本质区别。

17 号的脸上一直没什么表情,他在进八角笼之后看了眼第一排的位置,然后低下头。

他那种样子,看起来既平静,又隐忍。

陆赫扬垂眼调整手环挡位,发现已经是最高档了——他半分钟前才调的,现在却完全失忆,做着重复的动作。

台裁吹了声哨，周围的高呼声渐渐平息下去，八角笼里的两位拳手面对面站着。17号的对手身上也戴了几样小东西，不过对比之下很明显看出那些只是象征性地戴一戴，而17号才是被刻意装扮过的。

有人拿了台单反跑到唐非绎的身边，俯身听他说了几句什么，点点头，直接站上了旁边的一张桌子，将镜头朝着八角笼内，开始录像。

"下三烂，还录视频。"贺蔚又骂，仿佛刚才试图拿手机拍照的人不是他。

陆赫扬看了一眼录像的人，又接着去看八角笼内。

从17号打出第一个动作开始，所有人就知道他会赢。他不像前两次那样开局被动，先以格挡为主，而是干脆果断地直接出击，一拳就让对手见了血。

"看来17号想快点结束。"顾昀迟说。

但17号的对手却不断地闪身退让，就是不肯正面迎击，仿佛故意要让17号在台上耗得久一点。他在八角笼里绕着圈子，做出各种挑衅的动作和表情。17号站在八角笼中央，肩背和四肢都紧绷着，紧实流畅的肌肉一起一伏。

"对手不是专业的。"贺蔚也发现了端倪，眉头皱起来，"他根本就是唐非绎派来戏弄17号的。"

陆赫扬的十指交叉在一起，左手大拇指有一下没一下地在右手虎口上摩挲。他盯着八角笼，抿住嘴唇，下巴到下颌呈现出一道有些凌厉的线条。

场上，17号瞄准时机，一个直拳砸中对手的鼻子，在对方摇晃着找平衡时，转过身紧接着将一记后旋腿踢了上去，对手整个人翻向一侧，狠狠地砸在八角笼的围栏上。

观众高声欢呼起来，对手半靠着围栏瘫坐在地，估计是被打得太没有颜面，面目狰狞地朝17号骂了三个字，嘴里的唾沫和血沫一起往外溅。

第一排座位，离八角笼太近了，陆赫扬清楚地看见了对手的口型。

贺蔚也看清了,从椅子上站起来,大骂:"那人是输不起吧!"

但17号却格外冷静,走过去,揪着对手的头发将他拖到场地中央,一手钳制住对方的脖子,一手朝他嘴角的位置挥过去几拳。

对手被打得咳嗽不断,护齿都掉到地上,可他竟然笑了,抬起手,做了一个侮辱性的手势。

17号的胸口起伏了几下,然后他站起身,掐住对手的脖子将其拎起来,走了几步,把他朝围栏上狠力地摔过去,将他的脸砸在铁丝网上,一动不动地死死压住他——用的是那只同时戴了装饰物和分指拳套的手。最后,动弹不得的对手噗地吐出一口血,喷到场外。

17号很少出手这么重,这种场面无疑是极富刺激性的。在观众的尖叫声里,唐非绎的表情和眼神已经不能用兴奋来形容,简直是种神经质的疯狂,他大笑着鼓起掌,像是欣然目睹17号被逼到这样狠厉的地步。

结束了,17号松开手,没有往观众席看一眼,头也不回地推开八角笼的门,从选手通道走回后台。

他的身影刚消失在通道口,唐非绎就离开了贵宾席,从来时的那条小道往回走。

"肯定是去找17号了。"贺蔚一脸惋惜,"你看刚刚17号在场上多帅。"

陆赫扬还看着八角笼,里面那个男人正在被抬上担架。

"虽然17号的脸被涂成那样,但他绝对长得很好看。"贺蔚喋喋不休,"还是个S级!

"而且17号刚打完这么凶的架,现在估计正是精神力不稳定的时候,他很容易被人控制……"

"咔嗒"一声,陆赫扬手里的矿泉水瓶盖掉在地上,滚到座位底下不见了。他对着地面看了会儿,随后喝了口水。

贺蔚还打算开口说一些更加离谱的猜想,陆赫扬突然把剩下的半瓶水塞进他手中,接着站起来。

"你又想干吗?出去透个气还是打电话?"

"去找瓶盖。"陆赫扬回答。

贺蔚还没反应过来,陆赫扬已经走到过道里。贺蔚只能冲着他的背影大声地叮嘱:"你小心点啊,别去太偏僻的地方了!"

陆赫扬走到场馆门口,卖票小弟正在跟人聊天,见陆赫扬来了,一愣,把嘴里的瓜子壳吐出来,谨慎地问:"有……有事吗?"

他有点怕陆赫扬,也怕顾昀迟,因为他们俩不像贺蔚那样总是笑嘻嘻,看起来有压迫感,不太好说话的样子。

尤其是现在,陆赫扬的表情好像比前两次还要冷淡。

"后台在哪儿?"陆赫扬问他。

买票小弟为难地说:"后台啊,这个可能不太方便让外人……"

陆赫扬没说话,将一卷钞票放进他的衬衫口袋里。

"来这里玩的都是朋友,没什么外人不外人的,我现在带你去!"小弟眼睛都亮了,立马伸手引着陆赫扬往旁边的通道里走,一边热切地自我介绍,"叫我小风吧,以后有什么事招呼一声就行。对了,你去后台找谁呀?"

"17号。"陆赫扬回答。

小风吓得手里的瓜子都抖掉了一半:"找他吗?现在?"

"不可以吗?"陆赫扬平静地问。

"可是大老板现在应该……也在后台。"小风犹豫地说,"要不我们等等再去吧。"

陆赫扬看着前方,抬手捏了一下肩膀,过了会儿才问:"等什么?"

"大老板在,不太好去吧。"

陆赫扬只说:"你带我去,其他的我会看着办。"

"不不不,我一定帮你见到他!"那卷钞票正沉甸甸地窝在胸前口袋里,小风深谙顾客是上帝、优质服务才能拥有回头客的道理,立马表态。

"麻烦你了。"陆赫扬说。

"我办事,你放心!"

他带陆赫扬走到后台,长长的过道两侧有不少房间,唐非绎的保镖没守在走廊上。走了十几步,小风说了句"冒犯了",接着揽住陆赫扬的肩,正好路过下一间屋子,对里面的保镖们挥挥手打了个招呼:"嗨,我带新来的小哥来搬饮料。"

陆赫扬的身影被小风挡着,保镖们没在意,只点了下头。

"17号在最里面的那间。"小风放下手,继续在前面带路,"你确定现在要过去吗?万一听到什么不该听的……"

他说着才忽然想起来,回头问陆赫扬:"你跟17号是什么关系啊?"

陆赫扬看着通道尽头的那扇门:"朋友。"

"哦哦,好的。"

到了门口,小风把脚步放轻,做了一个噤声的手势。

门虚掩着,能听见里面隐隐约约的说话声。陆赫扬直接绕过小风,站到门外。

小风东张西望地替他把风,等了半分钟,小声地问陆赫扬:"你这样听你朋友的墙脚,真的好吗?"

陆赫扬没有回答,仍然没什么表情地站在那里。他身形挺拔,其实小风觉得他看起来完全不像在偷偷地听墙脚,反而显得很光明磊落。

从陆赫扬的角度看过去,门缝里,他能看见唐非绎的肩膀,还有屋子里墙角位置的那面破长镜,镜子里倒映出17号的侧身,他正跟唐非绎面对面站着。

"明天真的不跟我去?多出去见见世面也好,要是你想,我找几个女孩儿陪你玩……"唐非绎紧紧地盯着17号,"不过,你只能听我的。"

17号别过脸:"不去。"

唐非绎忽然笑了一声,将嗓音压低:"你穿这身打拳时简直像艺术品……"

"你可以走了。"17号打断他,声音低到不行。

"总有一天,你只能听命于我,你跑不掉的,我现在只是在享受看猎物挣扎的快感。"唐非绎低头说道。

小风还在探头探脑,陆赫扬猛地拽住他肩上的衣服,带他闪进旁边漆黑的房间里。没过两秒,唐非绎拉开门走出来。

"吓死我了,吓死我了。"小风靠在墙边,捂着胸口在心中说。

一分钟后,陆赫扬偏过头朝走廊上看了眼,然后说:"我先进去了。"

"嗯,我在外面给你把风!"

陆赫扬走出去,将手搭在房间的门把手上,慢慢地往里推。

老旧的门发出"吱呀"一声,一点点打开,17号就坐在正对着门口的靠墙的一张旧桌子上。他脸上的装饰已经拿掉了,手套和拳套也摘了,但脖子上的装饰还戴着,两腿垂下,脚尖朝下,从膝盖到脚背,延伸成一道修长洁白的线条。灯光很暗,冷冷淡淡的一片褐黄,桌面散乱堆满水瓶和杂物,背后的墙裂痕斑驳,17号坐在那里,浑身透露出疲惫,像一幅没有生气的画。

他低着头,表情看起来怏怏的。听到推门声,17号以为唐非绎又折了回来,于是冷冷地抬起眼,眼神里带着些厌恶。

陆赫扬站在门边,朝他笑了一下。

17号看着陆赫扬,愣住,好久之后,他才回过神,立即抬手摸自己的脸,在看见指腹上蹭到的油彩后,他似乎稍微松懈了些,但又忽然意识到什么——17号转头想找外套,可手边除了一堆乱七八糟的杂物,什么都没有。

在这个过程中,陆赫扬已经关上门走到他面前。

17号的呼吸有些重,他一副很紧张的样子,两手垂在腿侧的桌面上,手指蜷起。

"还记得我吗?"陆赫扬问他。

"记得的。"17号微微垂下眼,躲避对视。

他的声音有点哑,还带着些鼻音。

走廊上传来各种说话声和脚步声,显得这间屋子格外安静。陆赫扬看着17号:"感冒了?"

17号稍微犹豫了下,点点头。

"能看看吗?"

不知道陆赫扬是要看什么,17号抬起头,有些不解,陆赫扬轻轻抬了抬下巴,示意17号脖子上的饰品。

17号下意识地摸了一下饰品,他以为在别人眼里这东西是用来羞辱他的装饰物,带着某种嘲弄的意味,可陆赫扬好像并没有这样认为。

陆赫扬盯着那饰品看了会儿,接着往前走了一小步。他抬手,碰了碰那饰品。

"以前不知道拳击还能这么打。"陆赫扬说,听起来就像是在认真研究完饰品的款式和材质后,得出一个相应的结论。

天花板上的旧中央空调运行时发出呼呼的风声,温度设定得低,17号的汗毛被冷风吹得挺立起来。

"是……老板要求的。"17号声音低哑,试图解释。

陆赫扬松开手,嘴角很轻地往上提了提,看起来像是在微笑。他说:"这样啊。"

他的手垂下去,随意地按在17号身侧的桌上,陆赫扬表情坦然,看起来有些好奇地问:"穿成这样打一场,钱会给得多一点吗?"

17号点头,诚实道:"会。"

"是因为那个投注最多的人?"

这次17号没有出声,只是抿着唇再次点头。

他发现陆赫扬从头至尾没露出过任何嫌恶的表情,甚至,陆赫扬在得到答案后又问:"如果投注最大就能决定你的穿着的话,我可以预定下次吗?"

听到这个问题,17号完全没有把自己不想穿乱七八糟的衣服上场打比赛的意愿考虑在内,而是皱起眉,有些急切:"别浪费钱,下次……我不一定会赢。"

但他顿了顿，又问："你想让……"

话只说了一半就哑火了，17号的睫毛不太自然地抖了抖，他才继续问："你想让拳手……穿什么？"

陆赫扬笑笑，回答："玩偶服，扮小老虎或者小狗熊什么的。"

他的语气很轻松，17号一愣，然后别过头，轻轻笑了一下。

颓废灰暗的画幕地有了颜色，陆赫扬看着17号的侧脸，几秒后，直起身，往后退了一步，与此同时手机响了，是贺蔚打来的——距离陆赫扬离开观众席已经过去将近二十分钟，贺蔚和顾昀迟难免担心，这也意味着陆家的保镖很快将要推门而入确定他的安全。

按下拒接键，陆赫扬把手机放回口袋里，直视着17号的眼睛，说："我先走了。"

17号这次不掩饰地与他对视，回答："好的。"

他其实想说"谢谢你"，可又担心陆赫扬会觉得奇怪。

陆赫扬正要转身，17号忽然叫住他："等一下。"

他从桌子上下来，走到衣柜前，打开倒数第二层的柜门，翻找里面的东西。陆赫扬站在17号身后，门边的位置，静静地看着他。

找到了，17号直起身，走了几步，把一个钱包交给陆赫扬："上次，掉在巷子里的，我捡到了。"

"谢谢。"陆赫扬接过钱包。

17号后退一步，挨在椅子边，和陆赫扬保持着距离。他说："回去的时候小心，这里很乱。"

他这次没有让陆赫扬不要再来这种危险的地方。

"好。"陆赫扬回答。

他拉开门，外面的嘈杂声响一下子涌进来，随着门合上，又渐渐减弱。17号一个人站在屋子里，很久都没有回过神。

周一下午，贺蔚在游泳课结束后去校门口跟陆赫扬会合，他才过了通道闸,身后响起一个急切的声音。

"麻烦让一下!"

贺蔚还没来得及回头,就感觉有人撞上了自己的腰,他人高,挨一下不痛不痒,但对方反而一个趔趄往前扑,眼看就要摔在地上。

"小心啊。"贺蔚反应极快地伸手拎住对方的后衣领,把人拽住。

对方回过头,匆匆地说了一句"不好意思",接着又转身朝前跑,一直跑到路边。

贺蔚在原地愣了会儿,陆赫扬就在离他两三米远的位置,正看着马路。贺蔚走到他身旁,说:"你看见了吗?刚刚撞到我的那个人。"

"长得不错,之前怎么都没注意到。"贺蔚整一个典型的"颜控","回头查查是谁家的。"

预备校里最忌讳的事,除了不小心惹到了对家的小孩,就是不小心跟对家的小孩成了朋友。

陆赫扬没说话,贺蔚奇怪地顺着他的视线看过去,才发现马路边还站着许则,他替那个人打开出租车车门后也一起坐了进去。

"什么意思,许则也有朋友了?"贺蔚问陆赫扬,"你知道这事儿吗?"

陆赫扬看他一眼:"知道什么?"

"上星期去听讲座,你不是跟他在一个房间吗?"贺蔚说,"他没有跟朋友打电话什么的?"

他没有跟朋友打电话,倒是有大晚上冒雨带吃的回来。

"不清楚。"陆赫扬看了眼手环上的时间,"走吧。"

"护士长已经包扎好了,伤得不严重,你别太担心。"池嘉寒喘着气。

许则的手还放在车门把手上,忘了放下来似的,他点了点头。

出租车在一家私人疗养院门口停下,池嘉寒降下车窗,对门卫挥了挥手。很快,自动大门朝两边打开,车继续往前开,一直到住院大楼门外。

他们下了车,进大厅,医生已经等在咨询台边,表情有些凝重。两人跑到他面前,池嘉寒问:"周医生,怎么样了?"

"打了镇静剂。"周祯叹了口气,"上楼去看看吧。"

"先去看看护士长。"许则低声说。

电梯停在三楼,护士站里,护士长的左手手腕上贴着崭新的纱布。

"许则来了啊。"护士长笑笑。

许则站在她面前,垂下头,半鞠一躬,说:"对不起。"

这样的场景对他来说并不陌生,在此之前许则已经经历过许多次——为另一个人造成的伤害道歉、赔偿、负责。

"也是我们疏忽,没发现少了根棉签,我也只是被划了一下,不严重的。"护士长说。

"去看看吧。"周祯拍拍许则的肩。

特殊病房的门上透明窗更大一些,便于医护人员随时查看病房内的情况。许则和池嘉寒站在门外,病房里的病床上躺着一个穿约束衣的老人,头发半白,在药物的镇静作用下,此刻正平和地睡觉。

看了会儿,池嘉寒拉拉许则的衣摆:"睡着了,我们别吵她。"

向医生了解过完整情况后,两人走到楼梯间,里面很暗,只有最上头的一个小窗里透进来一些光线。许则坐在台阶上,沉默几秒,问:"账户里还剩多少?"

"五万多。"池嘉寒手里拿着住院清单和许则的医院账户明细,回答他。

"五万多。"许则低头看着漆黑的地面,说,"钱不够。"

"不够。"他又重复了一遍,然后去拿手机。

他才点亮屏幕,池嘉寒就过来一把将手机抢走:"你要干什么?"

"加几场比赛。"

"不能加,你每次拿的钱都已经是最少的了,你现在说加赛,他们只会变本加厉地压榨你。"池嘉寒声音里的恼怒快压不住,"要是让你每场都输,被打得半死不活,或者再当众羞辱你,甚至给你打药,上场让你下死手，你也做吗？"

许则不说话，池嘉寒知道他并不是被说动了，而是根本就还在考虑要加比赛的事。

"还有唐非绎呢？"池嘉寒提醒他，"你要是被他控制了，这辈子都逃不出来的，许则。"

不知道想到了什么、想到了谁，许则怔了片刻。

池嘉寒站在他面前，语气缓和下来："医院这里你别担心，其他的再想办法。"

"我知道。"许则开口。

他知道医院方面暂时可以不用担心，因为能进这间私人疗养院，是池嘉寒托他哥哥跟院长打了招呼，所以即便护士长被攻击受了伤，疗养院也不会计较什么。

但每个月昂贵的住院费和医药费并不会因为池嘉寒的哥哥而打折，许则明白池嘉寒做得已经够多、够仁至义尽的了，池嘉寒受制于复杂的家庭，手上资金有限，许则也从没有向他借钱的打算，尽管池嘉寒提过不止一次。

这次他又提了："我找时间问问我哥。"

不等许则说什么，池嘉寒继续说："反正你不能加比赛，要是被打残了，那才是得不偿失，卖命换钱也要有个限度。"

许则双手撑着额头，觉得身体很重，在往下沉，十分疲惫。沉默很久后，他说："我会考虑清楚的。"

周二下午的游泳课，除了期中考试不达标的人，依然没多少人来上课。许则把书包放进柜子里，拿着泳裤进淋浴间。

他刚脱了上衣，校服裤里的手机响起来。许则看了眼来电显示，犹豫几秒，按下接听键。

"听说你想加几场比赛？"

"对。"许则看着挂钩上的校服,回答。

唐非绎笑了一声:"缺钱的话,跟我说不就好了吗,你这么赚要赚到什么时候?"

"能加吗?"许则忽略唐非绎的话,低声问他。

"能啊,只要你开口。"唐非绎语气轻佻,"不过,要是给你加了,其他拳手心里可能不太舒服啊,有的人半个月都排不上一场比赛呢。"

许则拿手机的手收紧了一些:"要我怎么做?"

"晚上我有个聚会,你来一趟,一起喝喝酒玩玩牌。"唐非绎笑着说,"只要你听话一点,配合一点,我保证让你体体面面地赚钱。"

"几点?在哪儿?"许则情绪没什么起伏地问。

"晚上八点半,云湾酒店十二楼,让服务员带你上来。"

"八点半,云湾酒店,十二楼。"许则机械地重复一遍,说,"我知道了。"

他挂了电话,静静地站了会儿,换掉裤子,推开隔间的门。

几乎是同时,对面靠左的那间隔间的门也打开了,陆赫扬拿着校服走出来,脖子上挂着副泳镜,他抬眼朝许则淡淡地笑了下:"这么巧。"

许则一时回答不上来,刚才没有听见任何人进出淋浴间的声音,以至于他完全不清楚陆赫扬是什么时候就在这里的。他很快地回忆了一番之前打电话的内容,确定即使陆赫扬听见了,自己也不会因此露出什么破绽。

"嗯。"许则隔了会儿才回答。

他无意识地站在那里注视着陆赫扬,直到对方从自己面前走过。许则也试图要说些什么,不单单是一个"嗯"字,他不想每次都给出这样无趣的反应,但他又及时地意识到陆赫扬打招呼只是出于礼貌,绝对没有多聊的打算。

更何况,陆赫扬跟自己这样的人应该也没什么共同话题可聊。

游泳课结束,陆赫扬和贺蔚出了校门。去往停车场的路上,贺蔚给顾昀迟打了个电话，问他在哪儿。

"云湾，下午陪我爷爷来这里谈事情。"

"真好啊，有爷爷带着逃课。"贺蔚说，"晚饭吃了吗，要不一起？"

"你们过来吧，我懒得跑了。云湾来了新主厨，可以尝尝手艺。"

"你家的这些酒店怎么三天两头有新厨师，你们其实开的是五星级烹饪学校吧？"

顾昀迟根本不想接他的话，直接挂断了电话。

"那去云湾？"贺蔚转头问陆赫扬。

"随便。"陆赫扬的视线从不远处非机动车车棚里那个正将单车往外推的人身上划过，回答道。

吃过晚饭，三人坐在前厅的休息区喝果汁，贺蔚提议消化十分钟后去娱乐区打几场台球再回家。

"首都真的很无聊啊。"贺蔚窝在沙发里懒洋洋的，"自从回来以后，我已经许久没有笑过了。"

"那你滚。"顾昀迟说。

"不滚。"贺蔚看着手机屏幕，眯起眼睛笑，"池嘉寒，二年级九班，副市长家的小儿子。很低调嘛，是个聪明人。"

他说话的时候，陆赫扬的目光落在远处的酒店大堂，一个戴着黑色鸭舌帽的人走进来，帽檐被压得低低的。他走向前台，短暂咨询过后，服务员带他去了电梯。

陆赫扬抿了口果汁，抬手看看时间：八点二十五分。

"池嘉寒？"顾昀迟略一想，"听说他跟家里关系不怎么样。"

贺蔚打了个清脆的响指："那太好了，我的责任就是拯救世界上所有好看又无助的人。"

许则推开门时正好八点半，包厢里坐了七八个男人，每人身边都有人作陪，除了唐非绎。

有人一见到许则就开始起哄："唐总可真是厉害，找来了Ｓ级，这可不是谁都能找得到的。"

唐非绎靠在椅子上吐了口烟，朝旁边的空位抬了抬下巴。许则按他的示意，走过去坐下。

"想吃点什么？给你加菜。"唐非绎将一只手搭在许则的椅背上。

"吃过了。"

唐非绎看着他的侧脸，玩味地笑起来："那就喝吧。"

服务生从旁边的移动酒柜里取出一瓶威士忌，开瓶，为许则倒了满满一杯。

"先罚三杯吧。"一个男人很有眼色地说，"唐总可是一直等你，等到现在。"

是唐非绎在电话里让他八点半到的，但许则什么也没说，握住酒杯，仰头把酒喝尽。

金色的液体从唇角溢出来，滑过脖颈，帽檐的阴影盖住许则的上半张脸，只露出尖瘦漂亮的下巴。一杯，两杯，三杯——许则放下酒杯，擦了一下嘴角。

"真听话。"

许则僵着身子，始终一声没吭。

其他人接着聊起来，唐非绎一只手拿着酒瓶，一旦到了要喝酒的时刻，就往许则的酒杯里添，让许则全部为他代喝下。

一个多小时的时间里，许则不记得自己喝了多少，只知道喝了很多杯，饶是Ｓ级的人天生酒量好，他也不免开始感到头晕，明确地意识到自己已经达到极限，不能再喝了。

饭局终于结束，这群人准备去里面的休息间玩牌。

"我先回去了。"许则说。

"这才几点？"唐非绎兴致正浓，当然不肯放他走，"晚点再说，到时候在楼上酒店给你开间房,保证让你睡得舒舒服服。"

"不用了,我先走了。"许则站起来。

唐非绎仍是笑着,但声音凉了几分:"客人都还坐在这儿,你就要走,太扫兴了点吧。"

饭桌上安静下来,许则站在那里,感觉头很晕,思绪很难集中,只想尽快离开这间包厢。

一个人开口打破僵局:"听说你会打拳击?我有个手下之前也练过,要不你俩比一场,如果你赢了,就让唐总放你回去,怎么样?"

唐非绎似乎对这个提议很满意,他点了支烟,透过烟雾看着许则,慢慢地说:"要是输了怎么办?"

有人立刻接话:"要是输了,唐总说什么就是什么呗。"

其他人不怀好意地笑了,唐非绎跷着二郎腿说道:"你自己选。"

许则看着面前的酒杯,过了几秒,回答:"好。"

很快,包厢门打开,一个高大的保镖走进来:"老板。"

"跟他打一场。"那人指了指许则,"打赢了有奖金,输了?呵……走人。"

许则一怔,看向那个保镖。

发出指令的人表情却很悠闲:"听说你女儿最近住院了?医药费不少吧?"

保镖微微颔首:"明白。"

挪走茶几,腾出场地,许则和保镖面对面站着,他根本还没来得及看清,对方就已经出了一拳,许则的躲避动作迟了半秒,感觉那拳头擦着自己的耳朵过去,卷起清晰的拳风。

他直起身的同时回拳出击,也被对方避开。短短一个来回,双方心里已经有了底,两人的水平不分上下,区别在于许则喝了酒,导致他无论从反应力、平衡感、准确度、协调性来说,都会比平时弱一些。

十秒钟的时间,许则被打中嘴角,他们没戴拳套,保镖凸起的指关节直接砸在脸上,钻心的痛让许则的太阳穴都跳起来,他闷哼一声歪过头去,踉跄了几步,差点摔在地上。

恍惚间,许则听见旁边有人在发出得意的笑声。

许则咽下嘴里的血,摇晃着抬起手,迅速地朝前打出一记假直拳,在保镖侧头闪躲时紧跟着出了右勾拳,打在对方的下巴上。

他不知道该怎么办,他到现在都没有想清楚。

昂贵的医药费对人来说意味着什么——许则不能确定那个人是在开玩笑还是认真的。

晃神时,许则的下颌又挨了一拳,他头太晕了,感官趋于麻木,整个人摔到地毯上,还没能撑地爬起来,一只脚就狠狠地踩住他的后背。胸腔里有什么东西瞬间炸开,那种干涩的像被揉进沙砾的刺痛一直蔓延到胃里,许则想吐,但只能张着嘴喘粗气。

他的半张脸被压在地毯上,鸭舌帽掉到一边。视线模糊,他看见唐非绎靠在沙发里,脸上是那种一贯的寻求刺激的享受表情。许则知道他在等自己求饶、求救或者求情。

不能输。许则急促地抽着气,怀疑自己的脊椎或是肋骨已经被踩断,痛得快呼吸不过来,心脏跳动变得十分困难。他咬紧牙关,伸手抓住保镖的另一只腿——脚腕的位置,将它往前拽。他觉得自己把全身的力气都用尽了,保镖重心不稳地倒下去,许则忍着痛翻身起来,朝他的胸口肘击。

其他人边喝酒边饶有兴趣地看着他们,像在观赏两只挣扎的、互相撕咬的斗兽。

在许则要再朝保镖的脸上挥拳时,包厢门猛地被推开,大堂经理带着保安走进来,并不是惊讶或呵斥的,经理的语气十分镇静且礼貌:"抱歉,酒店内不允许斗殴。"

他客客气气地朝唐非绎鞠了个躬:"唐先生,希望您理解一下。"

"斗殴?"唐非绎摇了摇酒杯,没看他一眼,"比个赛玩玩而已,怎么还扯上斗殴了?"

"在酒店包厢里比赛,玩出人命算谁的?"

听到顾昀迟的声音,许则愣了愣,接着立刻伸手捡起帽子戴上,压低帽檐,站起来。

"哟,顾公子在?"唐非绎终于把眼皮抬起来,"听说顾董今天也来云湾?怪我记性不好,都忘了跟他老人家打个招呼。"

"我爷爷没时间听不相干的人打招呼。"顾昀迟平静地回答,看着垂头站在包厢中央的许则,"这两个人要带走问一下情况,唐先生你有意见吗?"

要问什么?有什么好问的?在场所有人都明白这是个很粗糙的借口,但他们同时更清楚,对于顾昀迟来说,他能用上"借口"这种东西,就已经算是给面子了。

唐非绎正要开口,贺蔚就说:"没意见的话你俩出来吧。"

"当然可以。"唐非绎嗤笑一声,轻飘飘地说。

顾昀迟不当回事地点了下头:"今天唐先生的账不用结了,算我送的。"

许则垂着头走出包厢,擦肩而过时,听见贺蔚低声说:"跑吧,没事的。"

短暂地怔愣过后,许则沉默地迈腿快步走向电梯,回头看了一眼,没有任何人追上来。

离开酒店,户外的气温稍高一些,耳边充斥着连绵不绝的车流声。后背还在作痛,许则弓着背有些直不起身,深深地吐出一口气,舔了舔嘴角,伤口有点咸,舌尖全是血腥味。

一辆"超跑"在前方两米外的路边停下,许则抬头,这款车在首都不超过三辆,贺蔚拥有其中之一。

车门缓慢地抬起,许则一步步地往前走,直到走到跟驾驶座平行的角度,他往车内看。

里面坐着的并不是贺蔚。

陆赫扬一手搭在方向盘上,车里淡蓝色的氛围灯将他的脸照出一种机械的冰冷质感。他歪过头看着许则，淡淡地笑着，问："要搭个便车吗？"

许则有时会分不清，在陆赫扬面前，自己是许则还是17号。

比如这一刻，他戴着鸭舌帽，将帽檐压得很低很低，半张脸掩在阴影下，他不知道在陆赫扬眼里，自己是谁。

不过无论是哪个身份，他都没有办法拒绝陆赫扬。

许则坐上副驾驶座，车门关上后，车里一片安静，陆赫扬没开音乐，甚至将氛围灯也关掉了。许则被这种黑暗给予了安全感，他想陆赫扬应该看不见自己的脸——他实在喝了太多酒，没有办法像平常一样伪装，很容易就会露馅。

陆赫扬的指尖在方向盘上轻轻叩了几下，又过了两秒，他才提醒许则："安全带。"

许则立即把安全带系上，犹豫过后，说："谢谢。"

他的嗓音又涩又哑，陆赫扬往后靠，从冰箱里拿了一小瓶矿泉水出来，将盖子拧松，递给许则。

许则接过水，又说了句"谢谢"。他打开水瓶瓶盖，喝了一口水，听见陆赫扬问："喝了很多酒？"

"嗯。"许则诚实地点点头，心情平复后酒劲也跟着涌上来，想了又想，仍然不确定自己目前在陆赫扬面前是什么身份。

而陆赫扬也没继续问他为什么会喝那么多酒，只是开动车子："有不舒服的感觉吗，要不要去医院？"

皮肉伤而已，许则早习惯了，忍忍就过去了，但他想，陆赫扬应该只是以为自己喝了酒胃难受。许则说："没有不舒服，不用去医院的。"

"嗯。"陆赫扬看了他一眼，"住在哪里？"

在脑内艰难地计算过后，许则发现这里离自己家至少有四十分钟的路程。

"有点远。"他说，"不麻烦你了，我……我坐地铁回去。"

因为喝醉了,许则的声音有些含糊。他想起上次陆赫扬路过老城区,知道了自己住在那附近,如果现在陆赫扬认为眼前的人是17号,而自己再报出那个地址的话,也许会被发现蹊跷。

可是许则很快就否定了这个想法,觉得陆赫扬根本不会记得那个叫"许则"的人住在老城区。

"安检人员不会放喝醉酒的人进地铁的。"陆赫扬点击液晶屏,打开导航页面,告诉许则,"对它说你的小区名字。"

酒精彻底占领许则的大脑,也减轻了疼痛,心脏重新怦怦跳动。许则按住帽檐,将它再往下压了点,然后他凑近显示屏,像在跟什么人进行视频对话一样,认真地说:"新安小区。"

屏幕没有反应,静悄悄的。

许则有点迷茫,抬头看陆赫扬,但头抬到一半他又低下去了,怕被陆赫扬看到自己的脸。

"新安小区。"许则再次面向液晶屏,一字一字地说,发音已经标准得不能再标准。

屏幕还是没有反应。

"它……"许则绝不会质疑贺蔚的爱车是不是出了什么问题,所以他问,"它为什么不理我?"

陆赫扬打了半圈方向盘,等转过弯之后,才说:"不好意思,忘记了,要录了声纹才有用。"

这辆车只录入了贺蔚、顾昀迟和他的声纹。

许则点点头,同时很快地看了陆赫扬一眼,车外的路灯正好闪过,他看见陆赫扬的嘴边带着点笑,似乎并不是什么"不好意思"的表情。

"新安小区。"陆赫扬说。

系统迅速切换出行程路线,开始导航。

才过五分钟,许则就撑不太住了,晕晕沉沉。他原本还有些拘谨僵硬,坐得直直的,身体和座椅靠背间隔着一段距离,但随着车子平稳地向前开,许则开始意识模糊地往后靠。后背隐隐作痛,醉意和疲累交织,他眼皮往下耷,低着头,脑袋一点一点的,陷入瞌睡。

他也很想保持清醒,可力不从心,就像穿着沉重的盔甲打了场恶仗,终于到了一个安全安静的环境里,所以他格外渴望闭上眼睛休息一下。何况坐在身边的是陆赫扬,是不会对他造成伤害的人。

是绝对可以信任的人。

三分钟后,许则靠在椅背上,歪着头彻底睡过去。

陆赫扬偏头看他,路灯一闪而过,照亮那截露在帽檐外的下巴,以及青肿的、还残存血迹的嘴角,少年的侧颈洁白光滑,在酒精作用下微微泛红,丝毫没有防备的样子。

许则再次睁开眼,发现车子停在路边,驾驶座那侧的车门正缓缓地闭合,陆赫扬在系安全带。

醉酒后的半梦半醒状态最容易导致智商归零,许则的反应力在此时达到了最低值,他半合着眼睛,张了张嘴,想问一句什么,然而只发出一点嘟哝似的声音。

陆赫扬将一袋东西放到他的大腿上,许则才碰了一下包装袋就没力气了,问:"是什么?"

"消炎药。"

许则呆呆地又缓了几秒,才"哦"了一声。

"你睡得很熟。"陆赫扬问,"不怕我把你卖了吗?"

"卖到哪里去?"许则没有思考能力,于是就这么顺着问了下去。

"不知道,暂时还没有想好。"陆赫扬的声音里带着笑意。

许则安静了一会儿,忽然问:"我是谁?"

他莫名强烈地想知道,在陆赫扬眼里,现在的自己,到底是许则,还是17号。

"你说呢?"对于这个有点奇怪的、看似没来由的问题,陆赫扬并没有把它当作醉鬼的胡言乱语。他伸出手,指尖搭在许则的帽檐下,故意逗他似的,将帽檐往上抬了一厘米,说:"把脸露出来看看不就知道了。"

许则立刻本能地抬起手,按住自己的帽子,头也跟着埋下去,语气有点着急:"不要。"

"为什么?"陆赫扬看起来一点都不好奇地问他。

许则还是捂着脑袋,闷闷地低声说:"不行。"

陆赫扬也还是问:"为什么?"

"你还没说我是谁。"许则只能这样回答。

"我说你是谁,你就可以是谁吗?"

许则更糊涂了,糊涂地点了点头。

"贺蔚。"陆赫扬叫他。

一个意料之外的名字,许则怔住,不明白他是什么意思。

"很晚了,我送你回去。"陆赫扬笑了下,没再说别的,启动车子。

十分钟过后,车在小区门口停下。没有路灯,没有大门,也没有保安亭,只隐约能看见十多米外有几栋居民楼,零零星星的几个窗户里亮着灯。陆赫扬问:"是这里?"

"是的。"

陆赫扬还打算往里再开一点,许则说:"就……停在这里吧,地上很多石头,对车子不好。"

确实,毕竟是贺蔚的爱车,他还是要给予一定程度的珍视。

"认得家在哪儿吗?"

"认得的。"许则指认其中一栋居民楼,"那里,第二栋。"

"嗯。"

许则解开安全带,拿上矿泉水和药。车门打开,他走下去,转过身,对陆赫扬说:"谢谢你。"

"不客气。"陆赫扬回答。

车门合上，许则往旁边走了几步，陆赫扬刚要发动车子，突然看见许则整个人弯下去，那模样郑重其事的，简直让人怀疑他马上要鞠个大躬或是下跪。陆赫扬正准备解安全带下车，就见许则俯身从地上捡起一张小小的纸片。

那是从包装袋里掉出来的，买消炎药的小票。

许则低着头仔细地把小票折好，放回袋子里，再抬头时发现车还没开走，虽然不知道陆赫扬是否能看见，但还是朝他挥了一下手。

陆赫扬短暂地看了他片刻，启动车子离开。

等车尾灯消失在转角，许则才动作迟缓地摘下鸭舌帽。今晚月光很亮，他一步步地往小区里走，回到属于他的世界。

他想自己大概是做了个梦，梦的时长是陆赫扬送他回来的这四十分钟。

第四章

似梦 非梦
Si meng fei meng

SIMENGFEIMENG

　　周三早上，许则睁眼时感到头脑昏沉，看了眼时间，发现闹钟已经是第三次响了，他立刻起床洗漱，骑车去学校。

　　早上的食堂很冷清，其实预备校的食堂一贯冷清，学生们大多有保姆送饭或由司机接送外出用餐，只有少数人会在食堂吃饭。

　　池嘉寒坐在常坐的位置上，正在吃早饭，许则走过去坐到他对面。池嘉寒抬起头，愣了一下："你嘴角怎么了？"

　　昨晚保镖打在脸上的那拳太重，许则的半边脸都有点肿，唇角的瘀青很明显。

　　"打架。"许则回答。

　　"昨天才周二。"池嘉寒眉头立马皱起来，"你加比赛场次了？"

　　"没有。"许则觉得自己今天不应该习惯性地坐到池嘉寒对面的，昨晚酒喝太多，早上起来之后精神一直不太好，一时没想起脸上的伤，结果被池嘉寒发现了。

　　"那为什么打架？"

　　许则吃了一口面包，垂着眼："唐非绎让我去帮他挡酒。"

　　"这就是你说的会考虑清楚？"池嘉寒气得脸色都变了，"许则，你真的很固执。"

　　如果可以，池嘉寒想臭骂许则一顿，但他又比谁都清楚许则这样做是为了什么。何况许则这个人，也不是被他骂一通就会改变想法的。

　　"然后呢，为什么打架？"池嘉寒压下怒意，又问。

　　"我要走，他们让我跟一个保镖打架，打赢了就能走。"

　　"你赢了吗？"

　　"没有。"许则摇摇头，"打了个平手。"

　　"不可能。"池嘉寒立即说，"唐非绎不可能会允许出现平局。"

　　"中途，顾昀迟他们来了。"

　　许则口中出现了令池嘉寒意想不到的名字，池嘉寒思索几秒，说："唐非绎得罪过顾家，顾昀迟半路来打断也有可能……但我感觉顾昀迟不像闲着没事找事的人，他没那么无聊。"

　　接着他随口又问："除了顾昀迟呢，还有谁？贺蔚？"

　　"嗯。"

　　"是不是还有陆赫扬？他们三个关系那么好，应该都在。"

　　许则顿了一下，才说："他不在。"

　　"陆赫扬不在吗？"池嘉寒喝了口牛奶，顺便抬头看许则，却见许则的表情罕见地有些不自然——很奇怪的感觉。于是池嘉寒问，"你被认出来了？"

　　"没有，我戴了帽子。"

　　池嘉寒还是觉得哪里怪怪的。

　　他很快就发现怪在哪里了。

　　今天早上有全校例会，所有学生集中坐在操场四周的观众席上听讲。二年级的席位上六个班一排，池嘉寒在九班，和许则的十一班之间隔了一个班级。

　　池嘉寒只是随意地朝十一班看了眼，却发现许则的目光很专注地在随着什么移动,顺着望去,是一班和二班的学生走过来了,人很多,池嘉寒辨认不出许则是在看谁。

但他知道,对许则来说,在看谁不重要,重要的是"看"这个动作,已经代表了某种不寻常的意味。许则从不关注预备校的任何人,就算有人走到他面前踩他一脚,许则也不见得会抬眼,只会安静地绕过对方继续往前走。

很快,池嘉寒看见许则的视线在正前方停住,并随着对方坐下的动作而往下移动。

许则的前面是二班,池嘉寒看过去,看见了贺蔚,以及贺蔚身旁,不属于二班的那个人。

一班的陆赫扬。

原本他还不能确定什么,直到陆赫扬斜后方的一个人拍拍他的肩,笑着跟他说话,大概是问他为什么坐到二班的位置上来了,陆赫扬回过头,池嘉寒清楚地看见,那瞬间许则低下头,收回了目光。

明明许则在地下俱乐部面对比自己块头大一倍的对手时都没有露出过那样的神色。

池嘉寒莫名心里一沉。

半个小时的例会,池嘉寒一个字都没听进去,解散后,追上许则,将许则往旁边花坛的小路上推了一下:"往那边走。"

两人渐渐远离人群,许则问:"怎么了?"

"这话应该我问你。"池嘉寒说,"陆赫扬是怎么回事?"

许则显而易见地怔了片刻,随后问:"什么意思?"

能让许则打出这样迂回的太极拳,就算没事也有事了。

"你盯着看他干什么?很明显啊你知不知道!"

许则没有说话,脸上也没有表情,但池嘉寒分明觉得,这人在思考,思考到底明显在哪里。

于是池嘉寒决定先把最离谱、最不可能的猜测问出来。

他问:"你是在意陆赫扬吗?是想和他交朋友吗?"

许则停住脚步,盯着花坛里那个新抽的嫩芽,发呆似的。池嘉寒不认为这个问题有什么难以回答的,答案必然是否定,他不知道许则在愣什么。

"是的。"许则说。

是什么?

池嘉寒也盯着那个芽看,看了两秒,忽地变了脸色。

"陆赫扬?"他有些不可置信。

"嗯。"许则并不犹豫,点点头。

池嘉寒一时说不出话。

许则竟然也会对某个人有兴趣。

许则已经有在意的人了。

许则居然想有朋友。

而且那个人还是陆赫扬。

以上每一条,都让池嘉寒感到震惊,并且这种震惊是递进式的。

他一直觉得许则像个机器人,抽离在预备校里的所有人之外,有自己的程序、逻辑、行事方式,是沉默的,对一切都不关心、不在意、不抱有兴趣,你无法从他身上看到人情味或是情绪起伏。

可事实证明,这个机器人因为另一个人有了情绪波动,而对方是一个条件优越、备受欢迎的、所处的世界和他天差地别的 S 级学生。

这简直荒诞。

"为什么?"池嘉寒直觉许则对陆赫扬的关注时间绝对不短,对这件事有些难以消化,"因为觉得他很完美吗?"

许则好像对"完美"这个形容词感到有些不解,顿了顿,说:"没有觉得他完美。"

人都有缺点,只是多或少的问题,没有谁是完美的,许则还不至于盲目到这个程度。

不过如果要票选最接近完美的人，许则会选陆赫扬，至少在他心里是这样。

"我不懂。"池嘉寒揉揉眼睛，很难回过神。

许则伸手把飘到他头发上的一小片树叶拿掉，说："要上课了。"

"……回教室吧。"池嘉寒有很多话想说，可不知道说什么最合适，叹了口气。

他觉得许则总是碰到、总是在做一些很辛苦的事，无论是卖命赚钱还是尝试接近一个和自己的生活没有什么交集的人。

周五早上，陆赫扬洗漱完下楼，穿过客厅，走到餐厅门口时，看见餐桌旁有人正在吃早饭，但没有发出任何声音，安静得近乎压抑。

陆青墨看了陆赫扬一眼，陆赫扬与她对视过后，转头看向长桌主座上的男人，叫了一声："爸。"

陆承誉将联盟内部日报合上，看了眼手表，才说："坐下，吃早饭。"

"嗯。"

短暂的对话就此结束，饭桌上再次陷入死寂。陆青墨与陆赫扬脸上的表情如常，早就习惯这样的家庭氛围——疏离、冷淡、沉默。

三分钟后，陆承誉放下报纸，结束早餐，保姆立刻过来为他系领带、披外套。陆承誉扣好纽扣，他的身材挺拔，头发打理得一丝不苟，衬得那张脸仍然非常年轻，昂贵的金丝眼镜架在高挺的鼻梁上，勉强将S级男性身上的压迫感弱化了一点。

没有闲聊，没有道别，陆承誉整理好着装后就离开餐厅。透过落地窗，陆赫扬看见司机为陆承誉打开车门，又关上，随后车子驶出花园。

"爸去开会。"陆青墨喝了口牛奶，"凌晨的时候，我们一起回来的。"

"这次在家待多久？"陆赫扬问。

"他明天走，我后天。"

陆赫扬"嗯"了一声，继续吃早饭。

早餐过后，陆青墨带陆赫扬去上学，接着她要去参加一个外交活动。两人一路没什么交流，直到快到预备校，陆青墨才开口："你这段时间经常去城西，爸知道了。"

"嗯。"陆赫扬不意外，保镖应该早在他第一次去的时候就将他的行踪报告给陆承誉了。

"那里太乱了，还是少去吧。"陆青墨说，"要是等爸开口跟你提这件事，事情就没这么简单了。"

陆赫扬没说话，陆青墨转头看他。

"别担心。"陆赫扬也朝她看，笑了一下，"你知道我很听话的。"

"我不知道。"陆青墨微微蹙着眉，"有时候我不明白你在想什么。"

她缓缓地将车停在预备校门口，说："我不希望你跟我一样，但也不希望你真的越线。"

"不会的。"陆赫扬下车，去后座取了书包。他走到驾驶座的车窗外，说，"路上小心，活动结束以后回家好好休息。"

陆青墨握着方向盘，睫毛垂下去。她只偶尔在陆赫扬面前才会露出一些疲惫的神态，其余时间，总是成熟又干练的，是公认的、联盟中最年轻最优秀的外交官。

"没时间休息了。"陆青墨笑笑，"中午要去魏家吃饭。"

整个首都，唯一在财力和势力上能勉强比肩顾家的，就是魏家。魏家长子魏凌洲跟陆青墨结婚已有一年半，陆赫扬与这位姐夫没见过几次面，但几乎在首都上流圈里所有的花边新闻中都能听见他的大名。

当然，因利益而联姻，不干涉对方的私生活是彼此心照不宣的默契。一年半前的那场婚礼堪称华丽浩大，聚集了联盟中所有权贵名流，陆青墨穿着婚纱坐在镜子前，陆赫扬站在她身边，从镜子看见的是一张对爱情和婚姻毫无期待的、美到极致却麻木而又死气沉沉的脸。

那是陆赫扬第一次觉得，他的姐姐美得有些悲哀。

交换对戒时，坐在第一排的陆赫扬看见陆青墨的眼眶红了，她像一个感动的新娘,但他知道事实并非那样,知道陆青墨在遗憾什么,为谁遗憾。

人只要被抓住了软肋,就会被迫去接受一件又一件违背本愿的事,并且永无回头的可能,这是个死结。

陆赫扬往后退了一步,挥了挥手,说:"再见,慢点开。"

等陆青墨开车掉头,陆赫扬往预备校里走,他转身时恰巧看见许则站在从车棚过来的那条人行道上。许则看起来就像走着走着,不自觉地被什么吸引了,而无意识地停下来站在那里——他可能都没发现自己静立在一群走动的学生中有多突兀。

远远对上陆赫扬的视线,许则像什么被拍了一下,别开视线,继续往前走。

两人几乎是同一时间走到通道闸前的,许则停了一步,让陆赫扬先刷脸进校。

显示屏不大不小,陆赫扬站在正前方,身后是其他排队的同学。屏幕里,陆赫扬看见许则正看着自己的后脑勺,一秒后,许则又看向显示屏,那瞬间两人目光交会。

许则没想到会在屏幕里跟陆赫扬对上视线,立刻低下头。

"核验通过,请进。"

机器提示音响起,陆赫扬通过闸门,没过几秒,许则也进了学校。

许则还有些没回过神,在想刚刚送陆赫扬来上学的女人,是上次在老城区,他帮陆赫扬修车胎时看见的那位。只不过今天她没有戴墨镜,从许则的审美来看,那张脸是少见的美,冷艳而疏离,让人看过一眼就很难忘记。

和许则想象中的一样——他以前就在想,陆赫扬如果谈恋爱,对象应该就是这样的人。

没有什么所谓的悲伤、难过的心情,许则从未幻想过自己与陆赫扬之间有任何交际的可能，陆赫扬永远都不会知道有个叫许则的人，他们是两个世界的人，不可能成为朋友。对许则来说，他在发现可望而不可即的人身边站着另一个优秀的人时，只会觉得这个世界的规则总是很有道理，因为类似的人站在了一起。

漂亮的奖杯永远属于冠军，而他不会是冠军，所以只要鼓掌和仰望就好。

两人一前一后地这样走着，陆赫扬忽然回头看了一眼。

那只是很平常的一眼，但当陆赫扬那张脸侧过来，被阳光照亮，又转回去，只剩背影时，许则仿佛受了某种蛊惑，竟然下意识地张了张嘴，可其实连他自己都不知道，如果真的发出声音了，自己会说什么话。

许则立刻抿紧唇，把那些奇怪的声音咽下去。

接着他发现陆赫扬放慢了脚步，没走几步，两人差不多就并肩了。陆赫扬仍然看着前方，随口问："你每天都骑车上学？"

许则点点头，又想到陆赫扬应该看不见他在点头，于是说："嗯，离得近。"

"老城区离预备校确实比较近。"陆赫扬说。

许则顿时没敢轻易回答，他不知道陆赫扬记得自己住在老城区，是因为上次自己帮他修车，还是因为星期二那晚他送自己回家。

如果是后者，说明那天晚上他在陆赫扬面前的身份是许则，而不是17号。

实际上许则对那晚的记忆并不是很清晰，喝了太多，又在车上睡了一觉，导致很多细节都显得朦朦胧胧。他只记得陆赫扬的态度和平常不太一样，是那种在17号面前才会有的，虽然不明显，但许则每次都能感觉到一点点。

许则决定试探一次。

但由于他在"试探"这一行为上没有半毛钱经验，导致最后许则给出的试探就是——他说："一百二十八块钱。"

一百二十八块钱，陆赫扬上次给他买的消炎药和药水，一共是一百二十八块钱。

说出口之后，许则意识到自己蠢透了。

陆赫扬愣了一下，不过他在又走了几步之后才转过头，问："什么？"

他和许则的身高差三四厘米，所以他看过来时微微垂着眼，但许则简直有种被俯视的感觉，充满压力，不知道该如何解释。

"没有，没什么。"许则说。

"嗯。"已经走到教学楼的花坛下，两人不在同一栋楼，陆赫扬说，"我先去教室了。"

许则在原地站定："好的。"

他看着陆赫扬的背影，一直到对方走到楼梯口。

下午放学前，陆赫扬收到小风的信息，是今晚拳击赛的选手名单。

从上至下看了一遍，陆赫扬问：17号不上场吗？

小风：啊，你跟17号不是朋友嘛，他没有告诉你吗？今天他打热场赛，就是娱乐赛那种，不拿钱的，白打。

小风：还有啊……听说17号好像得罪大老板了，不但这个星期打比赛没有钱拿，而且据说下周五跟他对打的，是个很凶残的拳手，之前打出过人命。

小风：你要不劝劝他……下星期别打了，感觉很危险呢。

陆赫扬盯着页面看了会儿，没说什么，只让小风留两个座位。今天贺蔚被勒令回家吃饭，去不了城西，所以陆赫扬跟顾昀迟两人去。

又是顾昀迟没来上学的一天，陆赫扬出了校门口，顾昀迟恰巧也刚到。陆赫扬坐上车，说："先带我去买个东西。"

顾昀迟跟贺蔚最大的不同点在于他没有旺盛的好奇心，也不会刨根问底非要把大事小事都弄清楚。他"嗯"了一声，让陆赫扬向导航系统报地址。

半路上，陆赫扬接到家里的电话，保姆说陆承誉晚上要上飞机，让他早点回去一趟。

"好的，很快就回来。"

陆赫扬挂了电话，漫不经心地看着车窗外。他明白陆承誉并不是要跟他聊天谈心巩固父子情，只不过是保镖又向他报告了自己的行踪，所以陆承誉以这种方式命令他回去。

"陆叔叔回来了？"顾昀迟问。

"嗯。"

顾昀迟看他一眼："那看一会儿就回家吧。"

陆赫扬点了一下头，不说话。

到拳馆时开场赛刚好结束，陆赫扬并没有去观众席上坐，跟顾昀迟说了一声后就去往后台。

小风不在，陆赫扬顺着上次的路往后台走，这个后台应该是整个俱乐部公用的，其他场馆都有通道通向这里，走廊两旁是各种各样的储物间、化妆间、更衣室。因为时间早，后台人很多，大多浓妆艳抹或抽着烟，陆赫扬在这之间显得外表过分干净，有人在不住地打量他，又碍于他是 S 级，才没有轻易上前。

陆赫扬径直走到尽头那间更衣室，敲了敲门，推门进去。

里面正站着两个拳手，转过身来警惕地看着他："谁？"

"找 17 号。"陆赫扬表情淡淡的，"有个东西给他。"

其中一个拳手朝衣柜旁的那扇门抬了抬下巴："在里面。"

"谢谢。"陆赫扬说。

他走过去推开门，里面是狭小的洗手间和淋浴室，灯光很暗，17 号正背对着他弯腰站在洗手池前，肩上披了一条毛巾。水龙头开着，17 号似乎是在洗脸，陆赫扬往旁边走了一步，看见泛黄的洗手池里满是血水，缓慢地顺着有些堵塞的水道口流下去。

17 号关掉水龙头，稍微直起身，他的手从脸上移开的时候，鼻血仍然在往下滴。

他抬起头的一瞬间，在那张污垢斑驳的镜子里与陆赫扬目光相撞，17号微微眯大眼睛，立刻扭过头，确认陆赫扬真的站在自己身后。

"你……"17号转身，用手背抹了一下鼻子，停了一秒，才问，"是刚来吗？之前没有看到你。"

"对。"陆赫扬看着他，似笑非笑的样子，"你在找我？"

17号莫名给自己下了个套，反应过来，目光垂下去，又擦了一下鼻子，说："只是问一下。"

陆赫扬瞥了眼手环上的时间，然后将手里的纸盒递给17号："送给你的。"

头顶上的电灯钨丝忽闪了一下，发出轻微的吱吱声。17号看着纸盒，又看向陆赫扬，最终他把脖子上的毛巾拿下来，将双手擦干净，接过纸盒。

"看看喜不喜欢。"陆赫扬说。

17号像被输入程序的机器人，很安静地按照陆赫扬的指示，把纸盒拆开。

一股崭新的皮革味散发出来，17号低头注视着那双黑红相间的拳套，在看清套口边缘印着的品牌名时，有些讶异地抬起头。他的脸上很脏，全是劣质的油彩和泥泞未干的血迹，然而那双眼睛却是非常干净，深灰色，在瓦数极低的灯光下泛着一点点蓝调。

这是过于贵重的礼物——无论是出于礼物本身的价格还是出于送礼物的人，贵重到让人不敢收下，又想再多看几眼。17号的喉咙动了动，轻声地问："为什么送给我？"

"庆祝你胜利。"陆赫扬说。

17号的心里闪过一个很坏的念头，他想收下这份用来庆祝胜利的礼物，但很快他就将这个念头打消——像个第一次意图撒谎的小孩，因为良心上过不去和经验不足，所以最后还是决定乖乖地说实话。

"我没有赢，开场赛，我输了。"17号声音低低地说，听起来有点懊悔，他原本从不在意输赢。

但陆赫扬看起来不意外也不惊讶,只是笑了笑:"没关系,不重要,就当提前庆祝你的下一次胜利。"

17号没有再推托,看着拳套,伸手在光滑的皮面上摸了一下,接着对陆赫扬说:"谢谢你。"

虽然17号表现得不明显,没有笑也没有两眼放光,但陆赫扬能察觉出他的开心。17号一直打量着拳套,对它珍视又喜欢的样子,那种感觉是很难被隐藏的。

口袋里的手机振动起来,他不用看也知道是保姆在催他。陆赫扬忽略振动,却也清楚自己没时间了,该走了。

"我先走了。"陆赫扬说,"下周见。"

不但收到了昂贵的新拳套,还获得了一个下周见的约定,17号脑袋上因为打比赛而被弄得乱糟糟翘起的头发仿佛都显得轻松欢快。他直视着陆赫扬的眼睛,抿了抿嘴,像勾起一个很淡的笑容。

17号认真地说:"下周见。"

周五晚上,17号到了后台,做好一切准备之后,打开柜子,将书包塞进去。他很少在这里留下什么痕迹,每次来时书包里雷打不动地装着一对拳套、一条运动裤、一罐油彩,以及简单的药物,结束后又全部带走。

就像那种随时会辞职走人的员工从不在工位上摆放多余的物品一样。

屋子里还坐着几个拳手,在喝酒或是抽烟,却没人说话。等17号从柜子前站起身,一个拳手才开口:"跟埃里德打,你是真不怕死。"

17号关上储物柜门,撕开拳套束口处的魔术贴,微低着头,站在角落的那片阴影里,没人看得清他的表情。17号说:"排到我了,就得我去打。"

拳手们向来对这个少年持以复杂的态度,看不惯他每周都有比赛可以打,看不惯他沉默寡言来去匆匆,却也不得不承认他的确是靠实力一拳一拳地打出来的。

在这里,有人可以把台下称兄道弟的朋友打成残废,有人被报复心冲昏头脑,不惜打药上场,相比之下,17号身上曾被他们嗤之以鼻的"假仁慈"和"伪善"却始终没有消失,反倒让人信服起来。

或许这可以被称作是少年人身上未泯的良知,但很显然,这种东西在这里并不适用,甚至显得非常违和。

所有人都知道17号这次为什么会被安排跟埃里德打,唐非绎折磨一个人的手段有很多种,如果17号跟他真的有什么关系,完全可以避免这场拳赛。

但17号只是一声不吭地接受了比赛安排,没有发表任何异议。

"劝你小心点。"另一个拳手说,"埃里德刚来俱乐部,正是打算出风头树威的时候,你年纪还小,别为了这种比赛把自己弄得缺胳膊少腿,不值得。"

17号安静地听完,戴上拳套,抬起头,说:"谢谢。"

陆赫扬几个人到场馆的时候,第二场比赛刚刚结束,三个人坐到第一排,没过一分钟,小风就捧着饮料猫腰溜过来了,一边递给他们一边说:"17号的比赛是第四场,那个埃里德出了名的凶残,今天给17号投注的人都少了很多。"

"17号的钱是按场数算的,还是按投注金额算的?"贺蔚好奇地问。

"按场数,他一场比赛的钱其实是这里最少的。"小风说,"只有在投注超过八十万时才会给他分成,但这种情况很少,偶尔大老板来看比赛给他下注的时候才会有。"

"八十万?"贺蔚觉得荒唐,"来这里的人大多都是看个热闹吧,就算投钱也不会投很多。一场八十万,摆明了是压榨啊。"

小风立刻比了个"嘘"的手势:"这种地方本来就是没有公平的。"

他说完就溜走了,贺蔚打开饮料喝了口,突然说:"你们俩有没有谁对17号有兴趣，能不能花钱把17号买回来？他这样打太亏了。"

顾昀迟说："你有病就去治。"

贺蔚"切"了一声，又扭头面向陆赫扬，陆赫扬在他开口前淡淡地说了句："看比赛。"

自讨没趣，贺蔚翻了个白眼，把目光投向赛场。

第三场没几分钟就结束了，紧接着大屏幕上跳出17号和埃里德的名字，观众的呼声立即高昂起来。不多时，选手通道里一前一后地走出两个人。

这是陆赫扬他们第一次在这里见到埃里德，他黝黑强壮，无论是量级还是臂展来说都十分惊人。他的眉眼间距很近，使得那双眼睛看起来深邃而狭窄，透露出野兽一般的威胁性。

17号走在埃里德身后，还是跟以往比赛时没什么两样，手上戴着那副皮面脱落、斑驳的、薄薄的旧拳套。

踏进八角笼，17号抬头，朝正对面的第一排观众席上看了一眼。

观众席上灯光很暗，但17号却无比准确地看向其中的某个位置。

鼎沸喧嚣声和满场的观众中，陆赫扬静静地跟他对视——只是短暂的一瞬间。17号转过身，面向埃里德。

尖锐的哨声响起，比赛开始。

几乎是在哨声刚结束的刹那，埃里德就疾速出了一记左摆拳，17号躲避幅度不够，下颌被拳头擦过，整个人晃了一下，利用身体的扭转，靠腰部发力，紧接着打出一个出其不意的转身拳，正中埃里德的左脸颊。

但埃里德仅仅是稍微偏了一下头，他身体和脸部的肌肉都极度发达，所以即使受到攻击，那点疼痛感对他来说也不会产生太大的影响。

再优秀的拳法技巧也会被摸到弱点，反而是肌肉和量级的差距最难被攻破。正规比赛中绝不可能出现17号和埃里德这样的体型差，但这里是地下拳击场，毫无规则可言。

埃里德开始凶猛地发起一系列刺拳，17号虽然有格挡动作，但无法兼顾头部和腹部，他的小腹挨了几拳，所幸刺拳的攻击力会因为速度而稍微减弱一些，不过刺拳大多是为接下来的重拳制造时机——果然，埃里德的左臂往后拉，拳峰正对17号右侧肋骨，肝的位置。

"被这么打中的话，17号会死的吧。"贺蔚的表情难得严肃，"为什么要这么安排？17号是得罪谁了吗？"

"唐非绎。"顾昀迟说，"你忘了上次在酒店的事？"

观众的喊叫声忽然高起来，是埃里德连出了两记重拳，17号及时矮身用手臂格挡，但那两拳的力道实在太大，挨第二拳的时候，17号被打得往后撞在围栏上，双手连抬起都非常艰难。

埃里德的凶悍和残忍不出所料，在17号力量极其薄弱的时刻，用上了致残率极高的垂直肘击，如果击中头骨，17号就算侥幸活下来，也会留下永久的伤害。

他的肘尖直朝着17号的头顶砸下去，贺蔚已经忍不住骂了句脏话，陆赫扬盯着八角笼，将唇抿得很紧。

最后半秒，17号竭力在围栏上向前撑了一下，歪过头用肩膀顶替了受击部位。埃里德的手肘最终捶在他后肩到脊背的位置，17号像被打落的飞鸟，低着头吐出一口血，往地上摔去，却在半路被埃里德截住，他将17号的左手反剪，继而用膝盖顶在他的背上，施加自己身体的重量，压着17号狠狠地向下一跪。

17号的左手臂被以不正常的角度向后扭曲，出于痛苦，他的身体本能地想蜷缩起来，但埃里德的膝盖还顶着他的后背，17号被死死地定在地面动弹不得。刺目的追光灯打在他的脸上，17号紧闭着嘴巴，从始至终没发出任何惨叫，只有血从他的唇角流出来。

埃里德抓住17号的头发，试图将他的头往地面上砸。一声哨响，台裁上场叫停了比赛。

观众仍然在尖叫、呐喊，不知道是为了谁，像一群麻木的嗜血的机器。

埃里德站起身，在八角笼里振臂走了一圈后退场。17号一动不动地躺在围栏下，让人怀疑他已经没了呼吸。

十几秒后，两个医护人员抬着担架上场，将17号带走。

贺蔚皱着眉，17号算是同龄人，被打成这样，多少有些让人不好受，他说："17号的手肯定脱臼了。"

他说着转过头，却发现身边的位置不知道什么时候空了，陆赫扬不见了。

"赫扬呢？"贺蔚转头问另一边的顾昀迟。

"你别管那么多了。"顾昀迟说。

"我……我带你去！"小风一见陆赫扬出来，立刻就喊。

陆赫扬只是朝前走，没有回答也没有看他。小风对刚才的比赛还心有余悸，跟在陆赫扬旁边，说："你别太担心，有医生的，会给17号看的。"

通道里人来人往挨挨挤挤，陆赫扬沉默地与他们擦身，几分钟后，来到后台，刚进走廊的那刻，迎面就碰上了唐非绎。

唐非绎的脸色有些阴沉，他看了陆赫扬一眼，陆赫扬直视着他，随后跟他擦肩而过。走出几步后，唐非绎又回过头，看着陆赫扬的背影，微微眯起眼，像在思索什么。

等唐非绎走到大门外，躲在角落里的小风才重新蹿出来，刚刚陆赫扬走得太快，小风根本来不及告诉他"那个正往外走的人是唐非绎，你先停下来躲躲"。

尽头的屋子外站着几个拳手，其中一个正在抽烟的男人是上周陆赫扬来找17号时见过的。他掐灭了烟头，说："你朋友骨头真硬。"

他的语气听起来有些讥诮，但他并不是真的在嘲讽。

陆赫扬走过他们面前，伸手推开门。

屋子里的灯光还是那么暗，空气里充斥着血腥味和药水味，陆赫扬看见17号正靠坐在墙边的地上，脱臼的手臂已经被接好了，双腿周围散落着沾血的药棉和纸巾。一个人正按着17号的后脑勺，在给他注射针剂，

17号的头低垂,嘴里咬着一块折起的毛巾,双眼紧紧地闭着。

"打的是什么?"陆赫扬问那个人,对方应该就是小风所说的医生。

"稳定剂,防止因为过度疼痛引发精神力紊乱。"医生把针管抽出来,站起身,迅速地收拾了一下东西,就这么走了。

17号松了口,把毛巾吐掉,慢慢地抬起头,往后靠在墙上。

他的脸上除了油彩就是血迹,面颊肿起,唇色苍白。他从刚刚听到陆赫扬的声音起就想睁开眼睛,只是苦于实在没什么力气。

17号的睫毛动了动,他终于困难地把眼睛睁开,有气无力地望着陆赫扬,嘴巴张合了一下,陆赫扬蹲下去,凑近他,问:"什么?"

"……我,"17号的声音很嘶哑,他说,"我输了。"

上周陆赫扬送他拳套时说那是用来庆祝他下一次胜利的,但今天他输了,虽然这个结果原本就是显而易见的,可他仍然觉得有些遗憾。

世界上没那么多戏剧化的逆袭和反杀,多的是一次次的迎头痛击,他无法抵抗,只能尽量让自己以快一点的速度爬起来。

他其实不愿意被陆赫扬看到自己的这种样子,不过还好,他现在是17号。

陆赫扬看着他,说:"没关系的。"

"帮我个忙。"17号的喉咙滚动了一下,"帮我……拿一下书包。"

"好。"陆赫扬站起来,走到旁边的柜子前,从倒数第二排的柜格里拿出17号的书包——他记得上次17号把钱包还给他时,是从这个格子里拿的。

"最外面,那个小的袋子。"17号说。

陆赫扬拉开拉链,把东西从里面拿出来。

是一卷皱巴巴的钞票。

"上次,谢谢你送我回家,还买了药。"17号看起来好像马上就会睡着,气息已经非常虚弱,"上个星期……你来的时候,我忘记把钱给你了。"

陆赫扬迟迟没有说话,17号觉得周围很安静,他疲惫地闭上眼睛,心里无声地盼望着陆赫扬能再多待一会儿，几秒也行，让自己可以稍微安心地休息片刻。

"我带你去医院。"陆赫扬终于说。

"坐一下就好了。"17号摇了摇头，声音越来越低，"都是这样的。"

没有太大区别，对他来说，只是流血多或少、伤得轻或重的问题，处理方式都一样，这次只是养伤的时间也许会久一点而已，他早有心理准备。

"别睡，去医院。"陆赫扬放下书包，单膝曲地靠近17号，用手指搭住他的下颚往上抬了一点，不让他昏睡过去。

但17号闭着眼睛，整个人好像已经没有力气再动哪怕一下。

陆赫扬叫他："许则。"

他看到17号整个人轻微地抖了一下，然后很慢地睁开眼睛，有些茫然地看着他。

大概过了十秒，17号终于反应过来，将自己的脸从陆赫扬的手上移开，目光转动得极度缓慢。

最终，他问："什么时候……"

怕听到陆赫扬的回答，许则接着又说："很早就知道了，是不是？"

陆赫扬看着他，依旧没有说话。

所以是他自己太蠢，以为陆赫扬不会发现许则和17号之间相同的声音、精神力、身形动作，只是一直觉得，陆赫扬对那个叫"许则"的人应该没什么印象，不会把两者联系起来。

原来不是每个人都像他那么笨、那么无知的。

许则此刻后知后觉地感觉到身体里的疼痛，胸腔和背部，还有左肩，之前脱臼的位置。稳定剂只能维稳精神力，但无法麻痹痛觉。

他也不知道为什么忽然就痛得那么厉害，甚至因此神志不清地自言自语起来。

"为什么？"许则低声喃喃，"你早就知道了……"

换作别人，许则会觉得对方在把自己当傻瓜戏弄，但他不认为陆赫扬是这样的人，却又想不通他这么做的理由，一时有些难受起来。

许则又想了想，即便陆赫扬真的是抱着这样的心态，自己也没有办法怪他。

许则转过头，旁边就是那面旧长镜，他看见镜子里的自己，在昏暗的灯光下简直不像个人，十分狼狈，连五官都模糊不清——陆赫扬现在见到的就是这样的他。

难堪，许则把头垂下去，确实是没有力气了，说："你先走吧。"

他接着用那种听起来几乎像哀求的语气，说："以后不要来了。"

不等陆赫扬回答，许则彻底闭上眼陷入昏迷，人往前栽下去，陆赫扬按住他的肩，同时房间门被推开，进来几个人。

陆赫扬回过头，跟其中一个穿白衬衫的人对视一眼，卓砚点了一下头，走过来，蹲到许则身边，在他的胸前和后背检查一遍，说："骨头没断，其他的要照个CT才知道。"

另外几个人上前，将许则放到担架上。小风还等在门口，压根不知道这群人是从哪里冒出来的，又是怎么进来的——总之看着就很专业的样子。陆赫扬手里拿着许则的书包，走到小风面前，说："今天谢谢你，我带17号先去医院。"

"哦……"小风呆呆地点头，眼睛都不敢乱看，"你们记得从那边的侧门走，不然很容易碰到大老板的人。"

"好。"

侧门外是陆赫扬第一次被抢劫的地方，顾昀迟和贺蔚已经等在小巷里。许则安静地躺在担架上，被抬进那辆特殊的私人医院救护车。

贺蔚一脸迷茫："赫扬，你为什么……"

卓砚他也认识，但17号回到后台不过二十分钟，贺蔚不知道卓砚他们是怎么这么快赶到的——除非有人在比赛还没结束时就通知了他们。

"我跟许则去一趟医院。"陆赫扬说,"你们先开车回去。"

等车子开走了,贺蔚才扭头问顾昀迟:"什么许则?"

"像你这样低智商的S级学生不多了。"顾昀迟说。

几秒钟后,贺蔚彻底反应过来,睁圆双眼:"你也知道?你什么时候知道的?怎么都不跟我说?"

"上次去听讲座的时候。"

那天下午他跟贺蔚两人去陆赫扬和许则的房间吃东西聊天,顾昀迟是那时发现端倪的。当然,陆赫扬肯定比他发现得更早一些。

17号就是许则这件事对顾昀迟来说没什么价值,毕竟他和许则不熟,对方是谁跟他都没有关系。至于陆赫扬为什么也一直当作不知道,顾昀迟认为按照他的性格,这样做完全可以理解,他们在某些方面很相像——比如从不对无关的人产生好奇或关心。

但上次在酒店,以及今晚的事,顾昀迟多少有些看不懂。

不过没事,反正贺蔚比他更不懂。

许则在去医院的路上出现了轻微呼吸困难的症状,伴随着少量咳血。他皱着眉头,看起来很痛苦——大概也只有在这样的昏迷状态下他才会放弃忍耐。

"好痛……"许则呼吸急促,无意识地呻吟,"止痛剂……给我打一针……"

他既然会这样说,就意味着之前受伤时有人给他打过止痛剂。

卓砚从当医生起接触的病人大多有权有钱,没见过许则这种一上来就直接要求打止痛剂的,这过于简单粗暴。在没有确认伤势之前,卓砚连止痛片都不能给他吃。

迟迟没得到止痛药,许则接受了这个现实,他的声音渐渐变小,最后彻底静下去。

卓砚看了陆赫扬一眼,陆赫扬还是没什么表情地坐在另一边的座椅上,不紧张也不慌乱——是卓砚熟悉的那种对任何事情都不会过分在意的样子。

到医院后做了检查,确定许则是肺挫伤出血,不算非常严重,只是如果不到医院治疗的话,会引起并发症或留下后遗症。

"你朋友?"卓砚对着监护仪做完记录,问陆赫扬。

许则脸上的油彩和污血已经被清理掉,露出干净的睡颜。陆赫扬靠在窗边的位置,离病床有段距离,说:"不算,是同校认识的人。"

"预备校的学生?"卓砚有点惊讶。

"嗯。"陆赫扬直起身往外走,"等他醒了,如果没什么问题,他要出院就让他出院,今天辛苦你了。"

"好的。"

许则醒来的时候房间里蒙蒙亮,他盯着半空中的输液瓶看了很久,也只能得出"我现在在医院"的结论,至于什么时候来的、怎么来的,他一概没有记忆。

他只记得昏迷之前自己让陆赫扬不要再去俱乐部,不知道陆赫扬会不会因此不高兴。

有人进来了,他把许则的床头调高,又拿起遥控器打开窗帘。许则这才看清他,是个年轻的医生。

"我叫卓砚。"卓砚问,"你现在感觉怎么样?"

"没事了。"许则坐起来,接下去一个问题就是,"现在能结医药费和办理出院手续吗?"

"可以的,药给你配好了,你带回去按时吃。"卓砚说,"医药费已经结过了,不用担心。"

他看着面前这个面色苍白的医生犹豫了片刻,问:"是谁帮我结的?"

"应该是你认识的一个校友。"卓砚翻着报告,"你的精神力数据我看了下,你应该属于波动期出现得比较频繁的 S 级,昨天我们还在你的血液里检测到了强效稳定剂,所以要提醒你,这段时间如果波动期爆发,你不能再用稳定剂了。

"我猜大概就在这两天,因为昨晚你由于受伤和疼痛,精神力稍微有些紊乱。近几天注意一下,要是波动期再次爆发,最好请假在家休息。"

"好的,谢谢你。"许则点点头。

许则在一个小时后带着药出了院,医院甚至为他安排好了车。许则坐在后排,把书包最外面的小袋子拉开,那卷皱皱的钞票还在里面——陆赫扬当然不可能拿走。

回到家,许则去卫生间洗手,抬头看着镜子——他很少对着镜子观察自己,因为他觉得自己没什么好看的。

青肿的嘴角,脖子上、手臂上,贴着大大小小的创可贴和纱布,都是昨晚他没注意到、没感觉到的小伤口,放在平常他连顾都顾不上,但现在都被护士细心地处理过,好好地覆盖起来了。

许则站了会儿,接着回到房间,翻开书本写作业,一开始他的注意力始终没办法集中,想到昨晚陆赫扬叫他的名字,想到自己之前那些自以为不露痕迹的伪装,原来都是皇帝的新衣,只是有人没戳穿而已。

后来他终于从尴尬和另一些复杂的心情中暂时脱离,好好地把作业写完了。

后颈热热的,许则摸了摸——精神力波动期可能要到了,但家里已经没有稳定贴了。他收拾好课本,准备去药店买一盒。

他身上还是有点痛,不过已经不影响正常行动,许则拿了钥匙,戴上鸭舌帽,走出房间。

他走到大门边的时候,忽然听见敲门声。

很少会有人敲他家的门,旧木门上没有猫眼,许则拧开锁,将门拉开。

隔着一道锈迹斑斑的黑色防盗门,许则看着站在外面的人,第一反应是自己昨天脑袋也被打坏了,所以出现了幻觉。

"要出门？"陆赫扬脸上带着淡淡的笑，问他。

许则目前的思维反应已经不足以支撑他回答陆赫扬的问题，在他还在回想自己出门是要买什么的时候，他的手已经快大脑一步，伸过去将防盗门打开了。

防盗门打开之后，许则跟陆赫扬面对面站了几秒，才朝旁边让了一步。他请人进屋，但是他在请客人进屋这件事上完全没有经验，于是在陆赫扬的目光下僵硬地沉默了会儿，最后终于说："请进。"

陆赫扬朝屋里走了一步，站到许则面前，抬手捏住他的帽檐，将帽子往上抬，露出整张脸。陆赫扬微微歪头看着许则的嘴角，问："还疼吗？"

"不疼了。"嘴角还肿着，他不疼是不可能的，只是这点疼痛实在微不足道。许则把自己的帽子摘下来，顿了顿，又将门关上。

"你出门有事？"

"买稳定贴。"许则怔怔的，陆赫扬问什么他答什么，还额外解释原因，"精神力波动期可能要到了。"

"我带了两盒。"陆赫扬说。

他走到那张小小的餐桌边，把手里的东西放到桌上。许则家不大，两室一厅的户型，整个客厅空空的，一张餐桌、一把椅子、一个垃圾桶，明显是长期只有一个人在这间房子里生活。

许则稍微反应过来，去房间里拿了另一张椅子，放到陆赫扬脚边。桌上放着一个保温盒，陆赫扬把盖子打开，然后坐下，将碗筷推到许则面前。

短暂的犹豫过后，许则坐到陆赫扬对面，双手垂在大腿上，问："你为什么……"

"赔礼道歉。"陆赫扬笑了一下，"还生气吗？"

不生气，许则觉得没什么好生气的，要生气也是生自己的气，认为陆赫扬没做错了什么——他原本就没有必要替自己这种人考虑太多。而且，就算陆赫扬做错了，许则也会在心里第一时间为他开脱干净，陆赫扬真的很好。

"我没有生气。"许则低声说。

"但你让我以后别去打扰你。"

许则微微皱起眉，表情是思索的样子，他记得昨晚自己不是这么说的，好像只让陆赫扬以后不要去俱乐部。

还是自己记错了？

他这么想着的时候，陆赫扬已经站起来："是这样的话，我就先走了。"

许则一愣，下意识地伸出手，手又硬生生地停在桌沿的位置，他也站起来，有点慌张："不是。"

陆赫扬看着他。

"不是不让你来打扰我"——这句话太奇怪了，陆赫扬或许不会多想，但许则绝对说不出口。

所幸陆赫扬很体谅他，见许则为难，便笑了笑说："开玩笑的，吃饭吧。"

吃饭过程中陆赫扬一直在看手机，使得许则不会太尴尬。吃完之后许则收拾碗筷准备去洗，陆赫扬抬起头，说："放着吧，回去保姆会洗的。"

"是我吃的，应该我洗。"许则说。在他的观念里，陆赫扬家的保姆只需要为陆家人提供服务，自己没道理吃了饭还要让陆赫扬把碗带回去洗。

他拿着碗筷去厨房，从陆赫扬的角度，正好可以看见许则站在水池前，低着头洗碗。许则好像做什么事都很认真，一副专注又安静的样子，他的手臂和颈侧还贴着纱布和创可贴，不过不影响做家务。

许则洗好碗，原本想用毛巾把餐具擦干，重新装好，让陆赫扬立刻就能带走，但许则踌躇了几秒，只说："可能要等一下，等碗干了再装起来。"

短短一句话被他说得都有些磕巴，许则感到强烈的良心不安，也怕陆赫扬识破他蹩脚的借口。

"没事。"陆赫扬将手肘搭在桌上，支着下巴看向他。

许则走出厨房，试图找一些话题，不过意料之内的，他半个字都说不出来。

"去你房间。"陆赫扬从桌上把那两盒稳定贴拿起来，"医生说你需要贴上稳定贴，睡个觉。"

"好的。"许则点点头。

许则房间里的陈设比客厅稍微丰富一些，床、衣柜、书桌、风扇，没什么杂物，同样收拾得很干净。床单是藏蓝色的，薄薄的被子叠成小方块，放在床中央。床和书桌分别在房间两侧，中间刚好是一扇窗，白色的短帘半拉着，被风微微吹动，露出窗外那丛茂密的树顶。

"去床上坐着。"陆赫扬说。

许则没什么异议地就走过去了，坐在床边。陆赫扬将稳定贴的包装盒拆开，拿出一片，撕掉涂布层。

许则才明白陆赫扬是要帮自己贴稳定贴，手收紧，扣在床沿上，自觉地低下头。他看着地面，看见太阳光随着窗帘的摆动，在墙边投出宽宽窄窄的亮影。

许则一直在隐隐地做着准备，准备被陆赫扬询问"为什么家里只有他一个人住"，可陆赫扬始终什么都没问。

于是那些不太想启齿的，他也就都不用说了，不用跟陆赫扬说了。许则又想到，陆赫扬之所以不问，大概只是没兴趣了解而已。

他感觉到陆赫扬将稳定贴轻轻贴了过来，接着，陆赫扬用手指在稳定贴边缘抚了抚，让它跟皮肤贴合得更紧密。

许则的脖子和耳朵因为发热而有点红，是精神波动期临近的症状之一。陆赫扬垂眼看着许则的耳后，那里有根短短的碎发。

陆赫扬把那根碎发拨走，许则整个人瑟缩了一下。

"不好意思。"陆赫扬先是道歉，然后问他，"这么怕痒？"

许则肩颈僵硬,垂着脑袋,看起来犹豫了片刻,最后还是诚实地点点头。

"把手环摘掉吧。"陆赫扬说,"戴着不觉得不舒服吗?"

许则是觉得很不舒服,尤其是在精神力不稳定时期,这种劣质的手环只会粗暴强硬地压制精神力波动,带来极大的不适。许则回答:"没关系,习惯了。"但过后还是听话地把手环摘下来。

他抬头看了陆赫扬一眼,紧接着就不知所措起来。关于陆赫扬来自己家这件事,许则没敢想过,但对方现在就站在他的房间里。许则的目光没有焦点地四处飘忽一阵,最后他问:"你要在椅子上坐一下吗?"

"好。"陆赫扬去书桌前的椅子上坐下。

他用手按住桌上的书本,问许则:"可以看看吗?"

许则点点头。

陆赫扬便翻开许则的作业,预备校的周末作业一向不会布置太多,以至于连贺蔚那种人都能按时按量地完成。

书上的字跟许则本人性格不太相像,笔锋锐利,潇洒干脆,并且丝毫不显得潦草。

"你的字很好看。"陆赫扬说。

虽然只是被夸字好看而已,但许则仍然因此晃了会神,然后回答:"谢谢。"

他觉得有些坐不住,为了掩饰自己的紧张不安,站起来关窗户。他站到窗前,风把他的头发和T恤吹起来,日光炽烈,照出许则的身形轮廓。许则抓住飘动的白帘——修长的五指扣紧窗帘时,像握住了一束白色包装的花。

那应该是一束栀子花,因为风里有栀子花的味道。

许则把窗户关上,松开手,拉好窗帘,房间里顿时暗下去一点,也安静了很多。

陆赫扬将视线从许则身上收回来,伸手,打开书桌旁的落地风扇,朝向许则的床。

"你睡一觉，下午波动期如果来了，晚上会睡不好。"

"好的。"许则其实感觉脑袋已经很晕，而且喉咙痒痒的，想咳嗽——波动期的初期症状跟感冒发烧很像，发热、嗜睡、打寒战。

他躺在床上，头挨到枕头的瞬间，疲惫和昏沉涌上来。他昨晚并没有睡好，因为身上到处都疼，今早他回来后也没有休息。这一刻过分静谧，许则没有精力再多想，他把被子拉上来，直到盖住自己的下半张脸，侧躺着蜷缩起来。

眼皮重重地往下坠，许则很慢地眨了一下眼睛，陆赫扬的身影在视野里变得模糊。许则张了张嘴，有点含糊地说："你有事的话，就先走，把门关上就好。"

他不是在下逐客令，只是怕耽误陆赫扬的时间，毕竟陆赫扬一直很忙。

陆赫扬有没有回答，许则不太清楚了。在彻底闭上眼睛之前，许则想，从陆赫扬敲响大门开始，到这一秒，说不定都只是自己在波动期来临时做的一个梦。

不久之后，蒙眬中许则听见陆赫扬的脚步声，接着是房门被关上的声音，最后是大门和防盗门被关上的声音。

好了，梦结束了。

许则沉沉地睡去。

许则浑身燥热地转醒时，房间里一片暖黄，已经是下午了。

风扇还在吹，许则把被子拉下去一点，长长地呼了口气。他现在是平躺着，转过头，许则恍惚看见书桌前的椅子上，陆赫扬仍然坐在那里，一只手支着下巴，似乎是在发呆。

午后的光影穿过窗帘的遮挡，投在陆赫扬身上，使他整个人看起来十分不真实。

许则的眼珠缓慢地转动几下，目光从陆赫扬的身上慢慢地划过。他的眼神并不清醒，睫毛垂着，他处于那种半梦半醒的状态。如果说中午时陆赫扬来他家是真实发生过的，那么许则确定，现在的陆赫扬真的是在他的梦里。

陆赫扬的左手搭在膝盖上，忽然动了一下。许则被吸引了注意力。陆赫扬的五指白皙而修长，骨节分明，食指搭在膝盖上轻轻摩擦。

明明是做梦，许则却觉得好像很真实。许则呼了几口气，再次翻过身来，清澈的瞳孔里倒映出一个影子。

耳边嗡嗡作响，许则模糊中听见"嘀"的一声，他看见陆赫扬在手环上按了一下，不知道他是在调什么。

波动期本来就会让人感觉难受，许则受过伤的身体更让这种情况雪上加霜，精神力的紊乱让他呼吸急促，头向上仰，肌肉紧绷着。许则闭上眼闷哼几声，身体轻微地痉挛起来。

他喘着气缓了一会儿，睁开眼，然后看见陆赫扬站起身，朝床边走来。

许则看着他走到自己面前，那张脸让人无法从上面挑出任何瑕疵——世界上或许没有完美的人，但陆赫扬的脸可以是完美的。

陆赫扬叫他："许则。"

房间里只剩下风扇旋转的声音，许则自下而上地直愣愣地看着陆赫扬，眼神渐渐变得清明起来。

这不是梦——许则意识到这一点，脸色变得苍白，他都能想象到自己现在是什么样子，伤没好，嘴角还肿着，波动期使他浑身是汗，整个人狼狈不堪，是最差的一副样子。

许则说不出话，喉咙里像被塞满沙子，思维也停止在发现事实的那刻，让他无法做出有效反应。

"卓医生让我提醒你，记得吃药，还有量体温。"陆赫扬松开手，用纸巾蹭掉许则额角的汗，转而在许则覆着细汗的胸口位置按了按，轻描淡写地说，"他还让我问你，肺还痛不痛。"

许则浑身僵硬，费了很大的劲，才摇了一下头。

"好。"陆赫扬指着稳定贴,"稳定贴三小时换一次,效果会好一点。"

他这样说着,在稳定贴上不轻不重地按了一下,仿佛是要加深许则对换稳定贴这件事的印象。

"好的。"许则的声音轻到快听不见,"你先回去吧。"

陆赫扬便直起身,垂眼看了许则几秒,而许则已经闭上眼把脸埋进枕头里,窗边朦胧的光线照出他身上泛红的伤口和汗水,那几块贴着纱布跟创可贴的部位周围也隐隐露出伤痕的红。

在听到关门声整整五分钟后,许则才从床上坐起来。

他看起来跟行尸走肉没太大差别,拖着脚步去拿干净的衣服,然后打开门走向洗手间。

路过客厅时,许则看见餐桌上还放着保温盒——陆赫扬忘了把餐具带走。

这意味着下周上学时自己要当面把东西还给他。

许则还从没有一次性遇见过这么多个难题。

许则这次的精神波动期还算短暂,他周一请了假,加上周末,波动期总共持续了不到三天。周二下午游泳课,许则带着保温盒去了游泳馆,虽然他不知道陆赫扬会不会来上课。

游泳课开始后,许则没有见到陆赫扬,猜想他今天大概是不来了。

不过二十分钟后,许则在训练中途偶然抬头,正好看见陆赫扬走下出口处的台阶,并且朝他看过来。

从陆赫扬的态度来看,他好像没有把上次的事放在心上。

不管怎样,许则本能地想把自己藏起来,眼下他正泡在泳池里,于是只能往水里藏。

他潜入水下,像正常训练时一样在泳道里游,然而过程中却隐约看见岸边走过来一个人,跟着他潜泳的速度慢慢地向前走。

游到终点,许则没有出水,整个人还沉在水面下。仰头往上看,对方就站在那里，颇有耐心的样子。

许则知道自己这种行为非常愚蠢可笑，但他已经这么做了。

不幸的是因为下水前太慌张，许则没有吸入足量的氧气，现在有些待不住了。

许则忍不住在水里吐了两个泡泡。

三十秒后，他从水里探出头，大口地呼吸。

陆赫扬站在岸边，手里拿了一副泳镜。他低头看着许则，说："我记得期末考试不考潜泳。"

许则：……

许则擦了一把脸上的水，不敢直视陆赫扬的眼睛，庆幸自己戴了泳镜。

过了会儿，许则问："你在几号更衣室？"

陆赫扬没有回答，而是蹲下来，说："听不见，你游过来一点。"

他单膝下蹲的姿势看起来像海洋馆里的饲养员，而许则也像只被呼唤的海豚似的跟着指令就过去了。许则游到靠近岸沿的位置，因为紧张而四肢僵硬，但又不得不硬着头皮再问一次："你在几号更衣室？"

"怎么了？"陆赫扬将手垂在泳池里拨动了一下，问道。

"你忘记把保温盒带走了，我下课以后拿去还给你。"许则说。

"保温盒？"陆赫扬完全没有印象的样子。

许则只能提醒他："周六，你……去我家的时候。"

"嗯，记起来了。"陆赫扬说，"3号更衣室。"

许则点了一下头，陆赫扬站起来："我先去训练了。"

他朝另一个泳池走去，许则看着他的背影，直到陆赫扬下水后看不见为止。然后许则又慢慢地、慢慢地沉到水里。

陆赫扬因为来得晚，延迟了几分钟下课。他回更衣室拿衣服，身后有人进来，回头看去是许则。

许则一手拿着条毛巾，一手拎着保温盒，将保温盒放到椅子上后，说了一句"谢谢你",接着不等陆赫扬回答就要走,一副很慌张的样子。

"许则。"陆赫扬从柜子里拿水,一边头也不侧地叫住他。

许则立刻停在那里,一秒之后转过身,问:"什么事?"

陆赫扬喝了口水,拿起毛巾在头发上擦了擦:"你的精神波动期为什么会这么频繁?"

他抬起眼,目光落在许则脸上。

提到精神波动期,许则不可避免地想起周六的那件事,总之让他非常想立刻从对方面前逃离。只是陆赫扬的表情并没有任何戏谑的意思,他似乎是在认真地询问。

"我是二次精神力分化成 S 级的。"许则说,"初二的时候精神力分化的,之前原本只是 A 级。"

"二次精神力分化的精神力没有那么稳定,波动期会稍微频繁一些。"他解释道。

陆赫扬点点头,精神力二次分化的情况不常见,生物书上也没有详细地讲解过,他在此之前确实不太了解。

"会很难受吗?"他又问。陆赫扬没体验过真正的波动期,不太清楚那是什么感受。

但这个问题让许则很难回答——回答难受吗?难受到分不清梦与现实的地步?许则紧紧地抓着毛巾,回答:"有点。"

陆赫扬正要说什么,更衣室门口传来贺蔚的声音。

"赫扬,你好了没有啊?"

"哦。"贺蔚走进来看见许则也在,跟他打招呼,"嗨。"

他的目光随即在许则的上半身停留,非常认真地看许则的身形,发现他果然跟 17 号一模一样,怪就怪自己之前没有认真观察过许则,所以他才没把他和 17 号联系起来,一定是这样。

见贺蔚盯着自己身上看,许则有些不明所以,接着感觉陆赫扬朝自己这边走来,手里一空,他的毛巾被陆赫扬拿起来了——陆赫扬将它挂到许则的左肩。

贺蔚的观察突然就被迫终止了,他皱起眉,不满地"哎"了声,陆赫扬淡淡地打断他:"你今天不是回家吃饭吗?"

"不回了,这辈子都不回去了。"贺蔚说,"晚上我们去个派对,给你介绍漂亮的女孩儿。"

许则一直垂着眼看地面,知道自己该走了,但现在的情况是他正站在贺蔚和陆赫扬中间,他如果忽然转身走掉会太不礼貌,而许则同样也没有插话的经验,不知道自己在哪一刻说出"我先走了"会比较合适。

"不想去。"陆赫扬直截了当地拒绝贺蔚的邀请。

"你真的很没劲。"贺蔚一脸扫兴,"陆赫扬,现在不谈恋爱,是打算等之后陆叔叔给你安排联姻对象了再谈?"

他话说完,陆赫扬没什么反应,许则却抬起头看向陆赫扬。许则一直安静地站着,所以他抬头的动作就显得有些突兀。

陆赫扬因此也朝许则看,视线交错的瞬间许则立即别开眼。

"许则,你认识池嘉寒吗?"贺蔚将注意力又放到许则身上,问他。

许则似乎还沉浸在什么东西里,顿了一下才回答:"是的,是朋友。"

"池嘉寒在谈恋爱吗?"

"没有。"许则再次顿了一下,说,"他没有这个想法。"

其实许则说得很委婉了,池嘉寒不是没有谈恋爱的想法,而是不太喜欢和人接触,自己似乎是他少数愿意深交的朋友。

"什么意思,他不想谈恋爱吗?"贺蔚震惊,其实他已经把池嘉寒查得很清楚,前面两个问题只是随口跟许则聊聊而已,但这方面确实是他没有想到的。

"应该不是。"许则没有揣测过这个问题。

贺蔚陷入思考,许则终于找到插话的机会:"我先走了。"

陆赫扬没作答,许则很快地看了他一眼,转身走出3号更衣室。

许则去淋浴室洗完澡,又回更衣室收拾东西,游泳馆里几乎已经没有人,很安静,许则听见走廊上传来脚步声,又听见贺蔚的声音。

"真的不去?"贺蔚还在执着派对的事。

"不去。"陆赫扬仍然拒绝。

许则慢慢地戴上手环,想到之前贺蔚说的话,意思应该是陆赫扬还没有谈恋爱。

这件事本质上和他无关——毕竟陆赫扬的整个人生都不可能和他有关。

两人慢慢地走近更衣室门口,许则的衣柜在门边,他正好被墙挡住。

"你堂哥怎么说?"陆赫扬问贺蔚。

"他说要先看看许则打得怎么样,我想着要不周五带他一起去拳击场,就是不知道这周许则打不打?他上次不是受伤了吗?"

"到时候问问他。"

"赫扬。"贺蔚的声音莫名严肃起来,"你从来都不管别人的事的,我不知道你是什么意思。"

许则的动作一下子停住,他看着自己的手腕,不知道陆赫扬会如何回答。

"是因为,觉得他挺可怜的,同情他吗?"贺蔚又问。

隔着一道墙,那声音无比清晰,而过了好几秒,陆赫扬都没有作声,像是默认了。

太阳已经落山,更衣室有些暗,空空的柜格里一片漆黑,像个四四方方的乌黑巨口,能把人吞下去。

许则的目光没什么焦点,他缓慢地关上衣柜的门,发出低沉又轻微的吱扭声。

很久之后,久到他们的脚步声都变得模糊起来,远远地,许则听见陆赫扬的回答。

"可能吧。"

第五章 三个机会

SANGEJIHUI

周五,陆赫扬从小风发来的信息中得知,17号这次没有停赛养伤,并且又被安排去打免费的娱乐赛。

小风问陆赫扬:17号的伤怎么样了,你知道吗?

陆赫扬回复他:不太清楚。

他确实不太清楚,自从周二游泳课过后,陆赫扬能明显地感觉到许则在躲他。他们偶然在校园里碰见过两次,许则远远地看见他后就换了方向走。

某次放学,去停车场的路上,许则正从车棚里往外拖自行车,贺蔚跟他打了个招呼,许则"嗯"了声后紧接着就匆匆说了句"我先走了",从始至终低着头没有看陆赫扬。

贺蔚当时看着许则的背影,很奇怪地问陆赫扬:"你对许则做了什么吗?"

吃过晚饭,陆赫扬和顾昀迟先去了城西,在车上等了大概十多分钟,贺蔚到了,还带了另一个陌生人来。

"贺予,我堂哥。"贺蔚关上车门,介绍道,"一个不学无术的富二代。"

"啊？"贺予问，"是在说你自己吗？"

贺蔚嘻嘻一笑，勾着他的肩和他一起进了大楼。

四人到场时正好是中场娱乐赛，17号仍然像过去的每一次一样平静地上场，从他身上看不到任何伤势初愈的疲态，隐藏伤痛大概是他最擅长的事情之一。

17号这次没有朝观众席看，全程专注在八角笼的范围内。对手的量级依旧在他之上，17号今晚丝毫没有要挑动观众情绪的意思，出手很快，稳、准且狠，在四十五秒内就干脆地结束了比赛。

他们又接连看了三场，在对比过其他拳手之后，贺蔚问："你觉得怎么样？"

"可以，正规训练之后肯定能再上几个台阶，这里就他最合适。"贺予说，"其他人戾气太重了，打职业赛，要的是野心不是杀心，我开的是正规俱乐部，照他们这种打法，没打两场，俱乐部就要被查封了。"

"那跟17号聊聊看。"贺蔚转头问陆赫扬，"你有他的电话吗？"

"我去后台找他。"陆赫扬站起来，往观众通道里走。

小风又靠在门边嗑瓜子，见陆赫扬来了，立刻站直："17号不在后台。"

"他走了？"

"没有，在搬饮料。"小风说，"今天打娱乐赛没有钱拿，所以他赚点小费，虽然少，但也是顿晚饭钱嘛。"

陆赫扬根据小风说的方向去了下电梯后会经过的大厅，粉色灯光迷离致幻，目光穿过人群，陆赫扬看见一台饮料机旁，戴鸭舌帽的少年正朝里面放置饮料，身边还站着一个穿吊带和热裤的女服务生，在笑着跟他说什么。

将饮料码放好后，许则直起身，关门，拧锁，拔出钥匙。女生朝前走了一步，抱住许则的手臂，仰起头，将下巴搭在许则的肩上，凑到他耳边笑盈盈地说了几句悄悄话。

许则微微侧头看着女生，并不排斥的样子，只是轻轻将自己的手臂抽出来。

女生从包包里拿出一瓶东西递给许则,然后朝他挥挥手,蹦跶着回了自己的柜台。

许则把地上的塑料筐收拾好叠在一起,抱起来,他在转身的那刻看见了不远处的陆赫扬,很明显地愣了一下。

接着,许则低下头,往左边的另一条通道里走。

陆赫扬不疾不徐地跟上去,这条通道很窄,没什么人来往。许则进去之后走了几步,陆赫扬叫住他:"许则。"

他看见许则的脚步停了一下,随后他站住,转过身来。通道里很暗,许则拿着塑料筐站在那里,隐约沉默的一道身影。

"你忙完了吗?"陆赫扬一边朝他走过去,一边问。

他其实有别的事想问,但贺蔚他们还等着,所以他只能挑最急的说。

"有什么事吗?"许则低声地问。

"贺蔚的堂哥不久前开了一个拳击俱乐部,打职业赛,今天贺予来看你的比赛,想跟你聊聊。"

"聊什么?"许则把头抬起来一些。

"贺予想培养一些新的拳手。"

许则将帽檐压得很低,陆赫扬看不清他的表情,过了一小会儿,许则才回答:"好的。"

许则没有一点惊讶或开心的样子。

"刚刚那个人给了你什么?"陆赫扬往许则的裤袋看了眼,问。

"卸妆水。"许则说,"卸脸上的颜料。"

很久之前许则卸颜料是直接用肥皂洗的,偶然的一次,被那个女生看见了,她立即给了他一瓶卸妆水,甚至还教他用化妆棉。可惜许则不讲究这些,最多只把卸妆水倒在手心里往脸上抹。

后来女生便开始定期送他卸妆水,许则多次拒绝无果。

陆赫扬说:"你们看起来关系很好。"

"……还可以。"许则不太清楚"关系好"的定义是什么，但既然陆赫扬这么评价了，他就承认，应该是没有错的。

陆赫扬伸出手，将许则的帽子轻轻往上抬了点，露出他的眼睛。陆赫扬说："我还以为你不是很擅长交朋友。"

许则同意他的说法，但这里大多数人都很放得开，所以即便他不擅长交际，也有人愿意主动跟他说话。许则说："他们人很好。"

"嗯。"陆赫扬淡淡地应了声。

之后他跟许则一起回了后台，将塑料筐放好。贺蔚他们已经在俱乐部酒吧的卡座里坐着了，时间还早，酒吧里的人不算多，反倒比其他地方显得清净一些。

"原来长这样。"贺予上下打量了一遍许则，笑着说，"靠脸吃饭都够了，打什么地下拳赛。"

陆赫扬跟许则并排坐下来，贺予顺手就拿了酒倒给许则："会喝吗？"

许则点点头，陆赫扬看了他一眼。

"晚饭吃过没有？"在许则喝第一口酒之前，陆赫扬侧过头问。

"吃过了。"许则垂着眼，没有看他。

几人闲聊过后，贺予进入正题，问："有想过换个地方打吗？尝试一下职业赛，说不定更适合你。"

"……抱歉。"许则双手握着酒杯，声音很低，"可能不行。"

他说了"可能"，但其实能听出话里没有余地的意思，贺予看向贺蔚，贺蔚去看陆赫扬，陆赫扬则是看着许则——许则拒绝之后就端起酒杯，不知怎的手有些不稳，酒洒在了手背上。

许则盯着洒出来的酒看，陆赫扬以为他是不知所措或心不在焉，但许则很平静地低头把剩下的喝干净。

"没事，你再考虑一下，有什么想法随时跟我说。"贺予并不多问，将名片推到许则面前，"我知道这里情况比较复杂，可能不是很容易脱身，但如果你真的有意向离开，我们可以一起想办法。"

许则将名片拿起来,点了一下头,说:"谢谢。"

之后便没人再提这件事,聊起别的话题,许则一直沉默不言,一杯接一杯地喝着酒。他几乎一整个晚上都没有看陆赫扬。

许则越喝,他的脑袋垂得越低,陆赫扬朝旁边的顾昀迟伸出手:"车钥匙给我,你坐贺蔚的车。"

顾昀迟从手机游戏里抬起头,看了许则一眼,没说什么,把车钥匙递给陆赫扬。

"别喝了。"陆赫扬按住许则的手腕,"我们出去一下。"

许则的目光落在陆赫扬按着自己的手上,几秒后,他放下酒杯。陆赫扬收回手,与贺蔚和贺予打了个招呼,然后站起来,许则也跟着站起来,喝太多了,有些站不稳,陆赫扬扶了一下他的肩,防止他往前栽下去。

帽子被许则落在沙发上,陆赫扬替他拿上。

酒吧里此时已经非常热闹,许则踉踉跄跄的,不断地被人撞到肩膀或手臂,陆赫扬快走了一步上前,将鸭舌帽戴到许则的头上,压低帽檐,带着许则穿过拥挤的人群,往之前那条窄小的通道走。

许则没什么意识,整个人将思绪放空,被陆赫扬带着走。一路到了后台,在其他人路过时的打量中,陆赫扬推开尽头更衣室的门,走进去。

陆赫扬能感到许则现在是放松状态,人也不像比赛时那样紧绷。

许则不知道陆赫扬要做什么,但已经很晚了,他想提醒陆赫扬回家,不然不安全。可刚要张嘴,许则就感觉头上一空——他的帽子被摘下了。

帽子被摘下的一瞬间,许则下意识地眯起眼,但更衣室里的光线暗,并不刺目。许则不是善于察言观色的人,喝醉后只会更加迟钝,可他本能地从陆赫扬身上察觉到压迫感,即便陆赫扬的精神力被手环控制得很好。

"伤好了吗?今天看你比赛结束得很快。"

陆赫扬垂眼看着自己的手,没看许则,声音也低。

"已经好了。"

"抱歉。"陆赫扬忽然说。

许则一下子茫然起来,不懂他为什么要道歉。

"没有提前和你说一声就带贺予来跟你聊这件事,是我考虑得不周到。"陆赫扬抬起头,面色恢复一贯的平静,是许则熟悉的样子。

"不会。"许则立刻摇了一下头,"没关系的。"

反正不管贺予什么时候来问,答案都是一样的。陆赫扬作为好心施舍的一方,无论怎样都不应该为此道歉,没有这样的道理。

"能告诉我原因吗?"陆赫扬双手撑在桌沿,抬眼看着他。

许则有些不自然地侧过头:"我签了合同,一年半,还剩半年多,毁约的话会很麻烦。"

不管是违约金还是唐非绎,都麻烦至极。

"我想知道你的想法。"陆赫扬说。

许则沉默片刻,还是不肯看陆赫扬,回答:"我要待在这里。"

"许则。"陆赫扬抬手轻拍了一下许则的肩膀,提醒他,"看着我。"

许则慢慢地转动目光看向陆赫扬,酒劲裹着一股热量涌上大脑,让他有点透不过气。他知道自己错了,陆赫扬出于好心帮他一把,自己不但拒绝,还支支吾吾地含糊其词,如果他是陆赫扬,也会不悦的。

"我只想挣快钱,每星期打完一场就能拿到钱。"许则艰难地开口,"打职业赛需要训练,需要积累,我没有时间。我只适合在这种地方,这里的观众不在乎拳技,看到刺激的场面就会兴奋,很简单。

"我不是你们想象的那样,我不喜欢打拳,我只是为了赚钱。"

对着陆赫扬承认这些,许则感到十分不堪,但他最终还是说出来了。他希望陆赫扬看清,自己其实一点也不值得可怜,他们是两个世界的人。

"我没有把你想象成怎样。"陆赫扬看着他,"选择权在你手上。"

他越是这样说,许则越觉得过意不去。

"对不起。"许则低下头,"其实你不用管我的,也别——"

喉咙滚动了一下，他才继续说："也别可怜我。"

这句话平常他未必——不，是一定，一定不会说出口，但他今天喝了很多酒，所以勉强能说了。

许则不认为自己有多惨，不是每个人都有好命和好运气，恰巧他没有得到而已，世界上多的是跟他一样的人。对陆赫扬，许则不抱任何期待，能够接受永远听不见回响，甚至被漠视、忽略，总之这些都好过被同情。

如果陆赫扬的确是在可怜他，那他才是真的可怜。

不知道出于什么原因，陆赫扬没有说话。许则闭上眼睛，脑袋往后仰，抵在墙上。

头很晕，安静的每一秒时间都被拉长，许则感觉已经过去很久，说："很晚了，你该回去了，这里真的不安全。"

"留个电话给我。"陆赫扬拿出手机，解锁后切到拨号界面，递给许则。

许则睁开眼，对着陆赫扬的手看了几秒，然后把手机接过来，输入自己的号码，又还给陆赫扬。陆赫扬拿到手机后按下拨打键，很快，许则的手机响了。

许则呆呆愣愣地还是那么坐着，等陆赫扬把电话挂断，可是陆赫扬却将手机贴到了耳边，同时盯着他的眼睛。

许则慢半拍地反应过来，动了动手指，从裤袋里拿出自己的手机，看着屏幕上陌生的号码，缓缓地眨了一下眼睛，按了接听键。许则也把手机贴到耳边，手机里没有声音，因为并没有人说话。

"喂？"许则突然出声。

他听到自己的声音，也听见陆赫扬的手机里传出自己的声音。

"头晕不晕？"陆赫扬还是看着他问。

"晕。"许则边说边点头，等于同时回答了电话里和面前的陆赫扬。

"我送你回家。"陆赫扬嘴边终于带了点笑意。

陆赫扬的提议对许则来说总是很有说服力，他没有用问句，淡淡地笑着，让许则想不出任何可以拒绝的办法。

许则觉得渴，舔了舔嘴唇，说："麻烦你了。"

"嘟"的一声，电话挂掉了。许则还举着手机，盯住陆赫扬发呆，听见陆赫扬问："在想什么？"

"你……"许则充分地验证了"酒后吐真言"这句话，诚实地说，"很好。"

"然后呢？"

许则含糊地喃喃低语着什么，醉意把他的神志都冲得涣散，视线中的一切似乎都在旋转，脑袋沉得难以支撑，许则身体往前倾，将额头抵在一个安全感十足的肩上。

"以后……就没有机会了。"许则的口齿变得清晰了一点，他有些低落地说，"今天……是最后一次。"

今天过后，他跟陆赫扬就不会再有交集了，也不会再有成为朋友的可能。因为深刻明白这件事，许则才更加无法拒绝陆赫扬送他回家的提议。

"送你三个机会，要不要？"陆赫扬突然问。

许则抬起头，有些不解地看着陆赫扬："什么机会？"

"类似刚才那样的机会。"陆赫扬说。

他没有明说，但许则莫名听懂了，没有心思问陆赫扬为什么，只是怔了一会儿，问："要什么都可以吗？"

陆赫扬像是在思考，许则则忐忑地等待着答案，眼神都变得认真。

"应该吧。"陆赫扬最终给出回答。

接着他又遗憾地通知许则："刚刚已经用掉一个了。"

是说真话就可以靠近成为朋友的机会吗？还是说是说真话就可以提出要求的机会？

噩耗来得猝不及防，许则下意识地抓住陆赫扬的T恤下摆，语气有点着急："为什么？"

约定应该在双方都知情后才生效，陆赫扬怎么能提前开始？

他才问完，门外忽然响起几声敲门声，每一声之间都有很规律的停顿。

陆赫扬没有回头，但表情淡了些，他看了眼手环上的时间，对许则说："不早了，我送你回去。"

许则于是没有再追问，安静地戴上帽子，跟陆赫扬一起走出房间，奇怪的是外面并没有人，而陆赫扬的脸上是习以为常的神色。

楼道里的灯早坏了，许则搭着扶手，陆赫扬扣着他另一只手臂，带他上楼梯。开门后，许则把客厅的灯打开，其实他完全站不稳，整个视野都是晃的，但还要问一句："要不要喝水？"

"不用。"

进了房间，许则在床边坐下，陆赫扬靠在书桌旁替他打开风扇，说："好好休息，我先走了。"

他说着就直起身，许则欲言又止，终于在陆赫扬走了几步时忍不住站起来："等一下。"

因为头晕，许则差点摔回床上，只能靠住床沿以获得一点支撑，觉得自己刚刚的声音太小了，怕陆赫扬没听见，又说了一次："你等一下。"

陆赫扬转过身来，正好站在灯下，房间里最亮的那片光从他头顶倾泻下来，然后散到房间四周的角落，变得暗淡。

"你之前说，机会已经被我用掉一个了。"许则还在耿耿于怀，一想到自己浪费掉一次机会，就非常懊恼。

错失一次机会，就等于错失了三分之一靠近的可能性。

"是的。"陆赫扬说。

"可以不算数吗？"许则顿时失落，低下头，很不清醒地嘟哝，"我那个时候还不知道。"

久久没得到回答，许则站在那里，在电风扇的呼呼声和楼下的虫鸣声中昏昏欲睡。眼前忽地暗了一点，他抬起头，发现陆赫扬已经走到面前。

"不算数的话，你打算做什么？"

"你还没同意。"许则这个时候还严谨了一把——陆赫扬如果不同意恢复第一次机会,而自己现在又做了什么,那就等于是用掉了第二次机会,太奢侈了。

陆赫扬又看了他一会儿,说:"我同意。"

话音落下的同时,许则毫不犹豫地给陆赫扬了一个拥抱。然后他看着陆赫扬,脸上和眼里都带着点笑,是那种喝醉的人常有的、很坦诚又有点傻气的笑。他的瞳孔少见地亮,让人分不清眼底是不是有泪。

许则永远不会知道,这一秒他的眼神和表情透露出的真诚,早就胜过一切言语的阐述。

周六,许则从醒来的那刻就开始皱眉,宿醉的感觉很差,他慢吞吞地从床上爬起来,拿干净的衣服去洗澡。

把身上的酒气洗掉,许则一边站在镜子前低头刷牙,一边拼凑昨晚的记忆。刷着刷着,许则猛地顿住,牙刷从他手里掉下去。

他呆立着,甚至不敢再回忆后来的情形,他宁愿自己彻底断片。对他来说,没有比这更冲动更糊涂的行为了。

但陆赫扬到底为什么要给他那样的机会?

许则认为陆赫扬是不可能有什么坏心眼的,不至于闲得无聊用这种方式来戏弄他,可他也的确很难想象陆赫扬会出于同情而给他三个提要求的机会。

他在原地低着头发了很久的呆,最后把牙刷捡起来,冲洗干净。

许则收拾好出门,去路边的早餐店里买了早饭,在走到公交车站之前吃完。等了大概七八分钟,公交车到站,许则上了车。

中途换了两次车,一个多小时过后,许则下车,步行几分钟,来到疗养院门口。

沿着主路绕过住院大楼,许则到了花园外,边走边隔着围栏往里面看。他去入口处做登记,护士为他指了个方向:"在那里,这几天又不愿意走路了,都坐轮椅,但腿脚是没问题的,你不用担心。"

"好，谢谢。"

进了花园，推轮椅的护士见到许则，便往旁边让了一步，轻声说："有事叫我。"

"好的。"

许则走到轮椅前，在老人的膝旁蹲下来，叫她："外婆。"

叶芸华淡漠地看着围栏旁那棵在晨风里晃动的树，并没有做出任何反应。

当然这已经算最好的反应，至少她没有歇斯底里地尖叫或对他拳打脚踢。许则无法预测每次叶芸华在见到自己时会突然变成什么状态，只能尽量少出现，很多时候过来了只是远远地看一眼。

他知道叶芸华不再记得他了，而这个结果他也有责任。

两年前许则刚开始打拳，一场接着一场，身上的伤基本没有断过，他怕外婆担心，从不敢带伤见她，只是有次叶芸华因为试图轻生而划破了手臂，许则鼻青脸肿地匆匆赶到医院，还没来得及向医生询问情况，叶芸华猛地就从椅子上站起来，问他："你是谁？"

"外婆，我是许则。"许则像往常一样提醒她，想去看她的伤势。

"不是。"叶芸华嘴唇哆嗦着，眼神极度陌生，"我们小乖很听话的，不会打架的，你不是许则！"

许则四肢僵硬地站在那里，身上的伤口一瞬间没了痛觉，变得又麻又冷。

"滚出去！骗子！你把我的小乖还给我！"

叶芸华声嘶力竭地握着拳头朝许则冲过来，被旁边的医生护士拦下。医生回头对许则喊："你先出去，快点！"

眼前的场景像无声的、快速移动的默片，许则被护士拽出病房，门在他眼前被关上。很久之后许则回忆起自己站在走廊上透过玻璃看向病房的那几分钟，背景里只有耳鸣声，听不到别的声音。

那之后，叶芸华再也认不出许则了，哪怕是间断性的一秒两秒。

"要期末考试了。"许则说,"放假以后,我就有更多时间来看你了。"

叶芸华的手指动了动,眼神变得柔和了一点,说:"我们家小则很乖的,他成绩很好的。"

"嗯。"

许则沉默下去,过了一会儿,站起来,说:"我推着你走走。"

周一最后一节课前,S级的学生们被召集去会议室开个短会。许则到的时候老师正准备点名,他低着头走到第二排靠边的位置坐下,过程中始终没有往别的地方看。

"今天点学号,听到的同学举手喊'到'。"老师看着表格,"一班,9号。"

"到。"

"一班,17号。"

没有人应。

老师抬高嗓音重复了一次:"一班,17号。"

"到。"

不紧不慢,是陆赫扬的声音。

许则盯着桌面,把呼吸放得很轻很轻,仿佛这样就能使自己在这间会议室失去存在感,让所有人都看不见他——让陆赫扬看不见他。

许则对陆赫扬个人信息的了解少之又少,他没有打探过,也不太会做这种事,只知道陆赫扬的名字、年龄、班级,以及学号。

当地下拳馆的人问他代号时,他也不知道用什么名字,那天正好就听到了,没有想太多,更没有想到有一天自己会以一个叫"17号"的拳手的身份,与陆赫扬在一家乌烟瘴气的地下拳馆相遇。

现在回忆起来,他的一切伪装都实在经不起推敲。许则知道陆赫扬早就认出了他,但此时,许则意识到,这个"早就",可能比他想得还要再早一点。

短会只开了十分钟左右,老师点过名之后简短地介绍了这周双休日活动地点和内容,把相关资料发到每个人手上,让大家在周三之前决定好是否要参加。

散会后,许则离开的速度从没有那么快过,他垂着头穿过几个空座位,走到过道上,刚往下迈了两个台阶,就迎头撞上一个人。

他不用抬头都知道那是谁,因为许则闻到了他身上很淡的特殊香味。

"你是有急事吗?"陆赫扬刚走到过道上就被许则撞了肩膀,垂眼看着那颗今天好像格外抬不起来的脑袋,问道。

许则从进会议室后眼神就一直落在地上和桌面上,根本不知道陆赫扬就坐在第一排,要是知道的话,一定等到最后再走。

"对不起。"许则说,然后他回答,"我没有急事。"

旁边的贺蔚顿时笑了一声。

不想看起来太奇怪太没有礼貌,许则抬头看了陆赫扬一眼。许则知道陆赫扬一定在看他,因为他们正在对话,可即使是在有这样的心理准备的情况下,许则还是感到背上瞬间出了细汗。

许则只想立刻从陆赫扬的视野里消失,可正当他准备说一句"我先走了",贺蔚就问:"哎许则,周末的活动你要去吗?"

贺蔚边说边搭着陆赫扬的肩跨下台阶,许则只能被迫跟着他们一起往外走,但中间隔了一个贺蔚,许则感到不那么紧张局促了,说:"不太确定。"

"那你周五要打比赛吗?"贺蔚压低声音,"不会又是娱乐赛吧?"

他觉得娱乐赛既不赚钱又浪费许则的实力,一点意思都没有。

"会打。"许则挨个回答他的问题,"不是娱乐赛。"

贺蔚愉快地打了个响指:"好的!"

他们走出会议室,恰好遇见背着书包要去上游泳课的池嘉寒。见许则跟贺蔚和陆赫扬他们走在一起,池嘉寒愣了下,看了眼陆赫扬,随后又去看许则,问:"刚开完会?"

许则简直跟没认出池嘉寒似的，用那种没什么焦点的目光看着他。过了一两秒，许则才点点头。

"哦，我去上游泳课了。"池嘉寒充分理解许则的心不在焉。

"我下节也是游泳课，一起吗？"贺蔚问。

贺蔚讲话还从没那么轻声细语过，自从听许则说池嘉寒不太喜欢和人接触，就十分注重交流的方式，希望不要吓坏这个脆弱的少年。

池嘉寒冷漠地看了他一眼："还是不用了，我认得路。"

他说完就走了，贺蔚看着池嘉寒的背影，转头对陆赫扬和许则说："他好酷！好可爱！"

然后他就跟了过去。

贺蔚走后，周围立即寂静下来。许则陆赫扬之间还维持着跟之前一样的距离，往前大概走了四五步后，陆赫扬淡淡地问："是精神波动期又到了吗？你的耳朵很红。"

许则轻轻"啊"了声，竟然还下意识地去摸自己的耳朵，确认陆赫扬的问题。

但他同时又想起来，陆赫扬明明知道他上上周才经历过精神波动期，根本不可能那么快又来一次。

许则停住脚步，也不知道自己现在在想些什么，说："应该没有，我先回去上课了。"

他掉头往天桥的另一头走，陆赫扬回头看许则的背影，其实他还挺想提醒许则"你好像走反了，你的教室不在那边"。

周五晚，许则比平常到得迟一点，不过离上场还早，他去后台搬了两箱饮料来到大厅，给饮料机补货。

饮料机分散在不同位置，补到第三台时，许则在打开玻璃门后无意间一抬头，目光立刻像被粘住似的，定在某个方向不会动了。

右边角落里有台娃娃机，平时没什么人玩，大多是些情侣偶尔去摆弄几下。

陆赫扬正俯身握着操纵杆在抓娃娃，身旁站着一个穿超短裙的卷发女孩儿，跟他一起朝玻璃里看，指着某个玩偶在笑。

场景很养眼，许则就这么看着。

欢快的音乐声从机器里传出来时，陆赫扬抓到了娃娃。女孩儿欢呼一声，陆赫扬弯下腰去拿，那是一只不太好看的小鲨鱼，蓝白色的。

陆赫扬将小鲨鱼递给女孩儿，女孩儿接过去，犹豫过后，踮起脚尖，凑到陆赫扬耳边说了一句话。

在这里待了那么久，许则不傻，也曾经历过类似的情况，能猜到那是句怎样的话。

许则看见陆赫扬侧过头，垂下睫毛看着女孩儿，可又很突然地，他抬起眼直直朝许则看过来。

因为料想不到，所以许则几乎没来得及反应，等他回过神时，陆赫扬已经收回目光，对女孩儿笑了一下，许则看见他的口型是"不好意思"。

女孩儿有点害羞，冲陆赫扬挥挥手就跑开了，许则的视线追随着她臂弯里的小鲨鱼，做工粗糙，可有种丑丑的可爱。许则对那只小鲨鱼产生了点渴望，如果他也能有一只，一定会好好珍惜的。

在许则专注地看着女孩儿时，陆赫扬已经走到他面前，问："认识？"

许则默默地回过头，拿起几瓶饮料码放进货道，动作有些僵硬，不敢直视陆赫扬，回答："嗯。"

那个女孩儿是酒吧里的服务员，许则和她之前多多少少有过接触。

"很熟吗？"陆赫扬把许则放错的一瓶饮料码放到正确的货道上，问他。

"还好。"放错饮料的许则顿了顿，又问，"你需要联系方式吗？"

"你有她的号码。"

这似乎是个问句，但陆赫扬是用陈述的语气说出来的。在许则看来，陆赫扬一连三句话都在问那个女孩儿的事，应该是对对方很感兴趣。

许则点点头,接着很有效率地立刻从裤袋里拿出手机,要找女孩儿的号码给陆赫扬。他心里没什么特别的情绪,只是有些恍然——啊,陆赫扬可能是喜欢这种类型的女孩儿。

他刚解锁手机,头上一重,帽檐被陆赫扬往下压了压,许则听见陆赫扬说:"放饮料吧。"

许则安静片刻,收起手机,继续给饮料机补货。之后两人都没再说什么,直到许则关上最后一个饮料机的玻璃门,说:"我先回后台了。"

陆赫扬又把他的帽檐抬起来,好像在玩什么开关游戏。他问:"今天会赢吗?"

许则转头看看周围,提前透露比赛结果,如果被人听到了举报给经理,他是要被禁赛和罚款的。确认没有特殊情况后,许则轻声说:"应该……"

他还没有讲完,陆赫扬抬手,食指挨着唇,制止了面前的人继续说下去:"嘘。"

许则顿时怔住,饮料机里明亮的灯光将陆赫扬的侧脸照得清晰,像幅光影完美线条精致的素描作品。陆赫扬微微朝前低头,看着帽檐下许则的眼睛,说:"不该问你这个的,抱歉。"

他这样反而激起了许则必须要告诉他的决心,许则歪过头,凑到陆赫扬的耳边。他们身高相当,许则不需要踮脚也不需要仰头,举起双手围在嘴边,像小孩子偷偷诉说秘密那样,告诉陆赫扬:"我会赢。"

说完之后许则就站直身子,手也放下去,脸上的表情很认真。

"好。"陆赫扬笑了下,"贺蔚说今天想打台球,如果你比完赛没有别的事,一起吗?"

许则不会拒绝的,原本一直忧心忡忡,怕陆赫扬觉得自己亲近示好的行为太唐突和无理,会疏远他,没有成为朋友的机会了,许则几乎已经艰难地做好了这样的准备,但陆赫扬并没有。

不是每个人在面对认识没多久的朋友表达亲近意图时,都能充分信任并接受这份莫名其妙的示好的,能维持目前这样,许则感到知足,也决定以后要克制，不做让陆赫扬为难的事。

"好的。"许则说。

17号赢了，前半场时他象征性地让脸上挨了两拳，后半场他打得利落果断，快速地收了尾。

"哇，许则这是着急下班啊。"贺蔚意犹未尽，"他是不是有急事？那还来打球吗？"

"会。"陆赫扬说。

许则下场后，陆赫扬几个人就起身离席，去了东南角的台球馆。过了六七分钟，在一旁啃瓜子的小风说："17号来了！"

陆赫扬回头看去，许则正推开玻璃门，没有戴帽子，进门那刻就隔着老远的距离看见了陆赫扬。

"上药了吗？"陆赫扬问。

许则抬头，灯光在他的眼底一闪而过，他回答："没有，不太疼。"为了证明真的不疼，他按了按自己青红的嘴角，"没关系的。"

他脸上的水还没干，显然是洗完脸就立刻过来了，卸油彩时应该下手很重很急，所以脸上还留着被搓红的痕迹，这里一块那里一块，混合着水迹，像一张染色不均的画纸。

好几秒，陆赫扬没有说话，许则莫名紧张，于是主动找话题："你会打吗？"

陆赫扬拿起桌上的球杆："不会，你教我吧。"

"嗯。"许则也取了根球杆，用巧克粉在杆头上蹭了蹭，接着俯低了腰身出杆开球。他盯住目标球，将左手压在墨绿色的球桌上，手指干净修长，桌子上方垂着一盏吊灯，照亮他半边清俊的侧脸。

从弯腰到出杆，动作行云流水，仅仅三秒钟，随着清脆的一声响，球落袋的同时许则直起身。

陆赫扬看着那颗球消失在洞口，又看向许则。许则的神色很专注，他给陆赫扬的球杆也擦上巧克粉，然后抬起头要说什么，却在对上陆赫扬眼睛的瞬间卡住了。

"手……"许则匆匆挪开目光，将左手摆好姿势放在桌面上，"手，这样摆。"

陆赫扬像个合格的初学者那样把手掌按在桌上，动了动手指，看起来在很认真地在学习，带着几分生涩。

"不太会。"陆赫扬尝试过后，对许则说。

"可以教你吗？"许则问。

陆赫扬没直接回答，只将手往许则面前移。许则稍稍迟疑一秒，伸手过去，一根一根地将陆赫扬的手指摆好，之后他在离陆赫扬十厘米外的位置放下自己的手，弯腰拿好球杆，示范完整的姿势。

贺蔚正跟顾昀迟在隔壁桌打球，打着打着，觉得不对劲，往陆赫扬他们那边看。

"陆赫扬不会打桌球吗？"

顾昀迟头也不抬："你少操点心。"

"身体侧一点，这条手臂贴着台面，肩膀立起来。"这边许则还在尽心尽力地教。他整个人趴着，隔着白T恤，能看到凸起的脊骨和肌肉线条、窄窄的腰部。

陆赫扬垂眼看了他一会儿，跟着俯下身去，抬肩握杆。许则的侧脸就在旁边，陆赫扬忽然问："你用的什么洗发水？"

相当令人意外的一个问题，许则怀疑自己听错了。许则看着球桌，说了一个牌子，想到陆赫扬肯定没听过，于是补充道："很便宜的。"

他以为陆赫扬不喜欢这个味道，正尴尬地打算起来站远一点，就听见陆赫扬说："很好闻。"

许则愣了片刻，不等他反应，"啪嗒"一声，陆赫扬出了杆，将许则的目标球利落地打进袋。许则缓缓地眨了一下眼睛，直起身，真诚地夸他："你打得很好。"

"你教得好。"陆赫扬靠在球桌旁,问,"经常来打球吗?"

"嗯,陪别人打。"

陆赫扬弯起嘴角笑了笑,但许则觉得他并不是真的在笑,反而看着很冷淡,总之有些难以形容。陆赫扬又问:"陪谁打?"

"其他拳手,或者一些客人,会找我跟他们打。"许则老实地交代。

"17号陪打是收费的。"小风捧着一盒切好的水果过来,放到桌沿,"17号还能蒙着眼睛打球。"

见陆赫扬轻挑了下眉,小风很有眼色地立马说:"我去拿眼罩!"

他很快拿了一个黑色眼罩过来,许则看了眼球桌,确定好目标球和角度之后,把眼罩戴上。陆赫扬发现许则在戴上眼罩之后,原本抿着的唇微微张开了一点,他应该是有些紧张。

不知道许则戴着眼罩陪别人打球时是不是也这样紧张。

"明天的活动你会去吗?"在许则开始之前,陆赫扬问。

许则点点头,顿了顿,问:"你去吗?"

"去。"陆赫扬说,"老师给你发房间号没有?"

"发了,1203。"许则又停了一下,忍不住问,"你呢?"

"1205,贺蔚在1204。"

"嗯。"

这几句对话成功地使许则忘记了之前确定好的角度,不过他没有拿下眼罩再确认一次,而是凭感觉弯下腰,将杆头一点点地往前送,在碰到白球时立即停住。

陆赫扬伸手将他朝自己的方向带了一下:"往左一点。"

按照他的提示,许则朝左移了移,即使戴着眼罩,仍然准确无误地对准了3号球。灯光照在他身上,许则的鼻子很挺,嘴巴微微张着,嘴唇有一点上翘,不薄,有恰到好处的肉感,算是他那张冷淡的脸上最柔和的部分。

许则屏住呼吸,出杆,旁边有人不知道为什么忽地欢呼大叫起来,使得许则没有听到落袋声，他问陆赫扬："进了吗？"

"你觉得呢？"陆赫扬反问。

"我不知道。"

许则准备摘下眼罩看看，但陆赫扬制止了他，说："进了，想吃西瓜还是哈密瓜？"

一个没头没脑的问题，许则回答："西瓜。"

几秒后，他闻到西瓜的味道。

西瓜吃掉后，许则拉起眼罩看了眼球桌，接着再次蒙眼开杆，半秒都不拖延，只是由于太紧张，打偏了。

没听到落袋声，许则站在那里，看起来有点失望。

他当然不是因为没进球而失望，而是因为没进球的话，他就吃不了西瓜而失望。

他刚要摘眼罩，又闻到西瓜的味道。许则听见陆赫扬说："因为没进，作为惩罚，这块西瓜会小一点。"

这不是惩罚，许则呆呆地想。

原来失败了也可以有奖励。对许则来说，输意味着满身伤痕，意味着会有人失望，意味着希望落空。但陆赫扬总是反其道而行，在他比赛输了之后送他昂贵的新拳套来提前庆祝下一次胜利，在他没有打进球的时候用一块小小的西瓜来作为根本不能算作惩罚的惩罚。

许则突然觉得陆赫扬奇怪，而这种奇怪让他变得更加特别起来。

周六早上，参加活动的 S 级学生们在预备校门口集合，乘车去另一个城市。顾昀迟这次没来，据说是家里要他出席一个宴会。对预备校的很多人来说，参与一场纯粹由学校组织的学习交流活动，比参加家族或圈子聚会要轻松自由许多，至少他们能透透气。

许则是从离预备校有段距离的公交车站匆匆跑过来的，上车时车上已经基本没有空位，不少学生一人占了两个座位，其中一个用来放书包。

陆赫扬和贺蔚仍然坐在最后一排，贺蔚冲许则招了招手，许则犹豫片刻，走过去。

最后排的五个座位，两个座位上放着陆赫扬和贺蔚的书包，还剩一个靠窗的空位，在陆赫扬旁边。

"你坐赫扬旁边吧。"贺蔚说，"刚好有个位置。"

许则的第一反应不是点头或摇头，而是去看陆赫扬。陆赫扬一直在看手机，抬起头，侧了一下腿。

老师已经在提醒大家尽快在位置上坐好，许则一手按住前排的椅背，擦着陆赫扬的膝盖迈进去，坐下，把书包放到大腿上。

"书包给我。"陆赫扬说。

许则没问为什么，陆赫扬要他给他就给了。陆赫扬拿过去之后把许则的水瓶抽出来给他，然后将书包递给贺蔚，让他放到空位置上。

车子开动，贺蔚招呼陆赫扬上线打游戏，接着又问许则："你玩游戏吗？"

"不玩。"许则摇摇头。他没有这方面的兴趣，而且手机很旧了，性能和内存仅够用来接收学校的文件和短信、打电话或线上聊天。

"好清心寡欲啊，你是道士吗？"贺蔚问他。

许则回答："不是。"

贺蔚一下子哈哈哈地笑起来。

有些人是这样的，没有幽默细胞，嘴巴笨，一板一眼，对所有玩笑和逗趣都免疫，还会认真地回答别人的废话——反而有种别样的有趣。

陆赫扬伸手把书包里的平板电脑拿出来，解了锁递给许则："你看个电影，不然会很无聊。"

窗帘没有拉，许则转头看向陆赫扬，阳光正好斜照进最靠窗的角落，许则的睫毛被照得看起来毛茸茸的，一簇簇的，那双深灰色的眼睛里蓝调显得更浓，像一片干净的湖面，而睫毛是湖面上空的轻云。

"谢谢。"许则接过平板电脑，然后就没有再动了。他觉得平板电脑也算是比较私人的物品,所以有些无所适从。

过了会儿,他往旁边看了一眼,陆赫扬跟贺蔚已经戴上耳机在打游戏了。许则想起陆赫扬让他看个电影——那就一定要看个电影才行。许则打开一个视频软件,连陆赫扬的观看记录都不敢点进去看,只在电影页面里随便挑了一部。

音量被许则调得很低,他怕吵到别人。大概过了十几分钟,许则感觉陆赫扬忽然靠近,淡淡的香味同时笼罩过来。

陆赫扬抬手越过许则将窗帘拉紧,问他:"不觉得晒吗?在看什么?"

"还好。"许则依旧习惯性地将所有问题都分别回答完毕,"在看电影。"

陆赫扬低头看了看屏幕:"动画电影吗?"他又拿了副耳机出来,递给许则,"声音这么小,你能听见?"

"能听见一点。"

"困了可以听听歌睡一觉。"陆赫扬说。那边贺蔚又在催他,陆赫扬转回身靠在椅背上继续打游戏。

许则原本不困,但陆赫扬提了,他莫名就开始感觉困。许则没有听音乐,也没有用耳机,把平板电脑关上,小幅度地转头看看陆赫扬,然后闭上眼睛休息。

在市区行驶四十多分钟后,车子即将进入高速,压过一个减速带时车身剧烈地颠簸了一下,许则没防备地整个人一晃,头猛地磕在车窗上。

许则睁开眼,这一下对他来说这不算痛,但睡着觉磕到了头,他多少有些反应不过来,愣愣地目视前方。

一只手拍了拍他的肩。陆赫扬单手打着游戏,朝许则看了一眼,问:"记得刚才发生什么了吗?"

许则原本就没清醒,这下更迷糊了,过了几秒才回答:"撞到头了。"

"没失忆就好。"陆赫扬笑笑。

到酒店时是中午，每人领房卡回房间放东西，吃过午饭后大家去了会场。下午的行程被排得很满，展览、讲座、会议，弄得贺蔚了无生趣，像个木偶一样跟陆赫扬走在一起。而无论何时，陆赫扬往人群边缘看过去，总能看见许则在认真地看资料和文件，安静又抽离，似乎有他自己专注的世界。

临近晚饭，接老师的通知，大家去餐厅会合。许则拿着一沓资料，抬起头望向人群中央，陆赫扬和贺蔚两人正跟几个穿着西装的男人一起走向另一条通道。那几个背影许则有印象，是几所联盟级重点院校的校长，其中一位校长拍了拍陆赫扬的肩，在跟他笑着说什么。

许则把资料收好，转身往餐厅走去。

来这里的都是S级的学生，然而S级与S级之间也天差地别，就像陆赫扬与他。

吃完饭，大多数S级的学生们离开酒店自由活动，许则一个人回到房间，坐在桌子前仔细地看资料。这次活动是自费的，但许则还是决定要来，因为能拿到联盟Top院校历年提前招生的真题和其他信息资料。

九点半，许则洗完澡，打算做半套试卷再睡觉。他挂好毛巾正要吹头发，手机响了，许则过去拿起来，看见屏幕上端端正正地显示"陆赫扬"三个字，先是抬头看着窗，缓了几秒后才按下接听键。

"喂？"

"哇。"那边传来的是贺蔚的声音，"从手机里听你说话，感觉你温柔很多啊。"

许则的肩膀松下来一点，问："有什么事吗？"

"哦，是错觉，还是很冷漠。"贺蔚笑了一声，"你在房间里吗？我跟赫扬买了甜品回来，一起吃点？"

"你们吃吧。"许则说，"我就不过来了。"

他知道自己沉闷、无趣、寡言，出现也只会打扰别人的兴致，所以他自觉地回避。

那头传来轻微嘈杂的声响,过后是一道在电话里显得分外低沉而清晰的嗓音:"许则。"

许则几乎是下意识地摸了一下自己的耳后,"嗯"了一声。

"1205。"陆赫扬很简洁地说,"过来吗?"

那声音很近,简直就像在耳边问的一样,拒绝的话,许则说不出口。

"好。"许则说。

他在房间里站了一会儿,头发还没完全干,许则拿手指胡乱地理了理,带上房卡开门出去。到1205房外,许则按门铃,贺蔚很快给他开了门。

"我跟赫扬也刚回来洗完澡。"贺蔚说,"我们买了冰激凌。"

许则点点头,走进去。陆赫扬正将擦头发的毛巾搭到椅子上,半干的头发随意地落在额前,他转头看了许则一眼,然后拿起手环戴上。贺蔚一边在沙发上坐下,一边问:"大晚上的戴什么手环?"

"是因为喝了酒怕控制不住精神力吗?"他不怀好意地笑,"是不是在想刚刚酒吧里的那个女孩儿?让你不给她手机号,后悔了吧?"

"池嘉寒最近理你了吗?"陆赫扬问。

贺蔚立刻笑不出来了。

"吃冰激凌。"贺蔚扭头对许则说,"本来想叫你一起去酒吧的,但估计你不喜欢。"

许则问:"你们喝酒了吗?"

"去酒吧不喝酒难道喝牛奶吗?"贺蔚无所谓地笑笑,"明早十点才集合呢,晚点起没关系。"

许则点头,又转头看看身后,见饮水机没有开,走过去,按了一下热水键。

接着他回到沙发边,在贺蔚身旁的空位上坐下,说:"喝了酒的话,睡前喝杯热水,会舒服一点。"

"这么贴心。"贺蔚把冰激凌给许则推过去,问他,"许则,你喜欢什么样的女孩儿?"

许则看着茶几，回答："没有特别喜欢的类型。"

"不可能，肯定有。"贺蔚不信，拱了拱许则的肩，"说吧说吧，满足一下我的好奇心。"

贺蔚是个相当缠人的人，酒后只会变本加厉没完没了，许则迫不得已伸手打开冰激凌的盖子，然而贺蔚还在撞他的肩，差点把冰激凌从许则手里撞掉。

"可爱一点的。"许则只好说。换作其他人问这个问题，他一定缄口不言保持沉默，但许则知道贺蔚没有恶意，所以还是尽力地回答了。

他觉得没有谁会不喜欢可爱的人，所以这个答案应该不会出错，宽泛又万能。

陆赫扬坐在单人沙发上，支着下巴在看手机，闻言抬眼看向许则。

"有。"贺蔚重重地点了一下头，拿出手机，"我给你介绍几个，保证可爱至极。"

他特别积极，许则立即说"不用了"，但贺蔚揽住他的肩，怕他跑了似的，同时给许则看照片："这个，可爱吧？钢琴弹得特别好。"

"还有这个……"

"许则。"

听到陆赫扬叫他，许则马上抬起头，见陆赫扬正看着他说："冰激凌要化了。"

许则看看手里饱满圆润的冰激凌球，点头，挖了一块送进嘴里。

贺蔚还在翻手机，陆赫扬提醒他："阿姨不是让你晚上打个电话给她吗？"

"啊？我差点忘了。"贺蔚放下搭在许则肩上的手，看了看时间，"快十点了，我先给我妈打个电话。"

他说着站起身，却又弯腰凑到许则的耳边，语气很神秘："明天回去的路上继续给你看。"

不等许则有什么反应，贺蔚愉快地冲他眨眨眼，走了。

房门关上,房间内一瞬间安静下来,许则后知后觉地意识到自己应该跟贺蔚一起出去的。

"嘀"的一声,热水烧好了,陆赫扬站起来,走到饮水机前倒水。许则有些心不在焉地吃着冰激凌,冰激凌奶味很香浓,掺杂着香草的味道。

"你喜欢可爱的,是吗?"陆赫扬边接水边忽然问。

许则一怔,不明白陆赫扬是什么意思。过了一两秒,他开始反应过来,猜想或许陆赫扬是从贺蔚的话里得到了启发,打算给自己介绍朋友。

这是一种迂回又有效的方法,最适合用来打发自己这种莫名其妙接近别人又阴魂不散的人。

许则低着头,看手里的冰激凌,没有作声。他感觉陆赫扬走到自己旁边,拍了拍他。

刚拿过热水杯,陆赫扬的手心温热,许则仰头看他,即使是这种角度,陆赫扬的脸看起来仍然很完美。

"这个问题让你很不开心吗?"陆赫扬俯视着他问道。

许则把唇上残留的一点点冰激凌擦掉,回答:"没有。"

"以后不会问了。"陆赫扬拿起杯子,喝了口温水。

许则的视线落在陆赫扬的手上,他一直觉得陆赫扬的手很好看。

他就这么发起呆来,陆赫扬以为许则在看手环,于是抬手伸到他面前,问:"在看这个?"

他点点头。

陆赫扬便说:"那你研究一下看看。"

在他的首肯下,许则摸了摸手环,屏幕很灵敏地亮起来,接着许则的手指不小心碰到了某个按键,手环发出"嘀"的一声。许则不清楚自己按的是什么,刚想说"对不起",但很快,大概一秒钟的时间,他意识到那是调低挡位的按键。

因为许则感受到了陆赫扬的精神力,强势的、充满压迫感的S级精神力。

许则皱了皱眉,他的手环各方面的功能都一般,抵挡不了陆赫扬的精神力干扰——两个S级男性之间精神力对冲的感觉并不好。

他试图把挡位调回去,但没有找到按键,陆赫扬也无动于衷。安静了会儿,许则抬头问:"觉得难受吗?"

精神力在酒后多多少少会不受控制一些,陆赫扬如果一直设定的是高挡位,现在应该很不舒服。

陆赫扬在许则身边坐下来,冷静又平淡地问:"你觉得呢?"

不明白陆赫扬问这个问题的意图,许则转头看了他一眼,陆赫扬正在喝水,许则觉得冰激凌要被自己焐化了,陆赫扬的精神力像有实体感般地冲击他的理智和思绪,让他变得躁动不安,充满攻击性。

在理清思路之前,许则听到自己不受大脑支配抢先跳出来的声音:"我帮你?"

许则嘴里还含着一口冰激凌,因为太紧张,又想到不能浪费,所以他在起身之前把最后那口冰激凌吃下去了。

他觉得自己现在在陆赫扬的眼中应该就像那种一有机会就迫不及待地表现自己、殷勤而谄媚的小人,因为陆赫扬一直用一种审视的目光盯着他,许则不敢抬头。

"手环可以借给我吗?"许则低着头问。

他想屏蔽自己的精神力,毕竟他的精神力对陆赫扬没有任何安抚效果,应该只会让他想打人。

陆赫扬没有回答,直起身,将手环拆下来,接着拉起许则的手,替他戴上。

在确定手环挡位被调到最高后,许则犹豫几秒,用手背在陆赫扬的额头上贴了贴,感觉到陆赫扬已经出现了轻微的发热症状,需要及时降温,稳定住精神力。

"我去拿湿毛巾,帮你擦一下脸,可以吗?"许则问。

陆赫扬看着他,没有说什么,只点点头。

不知道为什么陆赫扬没有拒绝自己靠近,但是世界上许则搞不懂的事情远不止这一件,许则放弃思考。

许则去了洗手间,将毛巾打湿,拧干,回到沙发旁。他看到陆赫扬整个人向后靠在沙发上,闭着眼,眉头微微皱起,不太舒服的样子。许则放轻动作,弯下腰,用毛巾擦拭陆赫扬的额头、脸颊和脖子。

S级的人在控制精神力方面有着天然优势,又或是湿毛巾起了作用,陆赫扬的状态逐渐平稳下来。许则见状,又去了趟洗手间,再洗一遍毛巾。

"手,也擦一下吧。"许则蹲在陆赫扬的膝盖旁,试探地碰了碰他的手。

没有被拒绝,许则握住陆赫扬的手腕,帮他擦手心。许则在擦拭的过程中几乎有些出神。陆赫扬睁开眼,看着许则,许则的表情很认真,他好像在做一件非常重要的事。

将两只手都擦过一遍,许则抬眼看陆赫扬的脸,撞上他的目光,顿时许则有些不知所措,慌张间失去重心,手下意识地往后撑,不小心碰倒了茶几上的冰激凌,冰激凌整盒掉在地毯上。

反应过来后,许则立即找纸巾擦地毯,陆赫扬也蹲下来帮他一起擦。直到收拾干净,陆赫扬朝许则身后看了眼,发现他整个T恤下摆都被冰激凌弄脏了。

许则被陆赫扬拉起身时有些茫然,在陆赫扬的示意下往后看,愣住,接着攥着下摆跑去洗手间。

好像又把事情搞砸了,许则懊恼地清理自己的T恤,甚至犹豫是不是该偷偷溜走,但几秒后,他在余光里看见陆赫扬也进了洗手间。

他很少对陆赫扬要求什么,这是他第二次机会。

"第二次机会……"许则垂头擦着衣服,忽然自言自语似的喃喃,"用掉了。"

"这次不算。"陆赫扬看了他几秒,说。

许则诧异地抬头,镜子中,陆赫扬的眼睛里看不出什么很特别的情绪,只是目光有点沉。

"换一件。"陆赫扬把一件白 T 恤挂到许则的肩上,"你的衣服脏了。"

许则穿的是黑 T 恤,上面的痕迹看着很明显。他换上衣服,然后从陆赫扬手里把自己的 T 恤拿过去,低声说:"我拿回去洗。"

许则接着往外挪了一步,说:"我回房间了。"

陆赫扬朝他伸出手,掌心向上。许则不明白是什么意思,抬眼看陆赫扬,陆赫扬才说:"手环。"

许则:……

许则立刻将手环摘下来,放到陆赫扬的手上。

失去了陆赫扬手环的束缚,许则的手环显得尤其无能起来,它既抑制不住许则波动的精神力,也阻挡不了陆赫扬的,两个 S 级男性的精神力在洗手间里扩散,互相冲击、压制。

在两人有可能打起来之前,许则拿着衣服匆匆离开陆赫扬的房间。

第二天许则很早就醒了,因为他几乎一夜没睡。他昨晚回房间后连做了两套试卷都没能平复下心情,想到自己差劲的照顾人的技术,陆赫扬最后能平复精神力也算是奇迹。他现在还穿着陆赫扬给的干净衣服,上面散发着淡淡的洗衣液清香。

洗漱完之后,许则下楼吃早饭。其他人基本都到了,老师也已经在吃早饭,冲许则挥了一下手:"许则,那桌还有空位。"

顺着她所指的方向看过去,许则顿时说不出话,只能机械地点了一下头。

老师指的是陆赫扬那桌,并且空位就在陆赫扬旁边。

等许则走到桌边,贺蔚边吃边说:"许则,你今天看起来好贵啊。"

他眼睛尖,立即发现是衣服的问题,于是把许则拉住,但又无法从那件没什么图案的白 T 恤上看出端倪,贺蔚将下摆折起来一点去看侧标。

"这不是赫扬经常穿的牌子嘛。"贺蔚嘀咕,"不应该啊……"

贺蔚说着,转头去看陆赫扬,陆赫扬喝了口牛奶,说:"他昨天吃冰激凌弄到衣服上了,我把我的衣服借给他穿。"

"哦,这样。"

许则却在反省自己,嘴上还在吃早饭,没有心思喝牛奶,于是很轻易地就被呛着了。许则立刻抽了张纸巾捂住嘴,朝身后咳嗽了两下。

他转回头时见陆赫扬把牛奶推到他面前,许则正要说"谢谢",陆赫扬却说道:"这么容易被呛着。"

早餐结束,许则回房间收拾好东西,率先下了楼。他很少跟人争抢什么,但这次他走在前面上了车,找了第二排的位置坐下。

陆赫扬和贺蔚是最后几个上来的,见许则坐在第二排,贺蔚"哦"了一声:"许则,去后面一起坐吗?"

他对要给许则介绍可爱女孩儿这件事还是十分热衷。

许则抬头,先撞上的是陆赫扬的目光,他把头低下去,说:"没关系,我坐这里。"

"那好吧。"贺蔚说。

车子开出去没多久许则就睡着了,到预备校门口时快到中午,许则用手搓了搓脸,拿起书包下车。他今天从周祯那里得知叶芸华状态不错,想去陪她吃顿午饭。

一下车许则就打算迈腿跑,因为要赶着去坐地铁,但他犹豫了一秒,还是站到旁边,眼睛看着车门。

过了会儿,陆赫扬拎着书包走下来,看了许则一眼,然后往反方向走。许则以为陆赫扬是要走了,不经思考地就追了过去,但陆赫扬只走了几步就停下了——贺蔚还没下车,他要等他。

陆赫扬转身看见的正好是许则跑向他的样子,许则在车上睡觉时头发蹭着椅背,现在看起来有点乱,歪歪地支棱起来一撮,在风里像只手似的对着陆赫扬挥动。

许则是个很能藏事的人，他的心事却总被身体的其他部分出卖。

"衣服，下周游泳课的时候还给你。"许则放慢脚步停在陆赫扬面前说。

这件衣服是新的，买来后保姆只例行洗过一次，陆赫扬想告诉许则"衣服很适合你，不用还了"，但许则似乎是有急事的样子，陆赫扬便点点头。

"我先走了，再见。"许则说"再见"的时候眼睛在看别的地方。

陆赫扬伸出手，指尖碰到许则翘起来的头发。

他没有帮许则把头发压下去，而是将那撮头发再往上扶了点，让它直冲天际。

"再见。"陆赫扬说。

许则丝毫不怀疑他的动作，以为陆赫扬是把自己头发上的什么脏东西摘掉了，还说了句"谢谢"，之后才往地铁站的方向跑去。

第六章 栀子花香

ZHIZIHUAXIANG

周一放学后,许则去了俱乐部。他这段时间有空就会过来打零工,昨天去疗养院,周祯说给叶芸华换了新药,药会比之前的贵一点,但疗效更好,副作用也会相对小一些。

开销一天天在增加,许则光靠每周一场比赛赚取的费用来支撑医药费已经太吃力,何况许则时不时地还会被安排打免费的娱乐赛。

十点多,许则回到后台,摘下帽子喝了口水,一个拳手推门进来拿包,临走前低声说了句:"老板来了。"

许则转头看他,拳手已经匆匆走出去。许则没怎么犹豫,立刻去衣柜里拿书包,然而他才直起身,门被推开,高大的保镖站在门边,面无表情地通知他:"老板马上过来,你在这里等着。"

"好。"许则将书包放在桌上。

几分钟后,唐非绎进了房间,反锁上门,走到桌边,把一沓照片扔到许则面前。唐非绎在椅子上坐下来点了支烟,吐出一口烟之后抬起眼看着许则。

许则拿起照片,一张接一张地看过去,他的表情没什么变化,但可以看出他看得很认真。

因为照片里全是他和陆赫扬的照片,陆赫扬扶着喝醉的他进更衣室的、两人在大厅里一起给饮料机补货的、台球馆里他给陆赫扬的球杆涂巧克粉的……近的、远的,模糊的、清晰的,大概十几张。

他看得越认真,唐非绎的脸色越阴沉——许则从不过分在意什么事。

"看够了吗?"唐非绎抖了抖烟灰,问。

许则把照片叠在一起,用指腹摸过边缘,像个强迫症一样试图将不齐整的部分对齐。他问:"你什么意思?"

"我说你怎么没再提加比赛的事了,原来是攀上了摇钱树。"唐非绎靠在椅背上,上下打量许则,"怎么,进预备校两年多了,终于找到靠山了?"

听他话里的意思是他已经查过陆赫扬了,许则忽地盯住他,唐非绎却又笑了声:"紧张什么?"

"人家可用不着你紧张,毕竟他是顾昀迟的朋友。"唐非绎把烟头掷在地上。他最恼火的就是这一点,那两个人跟顾昀迟的关系不一般,但自己却查不到关于他们的任何个人信息,能做到这种保密程度,说明他们家里起码有联盟级的背景。

对手强大不是问题,你总会找到他的弱点,真正的问题在于你根本不知道对方有多强大。

许则看着他,还是那副话少冷淡的样子。唐非绎站起来,走到许则面前,从他手里把照片拿过去,用那叠照片拍拍许则的脸,讥讽地问:"你跟这些有钱的公子哥玩,你以为他们真的会把你当朋友吗?你捞到什么了吗?怎么还要来这里打工?"

"这是我的事。"许则微微偏过脸,眉头皱起来一点,"跟你没关系。"

"没关系?"唐非绎把照片摔在桌上,猛地掐住许则的脖子将他往后推,一直推,直到许则的后背撞上墙壁。唐非绎手上的力道很重,声音也低沉凶狠,"当初是谁把你招进来让你混口饭吃的?你外婆动手术的钱又是谁借给你急用的?那时候你怎么不说跟我没关系?忘恩负义!"

许则的脸色因为窒息而很快变红，他没挣扎，冷静又艰难地说："钱我已经还给你了。"

他不认为自己亏欠唐非绎什么，当初即使他没来这里打拳，也会找到别的地方打。如果不是为了那一纸合同，如果不是知道毁约后一定会遭到唐非绎变本加厉的骚扰，许则早就离开了。

受到威胁，许则S级精神力外溢，刺激着唐非绎下手更狠，他嗤笑道："人家只是玩玩，你不会以为他真的会和你这种人交心做朋友吧？人家图个乐子和新鲜而已，你一个没爹没妈的穷小子，做什么梦呢，你们是两个世界的人，小心最后连自己怎么死的都不知道。"

这些话对许则造不成太大的伤害，毕竟他没做过这样的梦，也不觉得自己身上有什么乐子和新鲜的地方值得陆赫扬感兴趣，他甚至没有想过两个人会成为朋友，至于他是"没爹没妈的穷小子"，唐非绎没有说错。

许则不想解释或反驳，脖子被死死地掐着，也没有开口的能力。许则半合起眼、皱着眉，唐非绎还不至于真的要他死，他不挣扎不反抗是最合适的解决方法，否则唐非绎容易纠缠不休。

缺氧的每分每秒都变得十分漫长，唐非绎最后松开手时许则已经站不住，俯下身剧烈地咳嗽起来，胸口起伏。许则擦了擦眼睛，抬头却看见唐非绎正回到桌边，拿起那些照片，用打火机点燃。

火光刺目，许则又擦了一下眼睛，然后他盯住正在燃烧的照片，直到唐非绎把它们扔到地上。

等唐非绎开门出去，许则直起身走了几步，蹲到那堆灰烬前，将没有烧完的一张照片捡起来，用手擦擦。照片上还有余温，被烧得只剩下陆赫扬的侧脸，以及右下角许则的手。

许则站起来把照片放进书包里，揉了揉脖子，沉默地离开更衣室。

第二天下午的游泳课上，因为临近期末，上课的人又多了起来，许则完成训练后在游泳馆里看了看，没有找到陆赫扬。许则回到更衣室，冲完澡后站在衣柜前打开手机，想试着给陆赫扬发信息，告诉他自己在4号更衣室等他下课，把衣服还给他。

许则找到通讯录里陆赫扬的名字，打开对话框，删删减减地打着字，这本是很简单的一件事，但他觉得好像怎么措辞都不对。

许则思考得太投入，以至于他都没有发现有人走到身边。

几秒后，许则听见有人问他："你是在手机上写作文吗？"

许则手一抖，手机差点掉在地上。他慌张地转过头，陆赫扬就站在旁边，刚从泳池里上来，发梢还在不断地滴水，水珠在流畅的肌肉线条上滑出一道道痕迹。

"吓到你了吗？"陆赫扬笑了一下，伸手拍拍许则的背，像安慰被吓到的小孩，说，"不好意思。"

许则回过神，摇摇头，回答陆赫扬的第一个问题："我在发短信。"

他一边说一边把手机界面抬起来一点，陆赫扬便看了一眼，问："给我发吗？"

"嗯。"许则点头，"想把衣服还给你。"

他说完就想起来陆赫扬把衣服借给他穿的原因，立即别开头，去柜子里拿书包。他特意用袋子把T恤装起来，单独放在书包的第二个隔层。

"不用了。"陆赫扬说。

许则一怔，又看向他，想解释自己已经把衣服洗干净了，但他最后什么都没说，只是点了一下头。

"衣服是新的，洗过之后我试了一下，肩膀那里有点小。"陆赫扬解释道，"你穿很合适，愿意的话就留下吧。"

他没有说"给你穿"，也没有问"你要不要"，而是用了"愿意"这个词，给足了余地，但反而让许则完全无法拒绝。

许则安静了会儿，说："谢谢。"

他根本没有多想陆赫扬怎么会带一件不够合身的衣服出门，陆赫扬说什么他就听什么、信什么，毫无疑义。

一根碎发落在陆赫扬的额头上，许则看见了，抬了一下手，指指陆赫扬的脸："有头发。"

陆赫扬没有动，看着他，许则顿了顿，伸手帮忙把那根碎发摘掉。陆赫扬的目光往下扫了一眼，随即停住。他不着痕迹地靠近了一点，将许则脖子上的毛巾往旁边拉开。

一道青紫色长痕横亘在许则的脖子中央，被白皙的皮肤衬得很明显。

许则意识到陆赫扬看见了什么。许则一整天都没在意这条掐痕，就像他从不在意打拳时受的伤一样。但现在，许则没办法不在意。

他试图把毛巾拢起来将伤痕遮好一点，可陆赫扬阻止了他，将整条毛巾从许则的脖子上扯下去。

"怎么了？"陆赫扬问。

他看着很平静，许则认为陆赫扬只是随口一问，于是撒了个蹩脚的谎："昨天打比赛了，受了点伤。"

陆赫扬当然没那么好骗，掐脖子在拳击场上跟拽头发和用指甲抓人一样，都是拳手不会做的举动。

"是吗？"陆赫扬看着许则明显躲避的神色，说，"许则，看着我。"

许则有点紧张地眨了一下眼睛，抬头看他。

许则完全没有反应，因为他知道陆赫扬不会伤害他。

陆赫扬问许则："可以告诉我是谁弄的吗？"

他心里有答案，但他要听许则的回答。

许则只是不太明白陆赫扬为什么要这么做，无法揣摩他的情绪。

"跟俱乐部的人有点冲突。"许则说，"没关系的。"

他真的很不擅长撒谎，眼神闪躲，还必须要靠其他的小动作来掩饰——许则抬起手，用指尖碰了碰陆赫扬的手背。

陆赫扬没说什么，松开手，视线仍落在许则的脖子上。

"不痛的。"许则又说，虽然他知道陆赫扬应该不关心这个。

"那什么会让你觉得痛？"半晌，陆赫扬罕见地、有些冷淡地反问他。

许则察觉到陆赫扬周身的低气压，可他又搞不懂问题到底出在哪里。他猜想陆赫扬大概是有什么不开心的事，于是迟疑了片刻，问："什么事让你不高兴了吗？不介意的话可以跟我说。"

为了证明自己是个合格的"情绪垃圾桶"，许则又补充道："我不会说出去。"

他这种谨慎又茫然的样子总能很轻易地取悦某些人，陆赫扬笑起来，好像有点无奈："你真的不会被人骗吗？"

这是个莫名其妙的问题，但许则摇摇头，认真地回答："不会。"

在除陆赫扬面前外的所有地方，许则几乎都充满了防备心、警惕心，不惹事也不冲动，算得上油盐不进。

"确定吗？"陆赫扬又笑了一下。

他突然往前走了半步，侧过头，朝许则伸出手。"嘎吱"一声，陆赫扬拉开许则脑袋旁边的那格储物柜的柜门，从里面拿东西。

今天他和许则抽到的是同一间更衣室，连储物柜都离得很近，只是陆赫扬来得晚了点，到更衣室时许则已经去上课了。

虽然两人的交集没有那么多，但许则从没想过要得到什么，反而能够更简单地收获一些惊喜，虽然那在别人眼里也许毫不起眼。

陆赫扬把干净的衣服拿出来，直起身跟许则面对面地问："怎么了？"

"没什么。"

"放学后有事吗？"陆赫扬又问。

"没事，怎么了吗？"

"约你吃晚饭。"陆赫扬说。

许则的目光飘忽了一下，他没反应过来："嗯？"

"你等我一下，我洗个澡。"陆赫扬一边朝淋浴间走，一边说道，"很快的。"

"没关系。"许则下意识地回答。

如果是等陆赫扬的话，多久他都没关系。

陆赫扬去淋浴间后，许则坐在椅子上等他，时间临近下课，学生们陆陆续续结束训练回到更衣室。

周围不断有人经过，许则没有看手机也没有做别的任何事，就安安静静地等。

大约过了十五分钟，陆赫扬从淋浴室出来，一边朝衣柜走一边戴上手环，放好东西后回头看许则，许则也坐在那里看着他。

陆赫扬走到许则面前，许则微微抬起头。

旁边来来往往的学生们在说话，唯独他们两人在沉默。陆赫扬垂眼看着许则，慢慢地擦头发，许则仰头跟他对视。

"走吧。"陆赫扬将目光在许则的脖子上扫过，对他说。

两人从游泳馆走到校门口，过程中许则能感受到其他人的视线，好像他和陆赫扬走在一起是件很稀奇的事——的确很稀奇。

一辆车停在右侧人行道边的树下，戴着白手套的男人朝陆赫扬走了几步，将车钥匙交给他。陆赫扬说"谢谢"，男人点了一下头，没有多说也没有看许则，随即另一辆车开过来，带着男人离开。

陆赫扬拉开副驾驶那侧的车门，许则道谢后坐进去。陆赫扬关上门，在车外接了一个电话，应该是贺蔚打来的，陆赫扬一边淡淡地笑着回话，一边隔着车窗看了许则一眼。

"想吃什么？"陆赫扬上车后系好安全带，从许则腿上拿过书包放到后座。

"都可以。"许则说。

他就知道会是这个答案。陆赫扬从自己书包里拿出一盒创可贴，是之前贺蔚留下的。

白色创可贴，上面印满了可爱的小熊，没人理解贺蔚为什么会喜欢这种款式的，就像谁都不理解他为什么要把跑车内饰选成粉色的一样。

"脖子贴一下。"陆赫扬把创可贴递给许则，接着开动车子，"去你家附近吃吧，有什么好吃的吗？"

许则拆开创可贴，顿了顿，说："面条。"

"那就吃面条。"

"好的。"

老城区离预备校近，开车十几分钟就到。巷子窄，陆赫扬把车停在路边，跟许则一起往里走。

许则反射弧长，这个时候才开始担忧陆赫扬会不会吃不习惯。他犹豫了一下，给陆赫扬提醒："店面很小，可能也不是很干净。"

"没关系。"陆赫扬转头看他一眼，笑着说，"我以前跟昀迟经常吃路边摊的。"

许则放松了一点，试着接话："贺蔚呢？"

陆赫扬挺意外他会继续问下去的，说："贺蔚前几年都在国外，这个学期才转学回来。"

"你们……关系很好。"

不知道为什么，陆赫扬觉得许则像个努力尝试与人类进行交流的智能机器人，很认真又笨拙。陆赫扬点点头："是的，我们三个从小一起长大。"

许则的神情顿时有些怔愣，他看起来似乎是想要说什么，但他最后还是抿起唇没再开口。

天阴阴的，应该是要下雨了。店铺里已经有点挤，都是收工后来吃晚饭的人，陆赫扬和许则找了角落里的一张小方桌，桌子一面靠墙，另一面挨着几箱啤酒，两人分别坐在桌角的两边。

"你想吃什么？"许则问。

店里很吵，陆赫扬听不见许则的声音，但他从口型上可以判断出他在问什么。不过陆赫扬还是说："什么？"

许则于是靠过来一点："你想吃什么？"

"跟你一样的。"陆赫扬回答。

"香菜和葱要吗？还有醋和辣椒。"

"都不要。"

许则点点头，起身去点餐。他站在柜台前，很高，脖子上歪歪扭扭地贴着几块小熊创可贴，年轻美好，与这里周遭的陈旧格格不入。

不只和这个店，而是和许则身处的大部分地方，包括那个充满暴力和血腥的八角笼。

两人面吃到一半，外面下起暴雨，许则又开始陷入担忧。他无所谓淋不淋雨，这不是什么大不了的事，他一个人的时候从不撑伞——但这不妨碍他坚定地认为陆赫扬不能淋到雨。

陆赫扬的手机又响了，他看了眼屏幕，对许则说："我出去接个电话。"

透过窗户，许则看见陆赫扬站在走廊上，雨顺着屋檐淌下来，落在他身前二十厘米的位置。陆赫扬神色冷淡，垂着睫毛，说的每句话都很简短，不太想多聊的样子。

他很快就挂了电话，回到店里后结完账，接了两杯水，将一杯放到许则面前。

"你不吃了吗？"许则问。

"嗯。"

"那你早点回家。"许则喝了口水，站起来，"等一下，我去买把伞。"

陆赫扬拉住他的手臂："为什么要买伞？"

"下雨了。"许则说。

"我知道。车子离这里不远，跑过去就行。"

许则难得坚持道："会被淋湿的。"

陆赫扬又问他："怕你被淋湿还是怕我被淋湿？"

"怕你被淋湿。"许则低头看着桌上的水杯，诚实地回答。

"我身体还可以，不至于淋一下雨就感冒。"陆赫扬拿起车钥匙，"跑吧。"

两人并肩冲进雨幕里，跑过短短的小巷，拉开车门坐进去。前后不过十几秒，但身上还是被淋湿了一大片。

车子没发动，闷热的空气混合着他们带进来的潮湿雨水，弄得到处都黏黏的。天黑了，挡风玻璃上的雨水像瀑布一样流下，雨点不断地砸在车顶上，又仿佛砸在很遥远的地方。

"纸巾。"陆赫扬说，"擦一下，"

"嗯。"许则的嗓子有点哑，很干，他吞咽了一下，空气闷得他快透不过气。

抽了两张纸巾，许则没用来擦脸擦手，而是摸摸索索地在擦被自己弄湿的车座。

陆赫扬在昏暗中看了他几秒，问："该擦的地方怎么不擦？"

闻到属于陆赫扬的味道，许则侧过头说："回去洗个澡就行。"

陆赫扬没说什么，开动车子。

五分钟左右的路程，许则发现陆赫扬一直在瞥后视镜和倒车镜。他看不清陆赫扬的表情，但他能感觉到陆赫扬的心情不太好，从他吃面时接到那个电话开始。

车停在楼下，隔几步远的地方就是楼道。许则刚要说"再见"，陆赫扬却跟他一起下了车，跑进楼道里。

雨还没有变小的趋势，陆赫扬站在楼道口，转头朝雨里看，微微皱着眉。陆赫扬手臂上全是雨水，许则没考虑太多，拿了纸想帮他擦一下，但被陆赫扬抬手挡开。

许则顿时愣了，陆赫扬很少这么直白干脆地表露出抗拒，许则的手在半空中僵了一两秒，才慢慢地放下去。

"对不起。"许则低声说。

陆赫扬看向他,没有对许则的道歉做出回应。沉默片刻,他说:"上楼吧。"

两人一前一后地走上楼梯,进门后许则去烧热水,然后推开房门,找干净的毛巾。陆赫扬站到窗前,将窗帘拉开一点,低着头往楼下看,不知道在看什么。

热水烧好了,许则倒了半杯,又加了半杯冷水,调成温的,拿到房间里。

他跟陆赫扬站在书桌旁。外面暴雨倾盆,许则想了又想,终于问:"怎么了?"

陆赫扬侧过头看他,淡淡地笑了笑,说:"有点累。"

那笑容许则无法形容,也不知道该让人怎么安慰他,许则只是个束手无策的局外人。

许则一手拿着水杯,一手将自己脖子上的创可贴撕下来,因为沾了雨水有点不舒服。他再抬起头的时候,陆赫扬正盯着他的脖子。

许则还在思索要说点什么才能安慰陆赫扬,但话一出口他就觉得不对,改口道:"雨很大,开车太危险了,你要不……"

话没有说完,许则停住了,因为陆赫扬朝他走过来。许则后退,撞到书桌上,但很快他被陆赫扬抓住肩膀往前带了半步。许则纸杯从手里落下去,水溅了满地。

被这样对待,许则的第一反应不是推开陆赫扬,而是选择了靠近。

如果靠近的代价是疼痛,许则会毫不犹豫地选择靠近,他最不怕的就是痛。

他相信陆赫扬。

陆赫扬捏住许则的肩膀,将手渐渐地收紧。许则睁大眼睛,看着前方,在手环的抑制下,陆赫扬的精神力只溢出来一点点,但也足够刺激到许则,生理的排斥促使他本能地释放出更多精神力来与之对抗。

精神力的对抗让许则有些难受地闷哼一声,陆赫扬的呼吸顿了顿,然后他松开手。

灯光不够亮,阴影里,陆赫扬看见许则肩膀连着脖子的地方上多了一道浅浅的印记,隐隐约约地泛红。

雨噼里啪啦地撞在窗户上,房间里没有其他声响。

陆赫扬很明显是在发泄着一些情绪,许则不介意,如果陆赫扬不开心,他愿意成为那个发泄口。

很久后,陆赫扬抬头,许则注视着他的眼睛。许则的伪装一直很差劲,只要陆赫扬靠近,他就会把一切都写在脸上。

对视了一会儿,陆赫扬说:"别这么看了。"

许则点点头,去看别的地方。

他也不想的,假如世界上有一种可以控制目光移动的药,许则会第一个去买来吃。

"刚才在楼下,生气了吗?"陆赫扬问。

生气谈不上,许则的性格里好像天生缺乏这种情绪,就算有,他也绝不可能对陆赫扬生气。许则只是有点低落,一点点而已,但没有哪条规定说陆赫扬必须要顾及他的心情,朋友也一样。

"没关系的。"陆赫扬叫许则不要看着他,许则就对着电风扇这样回答。

陆赫扬对他说:"没关系的话就没有补偿了。"

这句话成功地使许则忍不住再次看向陆赫扬,怔怔地问:"补偿?"

"嗯。要不要?"

"要。"许则不可能拒绝,罕见地要求道,"我来选可以吗?"

"可以,你选什么?"

许则屏息几秒,仰起头,认真地看着陆赫扬,像在吹灭蜡烛后许了个愿,许则说:"希望你不要不开心。"

陆赫扬的手机又响了,但他无动于衷地直视着许则,等手机安静下去,才开口:"好的。"

雨小了一点,许则双手撑在窗台上,目光追随着远去的车灯,直到它消失在拐角。

许则转身回到桌边,把那几张小熊创可贴用纸巾吸干水,将它们一张张地折起来,用新的纸巾包好。

周五放学,陆赫扬收拾书包时,往窗外看了眼,发现贺蔚正站在对面那栋教学楼的走廊上,装得像个清纯的"二百五"一样地跟池嘉寒搭话。

小风在中午时发来消息,告诉陆赫扬17号今晚没有被安排比赛。司机已经在校门口等着了,今天陆承誉回家,陆赫扬要回去吃晚饭。

"理事长刚下飞机,大概一个半小时后到。"司机慢慢地开着车,对陆赫扬说。

"好的。"

陆赫扬靠在椅背上,侧头看着窗外。预备校门口的非机动车道上永远空闲,偶尔飞驰过几辆重型机车。

夕阳斜照过来,陆赫扬坐直了一点,在刺目的光里眯起眼。

还是那辆不合群的旧单车,风吹起少年的头发和校服,落日下他像颗琥珀。

每次看着许则,陆赫扬都会觉得世界在变安静,有种很奇怪的感觉。车子快开过去了,陆赫扬忽然伸出手,把许则的身影放到食指和大拇指之间,轻轻捏了一下。

陆青墨这次没回来,陆赫扬在房间写作业,等时间差不多了,下楼去餐厅,坐在椅子上等陆承誉。

十几分钟后,车子开进花园,陆承誉下了车,跟他一起到的还有一位秘书,拿着公文包跟在陆承誉身后。

"爸。"陆赫扬站起来。

陆承誉看了陆赫扬一眼,解开西服纽扣,坐在椅子上:"吃饭。"

又是一顿没有对话的晚餐,陆承誉吃了几口便放下餐具,起身去书房。那位秘书在陆承誉离开后来到餐厅,将一个文件袋放到餐桌上。

他没说文件袋里是什么,但陆赫扬猜得到,问:"我爸爸看过吗?"

"没有。"秘书回答,"理事长暂时没有时间看。"

"好的,谢谢。"陆赫扬说。

晚上,陆承誉出门参加宴会,陆赫扬洗完澡站在阳台上,一边擦头发一边给许则发信息:今天打比赛了吗?

这是他第一次发消息给许则,两分钟后陆赫扬收到回信,许则回复:没有,今天没有比赛,你去城西了吗?

这句话意味着许则现在不在城西,应该在家里。陆赫扬回复:有点事,今天没去,所以不知道你是不是在骗我。

许则这次回复得很快:没有骗你,我在家里。

陆赫扬:骗我也没关系,比赛没受伤就行。

许则:真的没有打,也没有受伤。

陆赫扬:怎么证明呢?

那边过了好一会儿才回信息,是一张图片。

许则坐在书桌前的椅子上,以俯拍的角度,很诚恳地向陆赫扬证明自己没有受伤。手机像素不佳,但可以看出他脸上确实没有新伤。

接着许则又发:真的没有打比赛,没有受伤。

陆赫扬都能想象到许则此刻急于解释的表情,看着屏幕笑了一下,回复:好的,相信你。

许则回复:谢谢。

对着这两个字看了半分钟,陆赫扬将许则的备注名改为"许呆"。

然后他在椅子上坐下来,拿起小桌上的资料袋,打开,里面是一份薄薄的文件,许则的一寸照是预备校入学时统一拍的,穿着校服,面无表情地盯着镜头。因为是黑白复印件，那张脸看起来比平常还要冷厉阴郁一些。

S级，联盟高等预备校，二年级，十一班在读生，居住地址……跟陆赫扬所了解的基本吻合。

关于许则的家庭关系，很简单，父亲是警察，十年前在一次任务中意外殉职，母亲曾是一名舞台剧演员，六年前自杀去世。他唯一还在世的亲人是外婆叶芸华，目前正因心血管疾病和精神问题在一家私人疗养院接受长期治疗。

三个人的资料只印了一页，毕竟其中两个是逝者，一个是病人，似乎没有让人深挖的必要。

陆赫扬翻开下一页，上面是许则的其他社会关系。廉价的地下拳赛拳手，同时在地下俱乐部兼职服务生和杂工，不止一次地被唐非绎带去酒局，信息具体到列明了每次酒局的时间、地点、包厢号和参与的大致人员。

那些人是谁，许则未必了解，但有些名字陆赫扬很熟悉，总之他们是和唐非绎一类的人，他甚至看到了自己姐夫魏凌洲的名字。

陆赫扬把文件放回资料袋里，秘书说陆承誉暂时没时间看这份调查，陆赫扬相信他说的是真的。

陆承誉不是暂时没空看，而是他的时间和精力很宝贵，根本不会被浪费在一个普通学生身上，许则对陆承誉来说实在是个太不起眼的存在。

所以他把这个文件袋给陆赫扬的目的，只是要提醒他，注意该和什么样的人来往，又该和什么样的人保持距离。

毕竟陆赫扬之前关系稍好的朋友里，没有一个是被白纸黑字印了调查报告送过来的。

陆赫扬抬头看着夜空，其实没什么好看的，今晚没有月亮，星星也不亮。

他重新拿起手机,给许则发了"晚安"。

许则很快就回复了:你也是,晚安。

第二天陆赫扬起床时陆承誉已经出门参会,保姆说他昨天很晚才回来,并且在宴会上喝了酒,但今天还是准时地早起了。

陆承誉是个优秀的领导者,纵然联盟中有很多人不满他的作风和行事手段,但几乎没有谁指责过他无能或质疑他的能力。

陆赫扬吃过早饭,花了两个小时将作业写完。十点多,他独自开车去鸢山。

路过老城区,陆赫扬把车速放缓,看了眼拥挤的街道。当然没那么巧会又遇见许则,陆赫扬只是想起上一次许则在这里帮他换车胎,那时候他们还很陌生,不是朋友。

到了半山腰,身后十几米外一直尾随着的保镖车停下了,没有再继续跟。又往上开了几分钟,陆赫扬停在一栋山庄别墅的大门外,等门禁识别车牌号,感应杆抬起。

车子最后开到花园里,陆赫扬下了车,对戴着遮阳帽正在修剪一株橄榄树的人叫了声:"义父。"

林隅眠停下修剪的动作,直起身转过头来,朝陆赫扬笑了笑:"要来怎么没提前说?"

林隅眠在旁边的水池里洗了个手,擦干手后将折起的衬衫袖子放下去,倒了杯水递给陆赫扬。

陆赫扬接过来喝了口,说:"忘记了。"

"进屋吧。"

进了客厅,林隅眠将帽子摘下来。

陆赫扬正背对着他在喂鱼,林隅眠问:"是不是要期末考试了?"

"嗯。"

"S级学生在上学期就要申请学校,准备提前录取了。"

"嗯。"

"要开始做决定了吗?"

陆赫扬没有回答,过了会儿问:"爸昨天是不是来过?"

"怎么说?"林隅眠的笑容淡了些。

"每次他来过你这里,你就会问我一些事情。"

"这样吗?"林隅眠在沙发上坐下来,"所以啊,我早就说,我这里不是避风港,是风口浪尖。"

鱼吃完饲料后在水面扑腾了一下,用尾巴甩起几滴水,溅在陆赫扬的手背上。

"不管你最后怎么决定,还是希望你少留把柄。"林隅眠低头削着一根细长的木头,将它跟旁边的画笔比了比,"青墨就是被抓住把柄了才没的选的。"

顿了顿,林隅眠又笑了下:"其实被抓住了也没什么,狠下心也一样。你姐姐看起来什么都不喜欢不在乎,但那都是假的。你和她很像,就是不知道本质是不是也一样。"

"好像晚了。"陆赫扬将饲料放下,忽然说。

林隅眠抬起头:"什么?"

"有点晚了,我先回去了。"

"不是才来嘛,不在这里吃饭?"

"想去个地方。"

"又要去跳伞还是滑翔?"林隅眠细细地打磨着那根木头,"也是,地面太危险了,多去天上飞会儿吧。"

陆赫扬终于笑起来:"那我先走了。"

"嗯,慢点开车。"

车开出大门,陆赫扬将车停在路边,拿起手机打了个电话。

电话接通时陆赫扬听见那边有笔掉在地上的声音,问:"在写作业吗?"

"嗯。"许则的嗓音听起来紧巴巴的。

"那你现在在家是吗?"

"是的,在家。"

"好,我半小时之后到。"

许则都没有空发愣,而是立即问:"发生什么事了吗?"

"没有。"陆赫扬说,"只是觉得需要见一面。"

电话那头顿时静得连呼吸都听不见了。

陆赫扬想笑,也确实笑了,但语气还是很正常:"不行的话我就不过来了,不打扰你。"

"不是。"许则立刻回答,意识到自己的反应太明显了,又沉默两秒,才低声说,"那你开车小心点。"

"好。"

陆赫扬在走到最后几级台阶时听到开门声,抬头看,许则正往外推防盗门。

"你是一直等在门边吗?"陆赫扬见到他就笑了一下,问。

"听到楼下有停车的声音。"许则说。他没有特意等在门边,只是知道陆赫扬要来,有些坐立不安,楼下一有动静他就忍不住站到窗边去看。

"你吃午饭了吗?"陆赫扬关门的时候,许则问他。

"没有,你呢?"

"正准备做。"许则挠了一下耳后,"只有两个菜,不够的话可以点外卖,就是送过来会慢一点。"

"够的。"陆赫扬说,"我不是很饿。"

许则点点头,还想说点什么,不自在地又摸摸耳后,转身去了厨房。

"什么菜?"陆赫扬把车钥匙放到桌上,走进厨房。

"芋头牛肉,青菜。"一颗芋头在许则回答的时候从手里飞了出去,掉在水池里。

许则平常不常做菜，大多时候吃炒饭或面条，只是昨晚没有打比赛，所以特意做了菜带去疗养院陪叶芸华吃晚饭，今天这些是昨天没做完多出来的菜。

"有什么我能帮忙的吗？"陆赫扬问。

他话音才落，一颗芋头又从许则手里飞出去，陆赫扬帮他把芋头捡起来放在水龙头下冲干净，理解地说："知道了，我去客厅等你。"

许则有些紧张地看着砧板，点点头。

在客厅待了没两分钟，陆赫扬被蚊子叮了，被叮在手背上，鼓起一个小小的包。陆赫扬对着那个包看了几秒，关掉手机站起来，走到厨房门口，说："我被你家蚊子叮了。"

他的这句话弄得许则以为自己家养了只蚊子当宠物，现在陆赫扬被叮了要来追责。空气安静了会儿，许则放下菜："我去拿药膏。"

"在哪里？我自己拿吧。"

"书桌抽屉。"

"好。"

陆赫扬去了房间，书桌上还摊着课本和试卷，笔和笔帽各自散落一边。陆赫扬把笔帽盖好，接着拉开抽屉。出于惯性，被打开的瞬间，抽屉里一个铁盒子的盖子松动了一下，那看起来是专门用来放一些小玩意的，陆赫扬觉得药膏应该会在里面，所以把盖子掀开了。

让他意外的是里面只有一堆垃圾一样的东西。

他并没有嘲讽或鄙夷的意思，而是它们看起来真的很像垃圾。

对折的蹭了些不知道是机油还是墨水在上面的纸巾、单独包装的没被用过的湿巾、字迹已经变模糊的小票、没拆封的几块精神力稳定贴、一团用纸巾包起来的不明物体，以及一张有明显燃烧痕迹的只剩下一个角的照片。

陆赫扬盯着它们看了一会儿，伸手将那张被烧过的照片翻过来，打算看看正面。

"砰"的一声，陆赫扬回过头，半掩的房门被彻底推开了，许则垂着湿淋淋的双手站在门边，面色苍白，喘着气，像刚跑完几百米。他跟陆赫扬对视一秒，将目光转向那个开着的抽屉。

陆赫扬很平静，从一堆碘酒药水中拿起药膏，挤一点出来，然后盖好盖子放回去，关上抽屉。他一边朝门口走一边问许则："厨房着火了吗？"

"没有。"许则视线闪躲，好像没意识到自己刚才反应有多大，还自以为可以没有破绽地转移话题，"你找到药膏了吗？"

"找到了。"陆赫扬微微歪头去看许则的眼睛，"你刚刚不是看见我在用吗？"

"……好。"许则说，"我去烧菜。"

陆赫扬坐到餐桌边，刚好是能看见厨房的位置。窗台上放着一台老式收音机，陆赫扬研究了一会儿，问："这个可以用吗？"

"可以的。"许则转头回答他。

"你喜欢听收音机？"

"是我外婆的。"许则垂眼看着锅，"我平常偶尔会听一下。"

他早就习惯孤单了，但有些时候也会觉得房子里静得出奇，需要一些声音来打破寂静。

陆赫扬看着许则的侧脸没有说话，接着他扭开开关。收音机里传出吱吱嘟嘟的信号声，陆赫扬一点点地调着收音机频道，里面的声音渐渐清晰起来，是民生频道在播新闻。

牛肉芋头汤在咕噜咕噜地冒泡，淡淡的烟气从厨房飘出来，伴随着香味。

阳光穿过窗投进客厅，像条发光的河，许则在对岸做菜，而陆赫扬在认真地摆弄收音机。

他调到音乐频道，正在播放一首节奏悠缓的外文歌。

煮汤的间隙里，许则忍不住看了陆赫扬几眼，陆赫扬对收音机似乎很好奇和感兴趣，大概没接触过这样的老物件。许则在很多事情上一直感知麻木，可是这个时候，他很俗套地想着，老天对他真好。

那个只在贺蔚和顾昀迟面前才会放松笑的陆赫扬，现在好像也会在自己面前露出一点点这样的迹象。

吃过饭洗好碗，陆赫扬边喝水边看手环上的时间，许则问："你要走了吗？"

这句话里的意味很明显，只是许则自己不知道。陆赫扬看向他，许则站在桌边，双手垂在身侧，明明没什么表情，却有种眼巴巴期待的感觉，好像如果陆赫扬真的现在走掉，门关上的瞬间许则就会失落起来。

"这么想让我走吗？"陆赫扬过去把水杯放到桌上，"那我先回去了。"

"没有。"许则伸手在陆赫扬身前拦了一下，说，"不是的。"

陆赫扬只是笑笑："你要午睡吗？"

"不午睡。"

"可是我有点困。"陆赫扬说，"我精力不太好，一到下午就容易打瞌睡。"

"不介意的话，可以去房间睡，床单前两天才洗过。"不等陆赫扬回答，许则就笃定他会介意似的，说，"我现在去换一套床单。"

"不用，不介意。"陆赫扬又把水杯拿起来，"我去房间睡会。"

木板床有点硬，但枕头很软，上面有淡淡洗发水的清香。

陆赫扬躺在床上，问："你也想休息？"因为许则一直站在那儿看他。

"我写试卷。"许则立即转身去书桌边坐下，把电风扇打开，对着床。

"电风扇开摇头吧，不然你会热。"陆赫扬建议道。

"好。"许则按下按键，电风扇从陆赫扬的枕边吹过，吹起窗帘，又吹到书桌那边，把书角吹得微微颤动。

空气带着很淡的栀子花香，陆赫扬看着摆动的窗帘，在想一些事情，然后不知不觉地，他闭上了眼睛。

　　陆赫扬再睁眼的时候，房间里的场景没有任何变动，他以为自己只是晃了一下神，看了眼手环，发现竟然已经过去四十分钟。陆赫扬怔了怔，坐起来。

　　光线明亮的房间，不戴眼罩耳塞，他已经很久很久没有在这样的情况下睡着过了，还睡得那么轻易。

　　听到有声音，许则回头，意外地看见陆赫扬脸上怔怔的表情，他皱着眉好像在思索什么。

　　"怎么了？"许则手里还拿着笔，将身子转过来，问他。

　　陆赫扬的头发睡得有点乱，他揉了揉后颈，笑了下："睡蒙了。"双手撑在床沿，陆赫扬从刚才的状态里抽离出来，问，"试卷写完了吗？"

　　"写完了。"许则很有被陆老师点名的自觉，放下笔站起身，"在看笔记。"

　　"要站那么远说话吗？"陆赫扬慢慢地眨了一下眼，"你好像总习惯跟我保持距离。"

　　他的神情看起来是那种"虽然受了伤但仍很真挚"的感觉，许则百口莫辩，也不擅长辩解，只能摇摇头说"不是"，然后走到陆赫扬面前，把水杯递给他。

　　手机响了一声，陆赫扬接过水杯后看一眼屏幕，没理会。他喝了口水，对许则说："我该走了。"

　　许则的睫毛垂下去，陆赫扬今天跟他待在一起的时间已经算长了，但时间还是过得太快了。

　　"好，慢点开车。"

　　陆赫扬却问他："我要怎么谢谢你给我做饭吃，还借床给我午休？"

　　"没关系。"许则说，"不客气的。"

　　"许则。"陆赫扬抬头看着他，语气有些无奈，"你一定要让我过意不去吗？"

这个时候许则应该是终于领悟到了一丝丝陆赫扬的意思，他开始谨慎地思考，作为朋友，自己可以要求点什么。

"这次不能再说希望我不要不开心了。"陆赫扬提醒他，"我今天没有不开心。"

"……好的。"

许则的视线落在陆赫扬的脸上，提不出什么要求。

"想说什么？"陆赫扬迎着他的目光，很直接地问。

许则有种心思被戳破的羞耻感，但许则没有说谎，老实地回答："以后如果你有空，再来我家坐坐吧。"

不知道是不是幻听，许则觉得陆赫扬好像很轻地叹了口气，他一下子紧张起来，担心自己的要求让陆赫扬为难了。但陆赫扬将水杯放到床上，站起来，微微低头凑到许则面前，说："我答应你。"

与此同时手上多了点什么，许则低头看，陆赫扬正把一只手环戴到他的腕上。手环是崭新的，跟陆赫扬之前常戴的那只不一样。

"下次有可能还会来蹭饭。"陆赫扬对他笑了一下，"先提前交饭钱。"

这饭钱有点沉，许则不知道自己要给陆赫扬做多少顿饭才能还完这只手环的钱，它看起来很贵，等他反应过来的时候，陆赫扬已经朝门外走了。

到了大门边，陆赫扬按住门把手，开门前回头看了眼，看见许则像条尾巴一样跟在他身后，没有说什么，也没有笑，眼睛亮亮的。

世界上最容易满足的人之一大概就是许则，他两手空空，要的不多，要求也很少，别人给他什么他也不知道接，却还要反思自己是不是太贪心。

陆赫扬抿了抿唇，放在门把上的那只手好像用不上劲。

"你怎么这么呆啊。"

说这句话的时候陆赫扬是笑着的，他打开门，对许则挥挥手："我先走了。"

许则有一个星期没见到陆赫扬了，自从上周六陆赫扬离开他家，到今天，也就是周五。虽然两人平时在学校也不常遇上，毕竟他们不在同一栋教学楼。星期二的游泳课是许则唯一能和陆赫扬见面说话的机会，但陆赫扬没有来。

许则不可能给陆赫扬打电话或发短信询问，因为他不会做这样的事，也没有立场这么做，在他心里，陆赫扬还和之前一样。许则向来是抱着破罐子破摔的心态，知道能和陆赫扬再见的每一秒都算自己赚到，所以他不多求也不多想。

放学后许则去了俱乐部，到得早，放好书包后就去搬货。

货车停在侧门，许则来来回回搬了六十多箱啤酒。他把最后四箱推到仓库里，一箱一箱地抱下来码放好，去跟仓管报数签字。像这样的零工的小费都是月底统一结算，没多少钱，正好够许则一个月的伙食费。

回到更衣室，许则摘下帽子和手套，身上出了汗，许则去卫生间洗脸，接着找毛巾擦脖子。

他从桌子抽屉里拿出油彩盒的时候听到敲门声，以为听错了，因为这里没人会敲门，大家都是推门或踹门的。

门没有被反锁，但许则还是走过去，把门拉开。

"又去搬东西了吗？"在许则还没来得及对陆赫扬的出现做出反应的时候，陆赫扬已经看到他脖子上的汗。

"嗯。"许则还有点怔怔的。

"给饮料机补货吗？"

"不是，搬啤酒。"

"搬了多少？"

"六十七箱。"

陆赫扬就没再问了，看了许则一会儿说："进去吧。"

其实许则觉得陆赫扬好像有点疲惫。

进屋之后，看到桌上的油彩盒，陆赫扬问："是要上场了吗？"

"快了。"

"我帮你弄。"陆赫扬过去拿起油彩盒。

许则就听话地坐上桌子。

陆赫扬抬起手拿刷子往他脸上抹油彩，动作很轻很慢。许则觉得自己像一座还没有完工的雕塑，而陆赫扬正在仔细地雕琢他。

许则静静地坐在那里，只有眼睛和喉结时不时地动一下，他专注地将视线集中在前方的货架上。

陆赫扬把油彩抹在许则的鼻尖上，问他："送你的手环怎么没有戴？"

许则：……

许则不知道要怎么解释，只能说："我这个旧的还没有坏。"

他来这里是干活打拳的，怎么舍得戴那样的手环，被其他人盯上了也会有麻烦，毕竟那只手环很贵，不是他买得起的。

"但你这个戴着会不舒服。"陆赫扬看着他的眼睛，"送你的拳套不用，送你的衣服不穿，送你的手环也不戴。

"许则，不喜欢的话可以还给我。"

"不是。"许则觉得陆赫扬生气了，说，"不是不喜欢。"

"它们……很贵重。"许则说。

东西本身很贵重，对许则的意义也很珍贵。

他是个连纸巾都要偷偷保存在铁盒子里的人，像个固执的收集癖一样留下可以作为物证的一切，用来作为以后的回忆——尽管对另一个人而言这些回忆微不足道，只是人生里不起眼的碎片插曲。

不过不要紧，许则对简陋的物质条件习惯了，在这方面一向没有太高的要求，现有的就够他珍藏很久了，他已经得到了比想象中多得多的东西。

"我没有不高兴，你别紧张。"陆赫扬把油彩盒放到一边，"如果觉得在这里戴不方便，那么平常上学的时候戴可以吗？"

再昂贵制作再精密的手环,在学校戴一整天也会让人不适,不知道许则戴着旧手环是怎么坚持下来的。

"好。"许则点点头。

放着那么贵的手环在家里落灰尘,许则认为就算陆赫扬为此生气也是应该的,他这么做浪费好意和资源。

手机响了一声,许则坐直一点,说:"我要上场了。"

"好的,结束后如果没别的事,去停车场,我送你回去。"

"嗯。"

许则拿了两张纸巾给陆赫扬,然后去柜子里找拳套。陆赫扬擦着手,忽然问:"要不要奖励?"

安静片刻,许则拿着拳套转过身来:"如果我输了呢?"

"输了也可以有奖励,不冲突。"陆赫扬笑了一下。

他总能很轻易地让许则开心起来,许则不知道要说什么,抿着唇点了点头。陆赫扬把纸巾扔进垃圾桶,许则就跟着看了眼垃圾桶,然后听到陆赫扬说:"不可以捡。"

许则一愣,意识到陆赫扬上周六确实看见铁盒子里的东西了,像垃圾一样的那些。

只是他现在来不及感到难堪,因为他马上要上场了。许则低着头说了句"不会捡的",匆匆跑出更衣室。

走出选手通道的一瞬间,许则几乎要被尖叫声震聋,他下意识地转头看上面的大屏幕,在看清"17号"下跟着的数字时,许则有些惊愕地睁大眼睛,整个人怔住。

八十六万四千九百元,投注金额最高的客人的名字是"G",他投了五十万元。

投注金额超过八十万元许则就可以得到分成,也就是说这场比赛他至少能赚七万块。

聚光灯打在许则身上,观众的高呼声像潮水,一波一波地压过来,要把他淹没。

许则茫然地回过身，目光从几百张陌生的脸上扫过，最后终于找回一点思绪，看向陆赫扬他们常坐的位置。

但他只看见贺蔚跟顾昀迟，陆赫扬没有来观众席。

台裁吹了声哨，许则回过神，戴上护齿和拳套，朝八角笼走去。

比赛结束，许则没在台上停留半秒，立刻跑回后台，但更衣室里只有几个拳手，没有陆赫扬。

拳手们神色各异，视线在许则身上打量——五十万的注，很难让人不怀疑许则跟外人合伙作弊，借此赚取分成和奖金。

许则径直去洗手间洗脸，出来后迅速收拾好书包，往门外走。

"老板肯定要找你，你自己想想怎么解释。"一个拳手提醒他。

许则的脚步顿了顿，没说什么，继续朝前走。

出了大楼，许则一眼看见陆赫扬正坐在不远处的一辆车里看着手机，屏幕光投在他没有表情的脸上，显得他异常冷淡。

听到脚步声，陆赫扬抬起头，对许则笑了下："这么快？"

"钱……"许则走到车边，低头看着陆赫扬，问，"是你投的吗？"

"不是啊。"陆赫扬还是笑着，没问许则是输是赢，只说，"昀迟投的。"

许则还想说什么，身后传来贺蔚的声音。"哇，许则你已经出来了。"他跳过来拍了一下许则的肩，"刚刚打得太快了吧，我都没看过瘾。"

在贺蔚的推搡下，许则心神不宁地上了车。陆赫扬开车，顾昀迟坐副驾，许则和贺蔚坐后座。

"还在发呆啊，因为那五十万？"见许则出神的样子，贺蔚在他眼前打了个响指，"你不是都赢了嘛，怎么还一副压力特大的样子？"

"没有。"许则摇摇头。

"没事的，五十万，顾少爷一顿饭的钱而已。"贺蔚安慰他，"而且你今天赢了呀。"

顾昀迟看了眼陆赫扬，没发表意见。

"不过赔率实在太低了，才 0.4，但你打得这么厉害，这个赔率也正常。"贺蔚将话题转得很快，又凑到前面去骚扰陆赫扬，"怎么手机上问你你都不回，听说这次出国你还去见了未来老婆他们一家？"

车子碾过一块石头，剧烈地晃动了一下，这一下好像把许则的灵魂也甩出去了，他将手按在座椅上维持平衡，连呼吸都停住。如果陆赫扬有了未婚妻，大概会没有时间和他这样的人来往吧。

许则的脑袋是放空的，同时又很努力地在集中思绪，想听清周围的声音。

"是去参加长辈的生日。"陆赫扬盯着前路，淡淡地说。

"然后顺便被带去见女孩儿了，不然怎么一个星期才回来。"贺蔚八卦道，"是不是，是不是？"

顾昀迟皱起眉："你能不能闭会儿嘴？"

"干什么，还不允许我关心一下哥们儿的感情生活了？去年不是还有个人专门跑来参加赫扬的生日会，意思很明显了吧。"贺蔚惋惜道，"我早就让你多谈恋爱，你不听，太可惜了，我看你一升学就要立刻被迫订婚了。"

"连许则都说他会喜欢可爱的类型，陆赫扬完全是无情机器嘛。"贺蔚朝向许则，"许则，劝你不要跟他走得太近，不然也会变冷淡的。"

许则没发出任何声音，收回按在座椅上的手，放到腿上。

陆赫扬沉默地开着车，见他这样，贺蔚终于不闹了，问："那你下学期还在预备校吗？之前你家人不是说这个学期结束就提前让你出国？"

"不知道。"

贺蔚开始陷入悲伤："我才回国半个学期呢，又要跟你异地了。"

车里变得很安静，能听到轮胎压在路面上的声音。半个多小时后，车子停在许则的小区门口，贺蔚趴在车窗上往外看："好黑啊，许则你走路小心点。"

许则把头抬起来,一直保持同一个姿势坐着,脖子都酸痛了。

"嗯。"许则推开车门,没有去看陆赫扬,只说,"我先走了。"

"拜拜!"贺蔚挥挥手。

车门关上,与此同时传来驾驶座那侧的开门声,陆赫扬解了安全带,说:"昀迟,你来开。"

顾昀迟"嗯"了声,没立刻下车换位置,因为陆赫扬并不是要来副驾驶那侧坐,而是朝许则的背影走去。

"赫扬去干吗?"

"我能理解池嘉寒为什么不搭理你。"顾昀迟说。

莫名其妙被提到伤心事,贺蔚一愣:"有病吧你!"

"许则。"

听到陆赫扬叫他,许则蓦地打了个冷战,才发现自己一直没听见身后有脚步声。

他在楼道口停下来,转过身,表现得好像和平时没什么不同,还是用平常的那种语气问:"怎么了?"

陆赫扬走到他面前,没有说话,许则的喉咙动了动,说:"你早点回去休息。"他想陆赫扬应该是今天刚回来,还去了俱乐部,现在又开车送他回家,一定挺累的。

"不要奖励了吗?"微弱的月光投在脚边,陆赫扬看着许则问。

草丛里到处是虫鸣,清淡的栀子花香飘过来,半晌,许则低声说:"不要了吧。"

与其说他是在回答陆赫扬,不如说他是在劝诫自己:不要了吧,不能这样。

他光顾着为以后留回忆,都没来得及好好思考,很多东西他是不该觊觎的,就算陆赫扬愿意给,自己也不能盲目地就收下,他们不是一个世界的人。

过了好几秒，陆赫扬说"好"，又说："你早点睡觉。"

像被输入指令的机器人那样，许则没有情绪表露，也不会提什么要求，安静地点点头，往楼上走。陆赫扬站在那里看了他一会儿，接着走出楼道。

陆赫扬上了车，许则不在场，贺蔚反而正经了点，问："陆叔叔真的带你去见那个联姻对象了？"

"原本是去参加一个长辈的生日宴会，后来又带我见了几位校长。"陆赫扬靠在椅背上，"昨天晚上去吃饭，到餐厅我才知道他们还安排了这种见面。"

贺蔚沉默，没办法安慰陆赫扬说"没关系，反正现在还早，别担心"，大家心知肚明，对他们来说，很多事情没有早晚，他们不知道什么时候就会被拎到一个全权由别人规划好的位置上。

楼道漆黑，许则一级一级地迈上楼梯，什么也没想。走到最后一级台阶，他被绊了一下，小腿磕在楼梯边沿，整个人跪到地上。这条楼梯许则摸黑走过无数次，今天是他第一次摔倒。

痛，但在许则的忍受范围内。他慢慢地爬起来，一瘸一拐地走到门前，拿出钥匙开门。进屋后许则挪去房间，在书桌前坐下，拉开抽屉，拿出药水。

抹药的时候许则的视线一直落在那个铁盒子上，最后他擦干净手，将药水放回抽屉，又把铁盒子往抽屉深处推了推，直到看不见为止。

周二的游泳课要进行期末考试，陆赫扬去得晚，所有人已经排好队，许则排在队伍中段，分好组后他就去了斜对面的泳池热身。陆赫扬看见许则走路时腿似乎有点不对劲，像是受了伤的样子。

许则很快就考完试离开了，陆赫扬比他晚二十分钟结束。去更衣室的路上，陆赫扬路过其中一间，有人叫住他："赫扬。"

是同班同学，他边穿衣服边说："许则问我你在哪间更衣室来着。"

"什么时候？"

"十分钟前吧，我告诉他了。"同学不着痕迹地观察着陆赫扬脸上的表情,好奇他的反应。

但陆赫扬看起来没什么反应,只点点头:"好,谢谢。"

游泳馆里已经没多少人,陆赫扬走到更衣室门口,许则并不在里面。

陆赫扬看见自己衣柜门外的挂钩上挂着一个袋子,走过去,摘下来打开看,袋子里是一对崭新的拳套、一件叠好的T恤和一只用气泡膜裹起来的手环。

许则把收到的东西原封不动地交回来了。

有电话打来,是贺蔚。

"我刚下课,一起吃晚饭吗?"

"不了。"陆赫扬靠在柜子上,手里拎着那袋东西,目光落在地面,"司机在校门口等着了,之后应该会天天来接我放学。"

贺蔚"啧"了声,有点烦躁:"什么啊,怎么忽然又管你管得这么严,有必要吗?"

"不知道。"陆赫扬的语气听不出情绪起伏。

晚上,陆赫扬洗完澡出了浴室,一边擦头发一边看着沙发上许则还给他的那袋东西。看了有半分钟,陆赫扬拿起手机打电话。

七八秒后电话接通了,许则的那声"喂"听起来又轻又遥远,陆赫扬在沙发上坐下,问:"你的腿怎么了?"

大概没想到他会问这个,许则顿了一下,才说:"不小心撞到了。"

"上药了吗?"

"嗯。"

之后是一段长久的静默,电话里轻微的电流声像他们之间的距离。

"为什么把东西还给我?"陆赫扬问。

等了几秒,许则没有回答,陆赫扬说:"你不要的话,我放着也没什么用,只能扔掉了。"

许则显然很错愕:"扔掉了?"

听见陆赫扬"嗯"了声,许则立刻接着问:"扔在哪里?"

"是打算去捡吗?"陆赫扬笑了笑,"扔在我房间里了,要来捡的话提前跟我说一声。"

虽然许则明知道自己被逗了,但他松了口气,因为陆赫扬没有真的扔掉那些东西。

"许则。"陆赫扬突然叫他的名字。

"怎么了?"许则的声音听起来很小心,也很紧张,是那种怕听见坏消息的忐忑不安的声音。

"不要跟我保持距离。"陆赫扬往后靠去,看着上方寂静的吊灯,慢慢地说。

许则的呼吸顿时重了一点,他沉默很久,问陆赫扬:"你下学期就要走了吗?"

他原本不会问出口的,会默默地回到自己应该在的位置,不打扰也不打探,重新成为以前那个跟陆赫扬不熟的许则,成为两个世界的人。

"如果我下学期就要走的话,你打算从现在起就开始疏远我是吗?"陆赫扬平静地问。

许则轻声说:"我没有要疏远你。"

他们是活在两个世界的人,哪里谈得上疏远,正常情况下他们的生活本来就没有相交的可能。

许则当然知道陆赫扬以后的路会跟自己的天差地别,他的圈子和自己的世界有着天壤之别。

陆赫扬会在家里的安排下结婚,也许是在三四年后,也许是在六七年后他事业有成时,在结婚之前还要"事先接触",会从很早的时候就开始进行,等结婚之后,会进入联邦中,然后成为联邦中触不可及的新星,至少在陆赫扬他们的圈子里是这样。

并且陆赫扬下学期可能要转学,这让许则猝不及防。

陆赫扬反驳他:"还说没有。"

"那你会走吗?"许则难得执着地再问了一遍。

"现在还不确定。"

尽管得到的是模棱两可的答案,许则还是说:"好。"他又说,"你早点休息。"

"嗯。"

陆赫扬先按下结束通话键,知道许则不会第一个挂电话。

之后的几天,陆赫扬放学都由司机接回家,下周四是期末考试,周五考完后正式开始放暑假。

今天是周五,白天的时候小风给陆赫扬发消息,说17号今晚会上场。晚上九点半,想到许则应该已经结束比赛了,陆赫扬便发了条消息给小风,问他17号受伤了没有。

小风:唉,17号还在打,现在是第六场了。

陆赫扬原本在做题,看到消息后皱了皱眉,放下笔,回复:什么意思?

小风:我也是比赛开始才知道,今天老板让17号打擂台赛,打十场,17号要是赢不下来,今晚就没钱拿……而且,听说上星期17号被投注五十万的那场,奖金分成还被老板压着,现在都没给他。

陆赫扬回复:他受伤了吗?

小风:受伤了,一直在流血。最后一场跟他对打的拳手还挺厉害的,大家都说老板是故意消耗17号的体力,把最强的留到最后跟他打,摆明了要他输。

陆赫扬关了手机,拿上车钥匙走出书房。他刚将车开出花园时后视镜里就有灯光闪了一下,保镖车已经从另一个方向跟上来了。

十点多,陆赫扬到了俱乐部。现在正是最热闹的时候,陆赫扬穿过拥挤的人群,挡开试图搭到他肩上的手,一直走到拳击馆,在门口看了眼,里面正在比赛的已经不是许则,陆赫扬转身朝后台走。

许则也不在更衣室里,陆赫扬于是去了侧门的通道,许则离开的时候一般会走这条路。

通道里没什么人,很安静,陆赫扬在路过楼梯间的门外时,尽管他在这里没有听到任何声音,也没有发现任何线索,但陆赫扬还是停住,顿了顿,侧着身子往里面跨了半步。

楼梯间里还有一道门,只开了一半,里面没有灯,露出一块黑漆漆的角落。角落里堆着一些纸箱和塑料袋一类的垃圾,在那些垃圾上面,似乎缩着一团什么东西。

陆赫扬慢慢地走过去,开始闻到血腥味,以及一股难以形容的烧焦的味道。

缩在垃圾上的是个少年,不知道从哪里漏进来一道光,像银色的刀刃,迎面劈在少年的脸上,照出一道满是污血的痕迹。少年闭着眼睛,似乎是累极了正在休息。

陆赫扬的指尖动了动,他正要朝里走,忽然看见一只手伸到少年面前——被另外半扇门挡着,他看不清手的主人。那只手捻着半支点燃的烟,将火光靠近了少年。

少年从喉咙里溢出一声闷哼,身体动了动,身下的塑料袋发出轻微的响声,但他也仅仅只是动了那么一下,没力气再有别的反应。

空气里那股难以形容的灼烧味更浓了。

许则试图睁开眼睛,但没什么力气,也不想看见面前的人,于是作罢。他感觉不到多少疼痛,只觉得手臂上有点烫,所以他本能地瑟缩了一下。

意识模糊,许则唯一庆幸的是陆赫扬他们今天没有来看他打比赛,不然他们会碰到唐非绎,会给陆赫扬带来麻烦。

而且自己还弄成这样,太难看了。

唐非绎把烟扔到地上,又点了一支。他吐了口烟,轻飘飘地说:"还是那句话,最好别让我查到你在跟别人合伙捞分成。你第一天来的时候我就告诉过你这里的规矩,上一个这么干的拳手已经是个残废了,你想当第二个？"

许则：……

许则艰难地张了张嘴，说："我不打了。"

"什么？"唐非绎嗤笑。

"我不打了。"许则的声音嘶哑得厉害，他把话重复了一遍。

"怎么，觉得自己攀上顾昀迟那帮人了，翅膀硬了？"唐非绎朝许则走近一步，俯身扣住他的下巴，"许则，你什么时候这么爱做白日梦了？"

"人要有自知之明，待在自己该待的地方。"唐非绎说着，吸了口烟，烟头的火光顿时烧得亮起来，他将烟头再次对着许则，提醒他，"阴沟里的老鼠，还没爬上岸就想着飞黄腾达了，这可不行……"

烟头即将烫上许则的手臂，吱扭一声，门被推开，唐非绎猛地转过头："谁——"

尾音还没落下，有人一脚踹在他的肩上，靠近脖子的位置。

唐非绎摔到墙边，吃痛地骂了句脏话，立即要起身反击，但黑暗中传来一道清脆的机械声响，像开关，他的动作一瞬间戛然而止。

陆赫扬蹲下身，轻拍了一下许则的肩，摸到一片湿黏。他回过头，唐非绎正一动不动地站在那里，太阳穴上被顶着一把枪。

"又是你啊。"唐非绎盯着陆赫扬。他看不清陆赫扬的脸，但他能猜到是他。唐非绎笑了一声，"第一次在后台看见你，我就觉得你眼熟，可是总想不起来。"

他状似苦恼地"嘶"了声："你到底是谁呢？"

陆赫扬说："让他闭嘴。"

他这句话是对保镖说的，话音落地，保镖移开枪，同时紧跟着一记肘击打在唐非绎脑袋上，将他击昏。

"许则。"陆赫扬放轻声音，"哪里痛？"

"没有……"许则一点点地睁开眼睛。他真的不觉得哪里痛，只是感到很累。许则问，"这么晚了，你怎么……过来了？"

陆赫扬过去扶他,把身上的衬衫脱下来盖到许则身上,将人扶起来。

保镖别好枪,说:"我来吧。"

"不用,车开过来了吗?"

"在侧门了。"

陆赫扬带着许则出了楼梯间,走到侧门外的巷子里。保镖拉开车门,陆赫扬将许则放到后座上,调低椅背,让他半躺下去。

他看见许则的手在坐垫上摸了摸,陆赫扬问:"怎么了?"

许则试图坐起来看:"我把车弄脏了吗?"

"别动。"陆赫扬按住他的肩,"没脏。"

一个保镖留下来开车,其他人上了陆赫扬来时开的那辆车。陆赫扬抽了张湿巾,一点一点地将许则脸上的油彩和污血擦掉,露出那张原本干干净净的脸。

许则半睁着眼,他的很多狼狈时刻都被陆赫扬撞见,但他还是没办法习惯这种难堪。只不过他们之间或许是见一面少一面了,所以他要趁还能见面的时候多留下点回忆。

"你要过生日了吗?"许则问了一个完全不相干的问题。他嘴角肿着,说话有点含糊。

陆赫扬拉起他的右手,看到他手腕上有被烟头烫过的痕迹,四五个血肉模糊的印子交错在一起。陆赫扬面无表情地盯着那里看了会儿,然后抬起头,朝许则笑了下:"嗯,下周五,你要送我礼物吗?"

许则没有回答,之前隐约听贺蔚提起陆赫扬的生日,但他没意识是下周五。许则开始思考自己能送得起什么,可陆赫扬应该什么都不缺。

"如果是要花钱给我买礼物的话,那我的生日就不是下周五。"陆赫扬说。

"嗯?"许则不解地看着他。

"要买吗?"

因为想知道陆赫扬的生日到底在什么时候,所以许则撒谎了,摇摇头:

"不买了。"

"嗯。"陆赫扬又笑了笑,说,"我生日在下周五。"

许则被他弄晕了,愣愣地看着他。陆赫扬戳戳他的脸,说:"你睡觉吧,到了我叫你。"

没有问要去哪里,也没有问要做什么,许则点点头,疲惫地闭上眼,很安心地睡着了。

这只是一个普通得不能再普通的晚上,同在预备校,有人安心地做题,有人出席上流宴会,有人纸醉金迷声色犬马……也有人在乌烟瘴气的地下俱乐部打一场残酷的拳击赛。

很多种不同的生活在同时进行不同的生活,难道就是经济上的差别,那么做题和出席上流宴会也是如此吗。

陆赫扬以前并不能深刻地、清晰地体会到这种区别。

一直到医院,许则都没有醒,医生将他转移到救护床上,卓砚已经安排好了检查流程。许则被推去做CT时陆赫扬站在走廊上,给林隅眠打了个电话。

"义父。"

"这么晚了,出什么事了?"

"吵到你休息了吗?"

"没有。"林隅眠笑着说,"我刚从画室出来。"

"想问问你,文叔现在在本市吗?"

林隅眠没多问,隔了一秒后回答:"不管在不在,你有需要的话随时可以找他,我说过的,文叔那批人是无条件为你和青墨做事的。"

"好,我知道了。"陆赫扬顿了顿,"不问我打算干什么吗?"

"没记错的话你这是第一次想动用文叔的关系,但我还是不问了,你不是冲动的人。"

"嗯,晚安。"

挂了电话，陆赫扬给通讯录里那个从没联系过的号码的主人发了短信，没过半分钟就有电话回过来。

那是一道沉稳的中年人的声音。"少爷。"

"叫我赫扬就好。"陆赫扬抬起手，看了眼自己的手臂，光滑干净，没有任何伤痕。

"文叔，想麻烦你一件事情。"

"你说。"

许则醒来的时候刚过十二点，整个病房里只有床头那盏壁灯微微亮着。

"才睡了一个多小时。"

许则顺着声音转过头，看见陆赫扬就坐在床边。

"想喝水吗？"陆赫扬问他。

"不……"嗓子很哑，许则摇摇头。

"看你睡觉的时候一直皱着眉，做噩梦了？"

许则望着他，微弱的灯光笼着陆赫扬的半边脸，让他看起来有种很特别的温柔和沉静，也让许则生出一种错觉，好像陆赫扬是那个愿意听他讲述梦境的人。

"没有做噩梦。"许则说，"我梦到爸爸妈妈了。"

那是两张已经变得很模糊的面容，许则偶尔梦到他们，醒来后的一小段时间里会有不能抑制的倾诉欲，只是他没有向任何人提起过，叶芸华也好，池嘉寒也好——许则原以为自己可以一直这样忍耐下去。

陆赫扬静静地看着许则，能察觉到许则目前正处在一个游离又脆弱的状态里，也能感觉到这个总是沉默寡言的人有话想说，那或许是他从没有对别人说过的话。

许则把脸往被子里缩了缩，盯着输液瓶，低声说："我爸爸以前是刑警，他去执行任务，失足摔下山了。

"爸爸去世不久，妈妈就病了，不愿意说话，也不愿意出门。

"外婆来照顾我，外婆以前是糕点师，有位太太经常会请外婆去她家做点心给客人吃。妈妈生病之后，外婆每次出去，都会带上我。"

许则是在那个时候遇见陆赫扬的。

第七章 生日快乐

SHENGRIKUAILE

"你乖乖的,不要说话,见到人就要笑,知道吗?"

许则被外婆牵着手,走在这片完全陌生的住宅区。许则回头看了看,他进到这里总共经历了两次搜身,警卫严肃的表情让他心有余悸。

"听见了吗?"见许则没回答,叶芸华再次问他。

许则点点头,连"嗯"都没有"嗯"一声。

因为叶芸华让他不要说话,所以他从现在开始就不能发出声音了。

到了一幢别墅楼的花园外,保姆过来拉开栅栏门,叶芸华带着许则走进去,穿过花园进入客厅,一个七八岁的小男孩儿正坐在沙发上看动画片,许则觉得他长得有点像外婆家楼下的小胖。

想起外婆的话,许则对小胖笑了一下,小胖却朝他做了个鬼脸。

许则跟叶芸华进了厨房,厨房比许则家的客厅还要大许多。许则安静地站在一边看外婆忙碌,直到女主人下楼来到厨房,许则被叶芸华带过去向她打招呼。

"这是你外孙啊,长得真漂亮。"女主人将手里的一块蜜饯递给许则,"小孩子在厨房里待着多无聊,去后院玩吧。"

许则看向叶芸华,在得到外婆的首肯后接过蜜饯,对女主人乖巧地笑。

叶芸华推开厨房后门，叮嘱许则不要乱跑，接着继续去忙。客厅的落地窗正对着后院，小胖站在窗里，手上拿着一把玩具枪，朝许则做射击的姿势。许则看了他一会儿，往另一个方向走，后院的栅栏门虚掩着，外面的大道清幽干净，许则发起呆来。

　　后脑勺忽然一痛，许则回过头，小胖不知道什么时候已经悄悄走到他身后，把一颗橡胶玩具子弹打在他头上。

　　"把手上的东西交出来！"

　　许则看了看手里的蜜饯，递给他，小胖立刻抢过去塞到嘴里，张嘴时露出一口凋零的牙——他因为牙齿问题已经被禁了很久的零食。

　　他吃完就翻脸不认人，再次朝许则举起枪，学着电视里的台词，问他："你是什么人？"

　　许则不说话。

　　"你是哑巴吗？"

　　许则还是不说话。

　　"哑巴！蹲到地上，手举起来！我要逮捕你！"

　　他可能连"逮捕"是什么意思都不知道，许则一动不动地站着，当入戏的小胖激愤地向他再靠近一步时，许则拉开门，走出了院子。

　　小胖回头看了眼客厅，犹豫要不要追出去，不敢乱跑。

　　在他踌躇的时候，许则很干脆地走开了。

　　许则保持直行，因为如果拐来拐去的话容易找不到回去的路。在路过三幢房子时，原本阴沉的天空忽然亮了点，出太阳了。许则看见第四幢房子的后院里有一座秋千，一个小男孩儿正坐在上面，目视前方，面无表情地发着呆。

　　许则慢慢地走过去，觉得那个男孩儿像橱窗里的洋娃娃，总之不像是活的——说不定他真的是个娃娃，被放在这里晒太阳。

　　四目交接时，男孩儿的眼睛动了动。

　　屋子里传来少女清脆的声音。"陆赫扬，要不要喝牛奶？"

"不要。"男孩儿转头回应。

七岁的许则知识储备有限,将这个男孩儿的名字自动转换成了刚学过的《动物名称大全》里的字:梅花鹿的鹿,丹顶鹤的鹤,绵羊的羊。

陆赫扬再次看向许则,许则记着外婆的提醒,见到人就要笑,于是他对陆赫扬笑了一下。

笑完之后,许则感觉到自己正在被陆赫扬观察,这并没有使他反感,因为他也在观察陆赫扬。

观察结束,陆赫扬爬下秋千,走到围栏边,从口袋里掏出一颗糖果,将手穿过黑色栏杆,递给许则。

这是许则爱吃的那种糖,但他已经很久没有吃到了。从爸爸不在后,家里的一切就变了,许则在懵懂和茫然中失去了很多原有的快乐,被迫接受翻天覆地的另一种生活。

"不吃吗?"见许则拿着糖果不动,陆赫扬问他。

许则摇摇头,把糖果剥开,放到嘴里。

"好吃吗?"

许则点点头。

"真的?可是这个糖是坏的。"

许则微微瞪大眼睛,虽然他没有尝出任何坏了的味道。

陆赫扬就笑起来,是那种狡黠又开心的笑,他说:"骗你的,没有坏。"

糖有没有坏他不知道,这个"鹿鹤羊"好像是挺坏的,许则这样想着。

那颗糖果在嘴里滚来滚去,许则的腮帮子被顶得鼓鼓的。陆赫扬看着他,他看着陆赫扬,云从他们的头顶飘过,风吹动树叶发出窸窸窣窣的声音。

等许则把糖吃完,有人在叫陆赫扬进屋,陆赫扬应了一声,脸上又出现刚才坐在秋千上时闷闷的表情。然后他问许则:"你住在这里吗?"

许则摇头,陆赫扬就问:"明天还会来吗?"

许则又摇头,陆赫扬问:"后天呢?"

许则还是摇头,陆赫扬于是问:"随便哪一天,会来吗?"

这次许则点点头。

"再见。"陆赫扬挥挥手,用那种约定的语气说,"要再见哦。"

陆赫扬离开后,许则在栏杆外又站了一小会儿,然后按原路返回。小胖已经回客厅了,外婆还在忙,许则蹲到小花坛边,继续发呆。

过了几天,外婆再次带许则去那位太太家。许则很自觉地去了后院,没过几分钟,小胖抱着水枪跑出来,两腿一叉站在许则面前,将枪口对准他:"哑巴!不许动!"

许则看他一眼,往栅栏门边走。

小胖噔噔噔地跑了几步拦住他,大声问:"哑巴,你为什么不陪我玩?"

他越想越生气,抬起水枪对着许则,按下扳机。许则没有躲,站在那里被弄了一脸的水,头发也湿了。冬天,他轻微地哆嗦起来,沉默地看着小胖。

小胖怔了几秒,有点心虚,逞强地喊了一句"你活该"就飞快地跑回客厅。许则抹了一把脸上的水,打开门走出去。

一、二、三、四。

数到第四栋,许则在上次站的位置停下来,秋千上空空如也,院子里也没有人。许则低了低头,准备离开,忽然听到一声"嗨",仰起脸,看见陆赫扬站在二楼的小露台上,笑吟吟的。

陆赫扬下楼来了后院,走近了才看到许则的头发是湿的,问:"冷吗?"

许则摇摇头。

陆赫扬想了想,跑回去拿来纸巾,探出手给许则擦头发。

许则乖乖地站着,头发被陆赫扬揉得乱乱的,一撮一撮地翘起来,在太阳下变成毛茸茸的一团。陆赫扬又轻轻擦他的脸,顺便在许则脸颊上戳了几下。

"没关系,我陪你一起晒干。"陆赫扬说。

他把双手分别放进外套的口袋里,又握成拳拿出来,伸到许则面前:"猜哪只手里有糖。"

许则熟悉这个玩法,因为父亲以前也爱这么逗他,还会故意动动那只抓了糖的手提醒他,等许则猜中后就把他抱起来,举得很高。现在没有人会抱着他举高了,但碰到有人愿意跟他玩这样的游戏,许则感觉很奇妙。

见许则迟迟没有反应,陆赫扬动了动右手,许则看着他,指指他的右手。

"猜中了。"陆赫扬摊开手,手心里躺着两颗糖果,他说,"给你。"

许则伸手去拿,但陆赫扬缩了一下手,让许则抓了个空。许则以为陆赫扬反悔不肯给自己了,呆呆地抬起头,发现陆赫扬正歪着脑袋,用那双很黑的眼睛盯住他,问:"你怎么哭了?"

明明没有,许则摇摇头,表示自己没哭。

"那你笑一下。"陆赫扬说。

许则揉揉眼睛,朝陆赫扬笑了一下——仍然是那种一板一眼很有规矩的笑。陆赫扬也对他笑笑,接着把口袋里所有的糖果都拿出来,全部塞给许则。

"我要出门了。"看许则的头发好像干了一点,陆赫扬说,"再见。"

他挥挥手:"要再见哦。"

许则抱着糖果点点头,等陆赫扬走了,把糖果放进口袋,回到后院。刚一进门,小胖就蹿出来挡在他面前:"不许动!"

他看见许则鼓鼓的口袋里露出的糖果包装纸,眼睛一下子就亮了:"把糖交出来!"

许则捂住口袋,往旁边走,小胖着急地拉住他,要抢糖果,许则却猛地低下头往他手背上咬,小胖立刻松开手,害怕地后退一步——他没想到这个小哑巴一下子变得这么凶,明明看起来不会反抗,瘦瘦小小的,一副很好欺负的样子。

"你给我等着！"小胖色厉内荏地大叫起来。

然而威胁无效，许则只是默不作声地看着他。

许则第三次去那里是在一星期之后，这次他和叶芸华是从后院进的，因为有客人已经到了，他们走大门的话会打扰别人。

"在院子里玩？"叶芸华问许则。

许则点点头，叶芸华在他面前蹲下来："乖乖的，今天回去给你买小汽车。"

她知道许则安静，但再安静的小孩，单独在后院待一下午也会感到无聊。许则已经很久没得到过新玩具了，前两次来这里，他们路过客厅时，叶芸华都能看见许则的目光落在沙发边那些昂贵的玩具上。

等许则又点点头，叶芸华站起身，去了厨房。

今天小胖不在，没来欺负许则，许则在院子里站了几分钟，拉开院门走出去。

他远远地就望见陆赫扬坐在秋千上，好像是在看书。许则跑了几步过去，用手握住栏杆，没有出声，直到陆赫扬抬起头发现他。

陆赫扬愣了一下，不惊喜，反而有点委屈地说："我每天都在等你呢。"

他从秋千上下来，走到围栏边，许则跟他对视几秒，默默地从兜里拿出一块巧克力递过去，作为自己很久没来的赔礼。

"谢谢。"陆赫扬露出笑容，虽然他不太爱吃巧克力，但还是立即拆开包装纸，把巧克力掰成两半，将大的那半给许则。

嚼着巧克力，陆赫扬伸出舌头，给许则看被染成褐色的舌尖，许则想了想，也把自己的舌头伸出来，两人顿时都笑起来。许则的眼睛弯弯的，笑容不像前两次那样板正，是真的开心的样子。

"要看这个吗？"陆赫扬打开那本满是机器人的漫画书，问。

许则点点头，实际上视线早就被吸引了，连脑袋也不自觉地挨过去靠着栏杆。陆赫扬帮他慢慢地翻页，两人的脸隔着围栏贴在一起，陆赫扬的余光里是许则长长的睫毛，一眨一眨的，他很认真地在看漫画。

"我想睡觉了。"陆赫扬打了个哈欠，"书给你看，你陪我好不好？"

许则把书接过去，点点头。陆赫扬回到秋千上，躺下。他不觉得自己能睡着，因为外面那么亮，而且他从没有在房间以外的地方睡着过，只是有点累。

午后的太阳暖洋洋地照在身上，几步之外，许则靠着栏杆专注地在看漫画。陆赫扬上一秒还在想"我不会睡着的"，下一秒就闭上眼睛，飞快地入睡了。

半个多小时后，许则把漫画看完了，陆赫扬还在睡觉。许则看见有人从房子里出来，往这边走，于是他蹲下去，藏在栏杆下的围墙边，只露出一双眼睛。

他听见那个人有点惊讶地说："怎么在这里睡着了。"

然后陆赫扬被抱起来，他的下巴搭在保姆的肩上，他迷迷糊糊地半睁开眼。陆赫扬看见许则躲在那里，对许则挥了一下手，说了一句什么。

他没有说出声，但许则知道，陆赫扬说的还是那句"要再见哦"。

许则点点头，把书塞在栏杆空隙里，转身往回走。

之后，许则每次都熟练地直奔后院的门，虽然中途曾被小胖向外婆举报过一次，说许则老是跑出去玩，但出于对这片住宅区治安的绝对放心与对许则的绝对放心，外婆只是叮嘱许则不要跑得太远，也不要打扰到周围的住户。

陆赫扬总是准时等着他，一次不落地为许则准备糖果或小零食，给他看漫画书，跟他分享玩具。陆赫扬没问过许则为什么从不说话，也没探究过许则的来历，两人自然而然地靠近，虽然始终隔着一道围栏，但是这并没有对他们的交往造成任何阻碍。

对陆赫扬来说，自己会跟那两个好朋友认识——很顽皮的贺蔚和不爱搭理人的顾昀迟——是因为长辈之间有来往。但许则不一样，他出现在一个十分稀松平常的午后，像飘来的一片叶子、一朵云，没有预兆也没有自我介绍的开场白，是偶然闯进生命里的一个不会说话的新奇来客。

他们维持着很单纯的、没有杂质或任何利益牵扯的神秘友情。

"我要走啦。"陆赫扬轻轻揪揪正在低头专心看漫画的许则的头发，"漫画送给你看吧？"

许则抬起头，陆赫扬经常在某个时间点说"我要走啦"，但他也不知道陆赫扬到底要去哪里、去干什么，那好像是一项固定的出行安排。

许则把漫画书还给他，摇摇头，然后笑了一下。

"你可以不用对我笑。"陆赫扬说。他觉得许则其实并不爱笑。

陆赫扬每一次都会提出要把漫画书或玩具送给许则，许则都摇摇头拒绝，但他对陆赫扬的好意感到高兴，所以才会笑，不过陆赫扬总让他不用笑。

可能是错觉——虽然七岁的许则尚且不懂这种感觉叫"错觉"，但是他发现陆赫扬会经常性地重复某些话、某种行为，那些许则记得很清楚的事，陆赫扬却好像没有知觉和记忆似的，一遍遍地重复。比如明明分开时陆赫扬说"下次给你看那本漫画书"，可到了下次，他拿来的却是许则看过的那本——其实已经被许则看过不下三遍了，因为陆赫扬似乎总忘记许则看过，于是他三番两次地拿给他看，并且每次都会说："这本最好看了，一定要认真地看哦"。

许则从不说自己已经看过了，想陆赫扬应该是很喜欢那本，所以希望自己也多看几遍。

"走啦。"陆赫扬把口袋里剩下的所有棒棒糖和巧克力都塞给许则，然后收拾好漫画书和玩具，像往常的每一次一样，边后退边对许则挥手，"要再见哦。"

许则抱着零食，对他点点头。

那本是一次很平常的分别，他们约定会再见，但两个人都没有想到，那是他们最后一次"再见"。

"许则是吗?"今天他们一到,坐在沙发上的女主人就放下茶杯,对许则说,"今天在客厅里玩吧,陪陪他。"

"他"指的是小胖。

小胖坐在玩具堆里,对许则吐着舌头露出炫耀的笑。

叶芸华牵着许则走到沙发边:"那你今天在这里玩,乖一点,不要弄坏这个哥哥的玩具。"

她知道许则不喜欢小胖,可在这里他们需要服从指令。就像女主人不想让别的小孩待在家里,所以许则每次都要一个人去后院待着,不论阴天还是晴天。而今天小胖要许则陪他玩,许则就得留在客厅。

越是底层的人,选择权就越小。

许则坐在角落里,手上拿着一辆很小很小的汽车,他怕弄坏小胖的玩具,所以拿了最小的一个。小胖这次终于逮到许则,得意极了,模仿着谍战片里的主角在地毯上翻滚,然后举起枪把橡胶子弹打在许则身上,又或是操纵遥控汽车撞许则的腿,总之不让他有片刻的安静。

时间一点点地过去,许则看着窗外,想到陆赫扬说不定在等他,他们已经有快一个星期没见了。

许则把小汽车放到地上,站起来,趁小胖还在寻找下一个用来攻击的玩具时从客厅的偏门去了后院。许则一路小跑,打开栅栏门,朝陆赫扬家的方向加快脚步跑去,然而没等跑过第三幢房子,他被叫住了。

回过头,许则看见外婆、女主人和小胖站在那里,小胖正号啕大哭。

许则被带回客厅,有点茫然,不知道自己做错了什么。女主人在沙发上坐下来,拿起茶杯喝了一口茶,对他说:"喜欢什么玩具可以跟哥哥说,让他送给你就好了,怎么能偷走呢?"

无端被安了一个罪名,许则一时没反应过来,听见外婆问:"那个小汽车放在哪里了?"

小胖还在哭,但一滴眼泪都没流。许则跑去刚刚坐着的那个角落,拨开旁边的各种玩具,底下却空空如也——他明明把小汽车放在这里的。

许则不知道怎么解释,只能摇摇头。

"那看监控吧。"女主人温柔地说。

保姆从平板电脑里调出监控,从许则在那个角落坐下,拿起小汽车开始,到小胖不断地骚扰欺负他,再到许则站起身,一共二十八分钟。

最后许则把小汽车放到地上然后站起来时,因为行动太快,他的动作看起来像是用手在地上撑了一下,被边上的玩具挡着,让人无法辨别他是把小汽车放下了,还是握在了手里。

保姆关掉监控,与女主人交换了一个眼神,随后搜了许则的身,没有发现什么。

"那只能找物业调外面路上的监控了,可能是他怕被发现,藏在路边的草丛里了。"女主人看着许则,淡淡地笑着,"但是太麻烦了,没必要这么兴师动众,客人也要来了,这件事就算了吧,小孩子难免会犯错,下次不要这样了。"

这是许则第一次尝到被冤枉的滋味,他从不知道这滋味原来会那么难受。

"不会的。"一直沉默的叶芸华忽然开口。她一向对女主人很有礼数,此刻声音却变得冷硬,"许则不会做这种事,可以去调外面路上的监控。"

女主人有些惊讶,不过她仍然保持着优雅的姿态,柔声道:"叶师傅,我知道你心疼外孙,但小孩子不能这么宠着,会学坏的。"

"调监控吧。"叶芸华摘下围裙,将满是面粉的手在上面擦了擦,"等太太您看过监控再说,如果真是许则拿的,我会带他来道歉和赔偿。今天我就先回去了,烤箱的时间已经定好了,到时候您把点心拿出来就行。"

"走吧。"她牵起许则的手,带他穿过厨房,从后院往外走。

安静地走了一会儿,许则第一次在这里发出声音:"外婆,我想去那边。"

"去那边干什么？"

"我认识了一个小朋友。"许则小声说，"他每次都会等我的。"

叶芸华没有多问，就像她相信许则不会偷东西或说谎一样。她跟着许则走到一幢别墅的后院外，许则跑过去，站在栏杆边朝里面看了看，没有人。

"我能等一下他吗，等他出来？"许则仰头问叶芸华。他今天不能跟陆赫扬一起吃东西看漫画玩玩具了，以后应该也没有机会了，所以他想和陆赫扬道别。

"在这里等。"叶芸华对许则招手，让他到路对面的树下。

许则攥着叶芸华的衣角站在树下，目不转睛地望着后院，等陆赫扬出来。

他等了半个多小时，腿都酸了，但没有等到陆赫扬。

"外婆，走吧。"许则低下头。

叶芸华没说什么，把许则抱起来。她向来是干练、严肃又话少的，许则很少能从她身上感受到关心或慈爱，一直觉得自己的外婆跟别人家的不一样。

"外婆，对不起。"许则趴在叶芸华肩上说。

"为什么说对不起？你又没有偷别人的玩具。"

"但是外婆不能在这里赚钱了。"

"钱可以去别的地方赚，但谁都不能这么欺负你。"

许则感到安心了一些，揉揉眼睛，看着渐渐变远的那座空荡荡的秋千，在心里默默地说："要再见哦。"

许则有本小本子，上面的其中一页被他用水彩笔画了十一个圈圈，代表着他和陆赫扬见过的每一面，最后一个圈圈旁边，七岁的他用歪歪扭扭的字体写下：要再见哦。

那就像一个幼稚的又不抱期待的愿望，在许则几乎快要将它忘记时，某天它却忽然被实现了——尽管已经过去了七年。

许则二次分化为 S 级，预备校调出他的档案，通知他进行入校考核。顺利通过考核后，许则去预备校递交资料。

办公室里，许则站在即将成为自己班主任的老师桌前，等她审阅资料。门被敲了两下，有老师说"请进"，随后门被推开，一个老师抬起头，笑着说："陆赫扬啊，来拿成绩单？"

这个名字熟悉而久远，许则猛地一怔，有点僵硬地抬起头。

阳光从门外透进来，长长的一道，那个人站在那束光里，像棵挺拔的树。

"嗯。"他的声音低且清晰，"不好意思老师，我昨天才刚回来。"

"没事没事，还以为会是别人替你来取，没想到你自己特意跑一趟。"

陆赫扬笑了一下，接过成绩单时他抬眼，目光短暂地掠过许则，他脸上仍然带着点笑，是那种看陌生人时礼貌又冷淡的笑。

他很快就离开了，没有特别留意到许则——那个无声地站在某张办公桌旁，脸色有点苍白的少年。

他也不会知道在对视的那半秒钟里，这个不相识的少年心里卷起了怎样的巨浪。

七年，记忆里那个总是笑盈盈、声音清亮的"鹿鹤羊"，长成了高高的、嗓音低沉的陆赫扬，外形气质很出挑，但他也实实在在地看起来冷漠很多。

那时候他们每次分别，陆赫扬都对许则说"要再见哦"，然而真正再见的时候，他没有认出许则。

许则认为这是很合理的。他没有告诉过陆赫扬自己的名字，两人失联多年，相貌发生变化，他遗忘他和对他感到陌生是必然的，他们不再是朋友了。

只是对于许则来说，他童年时期的最后一面没有见到他，所以留有缺憾，所以记忆也尤其深刻一些。

就像快乐不会使人难以入睡，让你辗转难眠的永远是那些抚不平的遗憾。

那天回到家，许则从房间里翻出那本泛黄的小本子，打开，在十一个有些褪色的彩色圈圈后面，用黑笔加上了一个圈，在旁边写下：又再见了。

"后来因为一些事情，外婆不再去别人家里做糕点了，在路边开了一家早餐店。"回忆很长，都被许则一语带过。他看着输液瓶，像在讲别人的故事，"再后来，我妈妈去世了，外婆的精神开始出问题，前几年的时候，她病得更严重，被送去了精神病院。

"她身体也一直不好，在精神病院里过得很辛苦，所以我才开始挣钱，让外婆可以去好一点的疗养院。"

许则说到这里就停了，怕自己太啰唆，虽然他总共讲了没几句——可或许陆赫扬未必想听这些。许则舔舔下唇："很晚了，你困不困？"

"不困。"陆赫扬静静地听完，倒了杯水递给他，同时问，"你说不打了，是不是真的？"

"不知道。"许则老实地回答。他对唐非绎说自己不打了，是因为在那种情境下，他切实地感到疲累和厌倦，但很多东西不是他说了算的。

"以后会少去。"许则补充道，"要放暑假了，我找了份工作，还有我给外婆申请的一个补贴也要下来了。"

打工挣不了多少钱，补贴也没有多少钱，一切都是建立在叶芸华情况稳定的基础上，但凡她出现任何意外情况，光靠这些钱是绝对不够的。

"是什么工作？"

"一些零工。"

陆赫扬没再追问，换了个问题："补贴有多少钱？"

"大概几千块，比没有好。"许则好像对此已经满足的样子，"还有其他两个补贴，申请很久了都没消息，应该不会有了。"

他平静地、如实地陈述着在别人看来十分窘困的局面，陆赫扬觉得许则如果脸皮厚一点、心机多一点，或者学学如何"卖惨"，一定会比现在过得轻松。

但那就不是许则了。

陆赫扬看了他一会儿，说："我先回去了，你好好休息，哪里不舒服就叫医生。"

他将许则手里的水杯拿过来放到一边，许则靠在枕头上看着他，陆赫扬站起来，许则的目光就跟着往上抬。

"回去路上小心。"许则顿了顿，说，"下次再见。"

周五，期末考试结束。今天是陆赫扬的生日，不过陆承誉和陆青墨都因为联盟的事务而抽不开身，于是生日宴会被推迟了。

陆赫扬的生日宴并不是单纯的生日宴，而是联盟上流社会的一场社交，本质上与庆生无关，包括陆青墨的生日宴，也是同样的目的。

礼物很多，被堆在桌子上，陆赫扬像往年一样，收下相熟朋友的礼物，婉拒陌生校友的。司机专门来班级帮他拿东西，带着一车礼物回去，陆赫扬则是坐贺蔚的车，跟顾昀迟一起，三个人去吃晚饭。

路过车棚时，陆赫扬侧头看了眼，许则的单车不在，他应该是考试一结束就走了。

上周在医院分开后，许则又在第二天一早出院，不过这次他给陆赫扬发了消息，说自己没事了，并且表示了感谢——前半句还在说"谢谢你"，后半句就问"可以告诉我你家的地址吗？不方便也没关系的"。

很显然，他想给陆赫扬寄礼物。

陆赫扬没有阻止他，他知道许则想做这件事，所以他不打算拒绝许则第二次。陆赫扬把住宅区的地址发给许则，告诉他快递会由物业签收，然后配送给住户。

虽然实际上他口中的"物业"不是物业，而是警卫。

许则又回复"谢谢"，还说"期末考试加油"。

"夏令营你到底去不去啊？"贺蔚问顾昀迟。

"懒得去。"顾昀迟看着手机，头也不抬。

夏令营由联盟组织，每年暑假都会举办，跟预备校一样，有报名资格的大多是上流社会家庭的孩子。陆赫扬和贺蔚没有选择地必须要参加，顾昀迟向来自由度高一点，他不愿意去，没人拿他有办法。

"去吧，以前我们不都一起去的嘛。"贺蔚以一种沉痛的语气说，"顾少爷，你以为我们三个以后还有多少相聚的缘分。"

顾昀迟终于抬起眼皮："待十天我就回来。"

"也行！"

吃晚餐的过程中，陆赫扬手机上还在不断地收到各种生日祝福。饭后三个人去了酒吧，一起来的还有预备校里一群比较熟悉的同学。

作为今晚的主角，陆赫扬反而没喝酒。

他们没有玩得很晚，九点多就结束了，其他人走后，贺蔚提议去陆赫扬家喝醒酒汤，玩玩牌。

回去的路上下起雨，开车的是陆赫扬。陆赫扬一如既往地在开车时不爱说话，贺蔚却觉得他今天晚上全程状态都不对——透露出一种兴致缺缺的感觉。

好吧，他以前也这样，陆赫扬似乎没有一次生日宴是真的开心，毕竟很少有人能在自己的生日会被过成"联盟政商大会"时还乐在其中。

不过今天明明已经是纯粹的朋友聚会，不知道陆赫扬为什么提不起兴趣。

"干吗不开心？"贺蔚扒着驾驶座的靠背凑到陆赫扬旁边，"那个女孩儿今年没来给你过生日，难受啦？"

陆赫扬还是没说话，顾昀迟拽住贺蔚的后领把他拉回座位上："别烦人。"

到了家，客厅里放着不少快递，最大的那个是林隅眠送的，是一整套的跳伞装备。陆赫扬拿起其他快递，没拆开，只看快递单。

保姆已经提前准备好醒酒汤端过来，陆赫扬放下最后一个快递，坐到沙发上。贺蔚随手挑了部电影做背景音，一边洗牌一边想起了什么似的："哎赫扬，今天你怎么没叫许则啊？"

"为什么要叫他？"陆赫扬喝了口汤，问。

"你们不是挺熟的嘛。"贺蔚开始发牌，同时在"出老千"——他喝多了，没意识到自己的行为有多明显，"很神奇哎，你们俩居然会熟起来。说真的，许则如果是女孩儿，会是我喜欢的类型……之一。"

贺蔚的理想型极其不固定，多种多样，但他条件好外貌佳，无须主动就能吸引到感兴趣的人。

顾昀迟吃着水果没说话，陆赫扬看着手里的牌，片刻，抽了一张扔出来。

"疯了啊，第一张就出这么大的！"贺蔚喊起来，"不想玩就不要玩，麻烦有点游戏精神！"

许则出了地铁，走了一段路后开始下雨，但周围已经看不到便利店。这是片他只在新闻里听过的住宅区，一路上没有任何其他建筑，只有宽阔的大道和林立的树木。

雨打在身上，砸得他皮肤都痛。许则在雨里跑了有二十分钟才到门卫室。走近的时候感应灯亮了，许则才看见保安室门外的那把伞下站着一个穿军装的警卫，站姿笔挺。

另一个警卫撑开伞走出来，目光在许则身上打量，最后紧盯着他的脸，问："请问有什么事？"

"来送东西。"许则用手背擦了一下脸。

"有预约吗？"

"没有。"

"那需要联系你拜访的住户。"

许则摇摇头:"我把东西留在这里就行。"

"好的,请进来登记。"

许则走进警卫室,从裤袋里拿出一个小盒子,虽然他是一路捂着过来的,但盒子仍然不可避免地被打湿了。警卫接过去之后打开检查,接着让许则填表。许则写下陆赫扬的名字,又写上自己的姓名和电话。

他向警卫道过谢,很快就离开,再次冲进雨里。如果可以,许则当然想亲手把东西交给陆赫扬,不过陆赫扬现在应该还在庆祝生日,自己能做的只有在十二点之前把礼物送到。

许则走后,警卫拿起电话拨号,眼前却浮现出刚刚那个少年的脸——白皙,嘴角和脸颊上有明显的击打伤。

客厅的电话响起,保姆听到后立即从房间里出来,陆赫扬正好在茶几边,于是顺手先接起来了。

"您好,这里是警卫室。"

"您好。"

"陆先生吗?刚刚有人留了东西给您,您看看是否需要现在给您送过去?"

陆赫扬单手将手中的牌合拢,轻轻抵在桌面上,问:"请问是谁送的?"

"叫许则。"

"他现在在哪儿?"

"已经走了,离开不超过一分钟。"

"好,谢谢,我自己过来拿就可以。"

挂了电话,陆赫扬朝保姆抬了一下手,示意她继续回房间休息。然后陆赫扬放下牌站起来:"贺蔚,车借我开一下。"

"哦。"贺蔚把钥匙推过去之后才反应过来,问,"你去哪儿啊?"

"很快就回来。"

陆赫扬走出门,撑着伞,开的又是贺蔚的车,有效地迷惑了保镖,车开了一会儿,后面没有人跟上来。

从家里开车到警卫室大概十分钟,陆赫扬停在大门外降下车窗,警卫撑伞出来,将东西交给他。陆赫扬说了声"谢谢",但没有掉头,而是继续往外开。

雨很大,就算撑伞也会被淋得湿透,何况许则不一定撑了伞。

不是不一定,而是他肯定没撑伞——三四分钟后,陆赫扬看见路边的那道身影,在无边的漆黑雨幕里,像一棵飘零的蒲公英。

许则迎着雨往前跑,庆幸今晚没有打雷。他一点也不难过,不遗憾,因为他给陆赫扬送了生日礼物。这个星期发生了一些好事情,那两个他申请了一年多都没有下来的补贴,前几天竟然毫无征兆地到账了,并且比预估的要多。期末考试也很顺利,他不知道自己有没有机会拿到奖学金。

一辆车在前面两米处斜停下来,许则没有被打断,仍然脚步匆匆,直到车门打开,陆赫扬撑着伞下车,叫他:"许则。"

雨声那么大,许则却听清楚了。他猛地停住,大口喘气时差点被雨水呛到。

陆赫扬朝他走过来,许则站在路灯下,脸上的伤被照得十分清晰。

城市的雨还在下,但许则身边的雨停了。那把伞撑在头顶,许则抹了一把脸上的水,看着陆赫扬,张了张嘴,却又没说什么。他嘴巴笨,面对面时连一句"生日快乐"都说不出来。

"又打比赛了吗?"陆赫扬问他。

"今天有个拳手临时来不了,我就去替了一场。"陆赫扬的语气有点冷,许则莫名察觉出压迫感,解释道,"不严重,只是看起来有点伤。"

他原本不打算去的,但有个拳手告诉许则,唐非绎近段时间应该不会过来了,因为他被打受了很重的伤,好几天了还没找到仇家的任何线索,现在不知道在哪儿发疯——这就是仇家太多的坏处。

"你来只是为了送这个吗?"陆赫扬拿起那个小盒子,问。

许则点点头。

他打完拳，鼻青脸肿，满身是伤，还要冒雨来送一份生日礼物，到了也不知道打电话发短信，只会默默地走掉——这么执拗又呆的人。

"有点粗糙，是我自己做的。"许则小心地把盖子打开，"你如果不喜欢，随便放在哪个角落里就可以，不会占地方的。"

盒子里躺着一枚银质吊坠，弯折的单根线条造型，扭曲又立体，透着简单的艺术感。

许则也想把最好的给陆赫扬，可惜他什么都没有，只能把自己小时候戴过的手镯融化掉，做成吊坠。他从知道陆赫扬生日月份的时候就开始着手做了，在小区附近的小金铺里，请老板教自己操作，挤出时间一点一点地完成的。

"可以挂在钥匙圈上。"许则想了想，又说。

陆赫扬一直没开口，许则有点紧张，还有点愧疚，想到自己可能打断了陆赫扬跟朋友的聚会。他觉得自己要果断干脆一点，把该说的说完，别浪费陆赫扬的时间。

"第二个机会。"被雨水浸透的T恤贴在身上，冷冷的，许则吃力地朝陆赫扬笑了一下，"希望你以后开心、平安。"

陆赫扬送他的三个机会还剩两个，许则决定用第二次机会来许个愿——那么珍贵的机会，用来许愿一定会很灵。

他不想只祝陆赫扬生日快乐，他希望陆赫扬每天都快乐。

陆赫扬依旧沉默，将脸藏在伞下的阴影里，眼神也晦暗不清。许则握住伞柄，将伞向陆赫扬那边推过去一点，不让他淋到雨。然后许则松开手，说："我先走了。"

他往旁边迈了一步，擦过陆赫扬的肩，要继续一个人向那条大雨滂沱的路上跑去。

手腕蓦地一紧，许则茫然地回过头，他还什么都没有反应过来，就被一股力量拽向一边，许则感觉到自己踩进了草丛。

一朵云飘过来——不是云，没有那么低的云，是陆赫扬的伞。

……

雨打在伞上，发出细密又沉闷的声音。陆赫扬一手撑伞，另一只手拿出纸来擦许则脸上的雨水和伤口。许则淋了太久的雨，皮肤有点凉，凉到他无法感知伤口的疼痛。

许则无措地呆站着，一双手垂在身侧，不知道该怎么放，手指微微蜷曲着。陆赫扬用纸巾一点点地从他眼角、脸颊、下颌的伤口上擦过。可还是有雨水流进眼里，许则闭上眼。

陆赫扬近距离地看滑过许则眼尾的雨珠，像泪水。

在陆赫扬放下手的同时，许则睁开眼，脸上是那种忽然从梦中惊醒、还试图想要抓住梦境的表情。

这种表情在昏暗的雨夜里给人一种孤独的感觉，陆赫扬好像能由此想象出许则日复一日年复一年地独自在那间空荡荡的房子里醒来，只是不知道许则有没有做过好梦。

陆赫扬说道："走吧。"

许则目光放空，跟着陆赫扬回到人行道上。两人并肩往前走到车边，许则停住脚步，打算等陆赫扬上车后再离开，但陆赫扬拉开副驾驶那侧的车门，说："上车。"

"我自己回家就好。"许则看着陆赫扬握住伞柄的那只手，尽力组织语言，"太晚了，你回去吧。"

"上车。"陆赫扬简短地重复。

许则于是上车，车子并没有向前开，而是调了个头。许则僵直地坐在副驾驶座上，安全带也忘了扣，看起来愣愣的。

一路沉默，只剩雨滴砸在车上的声音。车开到家门口，许则迟缓地继续发了一秒的呆，才开门下车，跟陆赫扬一起走进大门。

客厅里灯光明亮，贺蔚和顾昀迟正坐在沙发上吃甜点，听到开门声后他们转过头，在看见跟在陆赫扬身后淋得像只落汤鸡一样的许则时，贺蔚感到诧异："许则？"

保姆也出了房间，陆赫扬让她煮碗姜汤，随后带许则上楼。贺蔚的目光一直追随着他俩，直到他们进客房。贺蔚转回头，问顾昀迟："怎么回事呢？这是怎么回事？"

顾昀迟看他一眼，懒得作答。

"你泡个澡，洗手间里有干净的浴巾。"陆赫扬往浴缸里放热水，"洗好之后待在房间里。"

没听到声响，陆赫扬回头看，许则还站在门边，呆呆的，潮湿的刘海垂在额前，那双眼睛在对视时很快转到别的地方。

陆赫扬走过去，问他："听到了吗？"

许则点点头。

"许则怎么来了？"陆赫扬一下楼，贺蔚就问他。

"来送东西。"

"送什么？生日礼物吗？"

陆赫扬没说话，贺蔚"哇"了声："他怎么这么好啊，被打成这样了还跑来给你送礼物。"

十分钟左右，姜汤煮好了，陆赫扬让保姆回房休息，自己把姜汤端去客房。浴室里静悄悄的，陆赫扬敲敲门："姜汤放在桌子上，记得喝。"

许则"嗯"了一声。

等陆赫扬再次下楼，贺蔚以一种期待的姿态问："许则洗好澡了吗？什么时候下来？"

"他不会下来了。淋了雨，还受了伤，需要休息。"陆赫扬说。

"啊？"贺蔚疑惑，"我特意给他留了甜点，还想跟他聊聊天。"

陆赫扬朝落地窗外看了眼："雨要停了。"

顾昀迟关掉游戏："贺蔚，走了。"

"啊？"

时间确实有点晚，贺蔚挣扎了几秒就跟顾昀迟一起离开了。陆赫扬上楼回自己房间，他也淋了雨，需要洗头洗澡。

将头发吹到半干，陆赫扬关掉吹风机，去抽屉里拿了个东西，接着打开房门走出去，到客房门口。

他抬手敲门，很快门就开了，开了大概十厘米的缝，许则有些拘谨地站在门后。许则低头去看陆赫扬的手，看陆赫扬是不是帮他拿了干净的衣服。他像只受了伤的小动物从笼子缝隙里看人，探寻的眼神沉默又小心。

没有衣服，陆赫扬手上是空的。许则看见陆赫扬的手搭上门把，往里推，许则就后退了一步让出位置。陆赫扬没说话，许则也没有问。

这是陆赫扬的家，许则时刻准备被通知离开，只要陆赫扬借他衣服穿——不借也没事，他可以穿湿衣服回去。

门打开，陆赫扬走进来。

许则站在那儿，头发还没吹，垂着手。他感觉陆赫扬正在以那种惯常冷静的目光审视自己，而自己像个犯人，在这种目光下似乎必须得交代点什么，比如"我已经把姜汤喝完了，碗也洗掉了，该回去了"之类的。他只是在心里组织了个大概，还没有说出来。

他正打算开口的时候，陆赫扬朝他靠近，许则以为他是要说什么，于是本能地抬起头听，灯光倾泻在许则光滑的脸上，他像是远道而来的，因为路途艰险而满身伤痕的朝圣者。

陆赫扬按住许则的肩，让他坐在床边，许则才注意到陆赫扬手上还拎着一个袋子。

"冷吗？"陆赫扬站在许则面前，俯视着他，问道。

"不冷。"许则摇摇头。

"给你拿了衣服，都是新的。"陆赫扬从手中的袋子里拿出T恤和裤子，"不介意的话可以换上。"

"谢谢。"许则接过衣物,打开T恤后,他认出是陆赫扬之前送给自己,而自己又还回去的那件。

许则抬头看陆赫扬,想说什么,又不知道该说什么。陆赫扬神色平静:"换吧。"

许则将T恤套上,随后他犹豫地用手捏住浴巾的边缘,有些心虚地很快地看了陆赫扬一眼。

陆赫扬说:"我去帮你倒杯水。"

"好。"许则立即松了口气,在陆赫扬背对他倒水时迅速换好裤子。

结果,陆赫扬转回身后将目光在许则的腿上扫了一扫,便笑了:"穿反了。"

许则:……

许则也跟着低头看,面色窘迫。

"没关系。"他为自己圆场,"到时候再重、重新穿一下。"

幸好陆赫扬没有问他"到时候"是什么时候,只是走过来将温水给他。

许则喝了口水,试图找一些话题,让陆赫扬不至于总是在和自己相处时感到无趣,然而想来想去,他也只能问出一句:"贺蔚他们还在楼下,没关系吗?"

"没关系。"陆赫扬说。

"会不会不太好?"许则很认真地问,实际上他觉得这样非常不好。

"不会。"陆赫扬翻出药水和棉签,"因为他们已经回家了。"

许则松一口气,之后紧接着又内疚起来:"是我打扰你们了吗?"

"有点。"

"对不起,我原来只是想把礼物放在……"

"欢迎你打扰,所以不要道歉。"陆赫扬拧开药水瓶盖,"靠过去,我帮你擦点药。"

还没有从陆赫扬那句"欢迎你打扰"里反应过来,许则下意识地"嗯"了声,又怔了片刻,然后默默地在床头靠好,十指搭在小腹上,拘谨地缠在一起。

　　冰凉的药水覆盖在泛热的红肿伤口上，有种奇怪的疼痛，又有些舒适的触感。陆赫扬用手腕挡住灯光，在许则脸上投下一道阴影。

　　许则的视线藏在那道阴影下。

　　今天是陆赫扬的生日，但许则觉得得到礼物的人其实是自己。

　　阴影消失了，许则的目光顿时失去遮挡，正对上陆赫扬淡淡笑着的脸。陆赫扬评价他："又发呆。"

　　不知道为什么，许则也跟着笑了一下。

　　"今天在这里睡吧。"仔细地上完药，陆赫扬盖上瓶盖，"晚上如果哪里不舒服，给我打电话。"

　　"嗯。"

　　陆赫扬站起身，将手伸进口袋，拿出一只手环——他来客房前到抽屉里取的、许则还给他的那只手环。

　　他什么也没有说，只是将手环戴到许则的手上。

　　"睡吧。"陆赫扬说道。

　　许则也什么都没有问，很听话地躺下去，盖好被子。

　　"那我回房间了。"陆赫扬说。

　　"好。"许则向上看着陆赫扬，犹豫片刻，低声说："生日快乐。"

　　他冒着大雨来送礼物，一句"生日快乐"却要在斟酌又斟酌之后才说出口。陆赫扬弯下腰，看着许则有点湿的睫毛，回答："收到了。"

　　走出客房，陆赫扬抬眼，目光不着痕迹地在走廊的监控摄像头上掠过。

　　陆赫扬：衣服已经洗好烘干挂在你房间外面了，起床以后下楼吃早饭。

　　许则醒来后拿手机看时间，第一眼就看见屏幕上的这条消息，立即从床上坐起来，又因为身上的疼痛而抽了口气。

　　愣愣地发了会儿呆，许则的状态像宿醉刚醒，他从陌生的房间里醒来，思维迟缓，记忆错乱。昨天陆赫扬顺道把他的衣服带走了，许则原本是打算自己在浴室里洗掉吹干的。

他慢慢地爬下床,将门拉开,把衣服拿进来。

许则把被子整理好,开门下楼。陆赫扬的家很大,空旷安静。保姆站在楼梯口等他,伸手为他指引餐厅的方向,许则对此十分不习惯,朝保姆弯腰颔首好几次,低声说"谢谢"。

早餐已经摆好了,陆赫扬似乎也才刚开始吃,许则来到餐厅时他只抬头看了一眼,没有别的什么反应。许则低着头坐到他对面,一声不吭地开始吃早饭。保姆站在两米外的位置,安静地等他们用餐完毕。

这是许则吃过的最讲究的一顿早饭,但他好像没吃出什么味道,从始至终也没有抬起头。

脚尖突然被碰了一下,许则拿勺子的手顿了顿,他以为是自己将腿伸得太长,正要缩回来,就感觉又被碰了一下。

许则盯着自己的碗发呆,整个人紧绷着,他脸上还有伤,看起来就像坐在那里被人打蒙了一样。

陆赫扬放下调羹喝了口牛奶,问:"怎么了?"

许则抬头,陆赫扬脸上的表情看起来很正常。

"没有。"许则不太自然地摇摇头,继续吃早饭。

早餐结束,陆赫扬跟许则一起上楼,各自进了房间。许则漱了个口,打算把浴巾洗一下,他在浴室里仔细地辨认那些瓶瓶罐罐,想找出一瓶可以用来洗衣服的。正在寻觅的时候,房门被敲了两下,许则去开门。

陆赫扬端着一小盘切好的橙子走进来,他把水果放在桌子上,拿起一块橙子递给许则,问:"在休息吗?"

"想把浴巾洗一下。"许则垂着眼睛没有看他,接过橙子,机械地咬了一口,"在找洗衣液。"

"房间里没有的,都在楼下洗衣房。"陆赫扬说,"保姆到时候会一起拿去洗。"

"这样。"许则舔舔嘴角的橙子汁,"难怪我找不到。"

"有力气洗衣服,看来昨天晚上休息得很好。"陆赫扬朝许则靠近一点,轻点了一下他脸上的伤,"还是很痛吗?"

"不痛。"这实在是太微不足道的伤了,许则垂着眼,"上完药就好很多了。"

"记得把药水带回去,每天都涂一涂,"陆赫扬放下手,又说,"我还没尝过,不知道今天的橙子甜不甜。"

"甜的。"许则轻声回答。

"真的吗?"陆赫扬微微低下头。

许则慢几拍地终于反应过来,拿起橙子递过去。

没经验的许则才是许则,陆赫扬觉得许则可以永远生疏,不用熟练。

这栋房子里的监控许则也看见了,他认为在家里装摄像头对陆赫扬他们来说是件正常且有必要的事,但听陆赫扬这样说,许则顿时在意起来,记不太清昨天陆赫扬具体待了多久。

"那现在呢?"许则担忧地问,"会太久吗?"

从进来到现在五分钟都不到——陆赫扬回答:"也许吧。"

许则更担忧了。

"过两天我要去参加夏令营了。"陆赫扬又说,"待一个月。"

许则:……

许则一时间有点懵,愣了几秒,才回答:"那你要玩得开心。"

"我尽量。"陆赫扬笑了一下。

许则耷拉着睫毛沉默,似乎在犹豫,最终他还是问:"夏令营结束了,你还会回来吗?"

"会的。"陆赫扬看着他的眼睛,"回来了会去你家找你的。"

许则感到安心了一些,点点头,很相信陆赫扬的话:"嗯。"

"把橙子吃完,司机会送你回家。我等会儿有事,不能送你了。"

"好。"

陆赫扬松开手说:"那我先出去了。"他往门边走,走的时候听见身后传来慢吞吞的脚步声,回过头,许则果然跟在后面。

"怎么了?"陆赫扬明知故问。

许则不擅长表达,说不出来,抿了抿唇,看了陆赫扬一眼,又去看地面。

"能拥抱一下吗?"许则低声问。

陆赫扬听见了,但还是问:"什么?"

"想在走之前拥抱一下。"许则鼓起勇气重复。

陆赫扬没有回应这个问题,而是问许则:"你什么时候去打工?"

以为是被转移话题和隐晦地拒绝了,许则回答:"大后天。"

"我知道了。"陆赫扬拿起床头柜上的手环给许则戴上,调好挡位。许则手腕上被烟烫伤的部位已经落痂,留下交错的几块疤,摸上去还有些不平整。陆赫扬的目光在上面停留了会儿,又移开。

许则一直刻意地避免去想陆赫扬昨天为什么让他来他家,就算他要想,他最多也只敢猜测陆赫扬是因为同情或者感动——虽然许则不觉得收到一小块银坠是值得陆赫扬感动的事。

非要说感动,感动的应该是自己。陆赫扬给了自己很多,想过的没想过的,远远超出预期,许则不止一次地为陆赫扬的慷慨感到诧异和忐忑。

许则又抿了抿唇,是那种淡淡笑着的样子,那双深灰色的眼睛里闪起一点亮。他好像不知道要说什么了,满足到甚至只需要这个回答就能让他安心地度过这段分别的时间。

"手环不要再还给我了。"陆赫扬碰了碰那个手环,"一直戴着吧。"

许则认真地点点头。

夏令营的前一天早上,陆赫扬一个人开车去林隅眠的别墅。

助理刚把几份签好名的合同整理好,朝陆赫扬点了个头,带上文件离开。林隅眠放下签字笔后重新拿起画笔,给画纸上的那朵蔷薇花上色。

"这次夏令营就一个月吗?"

"嗯,下学期预备校要提前二十五天开学。"

"夏令营在 S 市?"

"对。"

林隅眠笑笑:"跟联盟中心在同一个城市,刚好可以给你办生日宴。"

陆赫扬低头喂鱼,没有说话。

"之前是怎么规划的?"林隅眠问。

"报考联盟大学,录取后提前去'联大'学习。"陆赫扬语气平平地复述他一早就被安排好的路。

"然后在联大期间订婚,去联盟中心实习,毕业后直接进入联盟的中心系统,结婚,生孩子,或许三十岁不到就能踏进联盟核心领导层。"林隅眠感叹,"多完美的人生。"

它完美得像一道机器程序,精确无误。

"你十五岁的时候,青墨结婚那天,我就告诉过你,以后的任何时刻,只要你决定好,你可以用新的名字和身份生活,前提是你要走得很远,要放弃你目前拥有的一切。"林隅眠慢慢地调着颜料,"青墨十几岁的时候我也这样对她说过,但她后来没有选这条路,我知道她有苦衷。

"可我不了解你是什么想法,你越长大话越少,好像也很少有开心的时候。"林隅眠盯着那朵蔷薇,"不觉得你跟他越来越像了吗?"

"不像。"陆赫扬回答。

"越往后走,脱身就越困难,但我尊重你的所有决定,可能这样未必不适合你。"

陆赫扬的目光慢慢地追随着游动的鱼:"夏令营的时候我会和爸谈谈。"

林隅眠看向他:"有事随时联系我。"

"嗯。"陆赫扬点了一下头,顿了顿,问,"城西那边是不是要扩建了?"

"你还关心这个?"林隅眠有些不解,不过还是回答,"联盟打算起用那边的旧码头,再建一个新的机场,做军事专用。"

"谁会拿到这个项目?"

"这个工程太大了,不是顾家就是魏家。"

"唐非绎和魏凌洲好像关系不错。"陆赫扬想起那份许则的个人资料,里面提到唐非绎和魏凌洲经常一同出入。

"唐非绎?他在城西那边势力比较大,做的都是些见不得人的勾当。你姐夫是什么人你也知道,他们能混到一起,再正常不过了。"

林隅眠放下画笔:"唐非绎一定想让魏凌洲拿到这个项目,因为这对他有利。顾家跟他有过节,如果顾家赢了,唐非绎的日子不会好过。

"其实这件事很好琢磨,上面这么多年都没有动城西那块地,现在忽然要扩建,明显是打算收管了。所以这个项目大概率会落在顾家手里,总之不可能被交给跟唐非绎有牵连的魏家。"

"唐非绎在城西有家俱乐部。"陆赫扬说。

"幌子而已,那些人胆子一天比一天大,城西是该变天了。"

鱼吃饱了,慢悠悠地摆着尾巴沉入水底,吐上来一串泡泡。陆赫扬把饲料放到一边:"我去把草坪修一修。"

"你什么时候也爱干这种活了?"林隅眠笑着,"割草机在工具间。"

许则刚陪叶芸华吃完午饭,从疗养院回来,即便叶芸华每次都拒绝跟他一起吃饭,因为她觉得他是陌生人。但每每她一个人吃了几分钟,就会忘记自己刚开始的拒绝,管许则叫"坐在那儿的那个小孩",问他要不要一起吃。

把便当盒洗干净,许则走回房间。伸手开门的时候,许则听见大门被敲了几下,在原地站了一秒,去开门。

陆赫扬拎了一个很大的手提纸袋,看起来应该某个牌子的购物袋。他朝许则笑了一下,准备进屋,但许则还没有反应过来,于是就没动。

"不让我进去吗?"陆赫扬问他。

许则正要回答"不是",陆赫扬就把纸袋递给他,说:"那只能将东西留下,我走人了。"

"没有。"许则总是很容易就被陆赫扬骗到,不肯接纸袋,怕自己接过来了陆赫扬就会走。许则解释道,"我以为你要从夏令营回来以后才……"

"今天正好有时间,所以过来一趟。"陆赫扬又笑笑,"来你家睡个午觉,我有点累。"

许则点点头往旁边让,等陆赫扬进来后他伸手去关门,但陆赫扬正好顺手带上了门。

进了房间,陆赫扬把袋子放在床尾:"衣服订错了,给我穿稍微有点小,都是新的,已经洗过了。"

"订错了那么多吗?"许则问,"不能退吗?"

"还没试就被保姆洗掉了,不能退了。"陆赫扬表情很坦然,是那种"因为面前的人太好骗所以他连撒谎都不用打草稿"的不紧不慢的样子。他说:"之前也是穿这个码数,可能是我胖了。"

"是长高了。"许则看着他,认真道。

等陆赫扬侧过头来,许则垂下眼走开,去书桌边把风扇打开。许则说:"你睡觉吧。"他还惦记着陆赫扬刚刚说有点累。

"你不睡午觉吗?"

许则摇摇头,他没有午睡的习惯,是不可能睡得着的,说不定还会打扰到陆赫扬。

"窗帘太薄了,房间里这么亮,你应该很难睡着。"陆赫扬又问,"那你就准备这么站着?"

"我……看书。"

"看什么书?"陆赫扬好像没有要马上睡午觉的意思,反而挺有兴致地问许则,朝他走过来。

"教科书。"许则不知道是因为紧张还是什么,很一板一眼地回答,

"做作业。"

陆赫扬懒洋洋地将手绕过许则身侧,去翻看他身后书桌上的作业。

他歪过头,看到许则眼睛睁得圆圆的,像走在路边突然被树叶上滑落的水珠砸到脑袋。

"好学生。"陆赫扬直起身和许则面对面站着,"暑假才第二天就写了这么多题了。"

"明天要去打工了,所以这两天多写一点。"许则说。

陆赫扬看着许则的脸,上面的瘀青还没消,陆赫扬轻轻按了按,问:"怎么还没好?"

许则这次听出了他的言外之意——怎么还没好?是不是没有按时上药?

确实是事实,许则不敢承认,他的脑袋难得动得比较快,说:"那我现在再擦点药。"

陆赫扬就笑:"亡羊补牢。"

许则很是无地自容,陆赫扬说:"我帮你吧。"

窗外传来树叶被风吹动的沙沙声,窗帘晃动,阳光一阵阵地漏进来,照得房间里一明一暗。许则坐在床上,看陆赫扬调整手环挡位,光透过窗帘,为他的身体披上暖黄的光晕。

"应该规定一下的。"陆赫扬一边帮许则涂药一边说,"规定你每天要上两次药,然后把过程拍成视频发给我。"

许则眨眨眼睛,信以为真,甚至问:"早上一次,晚上一次吗?"

"都可以。"陆赫扬抿了抿唇,才继续道,"但要保证视频清晰,要让我看到你很仔细地上过药了。"

"好的。"许则态度极其端正地答应下来。

阳光变成红色,黄昏了。陆赫扬从洗手间洗完手出来。许则慢慢地坐起来,身上被处理过的伤口看上去仍旧有些触目惊心。

陆赫扬说："不好意思，帮人上药的经验太少，希望没有弄疼你。"

其实许则的精神都有些涣散，他呆呆地坐着，抬头看着陆赫扬。他发现陆赫扬每次在说"不好意思"的时候，脸上的表情都挺"好意思"的。

"不会的。"许则哑着嗓子道。

"那我走了，你好好休息。"

风把窗帘吹开，飘进栀子花香，金红色的余晖洒在床上，许则眼底残余的水光在微微发亮。

"再见。"许则说，"夏令营要玩得开心。"

第八章 海底明月

HAIDIMINGYUE

夏令营开始了半个月，顾昀迟不想再待，打算回国，陆赫扬和贺蔚也顺便请了两天假回来。

飞机在早上落地，同天回国的还有陆承誉与陆青墨，不过他们乘坐的是联盟中心的专机。

到了家，陆赫扬洗完澡睡了一个小时，醒来后吃过午饭，开车出门。陆承誉和陆青墨回来之后有许多事要忙，晚上估计不会太早回家。

今天格外热，路上很空，陆赫扬车开得比平时快，大约五十分钟后，他把车停在路边的树下，透过车窗看向街对面。

这里是从城西高速口和码头去往市区的必经路，周围最多的就是汽修店和长途物流公司。

修车间都正对着路面，左前方那家汽修店里，车位上正停着一辆越野车，从车底露出一双腿。大概十分钟，那双腿曲起来，带动身体下的滑板滚动，平躺在上面的少年滑出车底，站起身，将手上的工具放到旁边的箱子里。

许则穿着一身深蓝色连体工装，旧旧的，几乎没一块干净的地方。他把沾满机油的手套摘下来塞进口袋，走到卷帘门下的小桌旁，拿起一份盒饭，原地蹲下来，拧开桌上的小风扇，低着头在烈日热气里一口一口地开始吃饭。

现在已经一点半了。

这种天气下风扇是没什么用的，许则一边吃饭一边时不时地歪一下头，用肩膀蹭掉脸上的汗。

一个男人从隔壁店面里走出来，应该是车主。他点了支烟递给许则，许则抬头看了眼，摇摇头，又低头吃饭。没吃几口，许则把盒饭盖上，收拾完垃圾装进外卖袋里，绑好，放在门边——整个吃饭过程没超过三分钟。

许则站起来，比车主高出大半个头，那身脏脏的工装衬得他的脸尤其干净出挑，陆赫扬发现许则晒黑了点。

跟车主在车边说了几句话，许则戴上手套，再次拉着工具箱钻进车底。

从那次许则帮忙换轮胎就可以看出他很熟练，但陆赫扬没想到许则真的会修车。

有的人多才多艺，是因为他有能力追求更好更多，所以乐器、马术、击剑样样精通。有的人会拳击、会修车、会蒙着眼打台球，是因为他要谋生，要为亲人赚医药费。

技多不压身，但贫穷会压死人。

而许则就在这样的生活里默不作声、满身伤疤地长大了，长得很高，脊背笔挺。

陆赫扬把目光收回来，静坐几秒，掉转车头离开。

六点多，许则回到小区，把自行车推进楼道后面靠墙放好。他干活的时候没戴手环，所以越往楼上走越觉得不对劲——尽管这种感觉很微弱，但S级的人对精神力的察觉向来敏锐。

还剩最后一层时，许则几乎是用跑的，抬着头，看见了站在门口的人。

陆赫扬靠着墙，听见许则上来以后关掉手机，直起身："回来了？"

许则：……

许则按着扶手，喉咙滚了一下，才问："夏令营结束了吗？"

他们只是半个月没见而已，他每天修车忙碌也并不觉得时间漫长，可此时许则却有种恍惚感。

这种恍惚感来源于陆赫扬与自己现实生活的严重割裂——深沟里闻到花香，是会恍惚的。

"还没有，请假出来透个气。"

许则反应慢地点了一下头，拿出钥匙开门。他刻意跟陆赫扬保持距离，因为身上都是机油味，还出了很多汗。

"等了很久吗？"进屋之后，许则问。

"还好。"看许则似乎有些内疚的样子，陆赫扬说，"是我没打招呼就过来了，我等一下也是应该的。"

接着他半真半假地问许则："不然给我一把你家的钥匙？"

"好。"许则答得毫不犹豫，好像就算陆赫扬现在问他要的是房产证他都能立刻交出来。

"你先洗个澡吧。"陆赫扬笑笑，"等会儿一起吃晚饭，贺蔚和昀迟也回来了。"

意识到陆赫扬说要钥匙是开玩笑，许则垂下眼睛，点点头，去房间里拿了换洗的衣服，出来时路过陆赫扬面前，陆赫扬伸手把许则怀里的旧T恤拎出来。

"不要穿这件，穿我给你的。"

"好的。"许则听话地说，没有再回去拿衣服，先去了浴室。

陆赫扬拿着衣服去房间，进门的瞬间就察觉房间里明显发生了变化，陆赫扬抬头看着窗——薄薄的白色窗帘里多出了一层深灰色的遮光帘。

"窗帘太薄了，房间里这么亮，你应该很难睡着。"

因为半个月前陆赫扬那句无意的话，于是许则默默地装上了遮光帘。

他并不能确定陆赫扬还会不会再来、会不会在这里午休，许则不考

237

虑这些，他的逻辑向来很简单——陆赫扬说了，自己就做。

很快，许则出了浴室，擦着头发去衣柜里找 T 恤。陆赫扬坐在书桌前的椅子上，等许则穿好衣服，说："过来。"

外面的天暗下来，房间里没有开灯，窗帘被晚风吹动，发出轻微的唰唰声。许则用毛巾揉了几下头发，走过去。

"感觉你瘦了。"陆赫扬问，"工作很辛苦吗？"

"不辛苦。"许则摇摇头。

意料之中的答案，陆赫扬没再继续问。许则的手瘦而修长，原本也应该是十分好看的一双手，但指腹和关节上有很多茧，但手心看上去很软。

"走吧，贺蔚他们到了。"

"嗯。"

许则去拿手机和钥匙，陆赫扬站起来往外走，没走几步，衣摆被拽了一下。陆赫扬有些不解地回过头，许则却既没有看他也没有说话。

"怎么了？"

"没事。"许则摇摇头。

钥匙在手心里，被许则握紧一点，他有些遗憾地想着：要是在陆赫扬开玩笑说的那句"不然给我一把你家的钥匙"的时候自己立刻把钥匙给他，那就好了。

车停在楼下，见他们出来了，贺蔚从驾驶座上下来，说："赫扬你开车，我跟许则坐后面。"

许则看了陆赫扬一眼，然后跟贺蔚坐上后座。

"池嘉寒也去夏令营了，他让我问问你暑假过得怎么样。"贺蔚笑嘻嘻道。

"他撒谎。"副驾驶座上的顾昀迟淡淡道，"池嘉寒就没理过他。"

"你再说一遍！"贺蔚一拳捶在副驾驶座的靠背上，"赫扬的生日会上他明明跟我说过话的。"

"是你喝多了先去骚扰他的。"顾昀迟纠正他。

一直没出声的许则问:"生日会?"

贺蔚的话让他以为自己送礼物那天不是陆赫扬真正的生日。

"哦,是补过的。"提到这个,贺蔚的表情逐渐变夸张,"记得我上次说的那个未婚妻吗?我们陆少爷未来的老婆,生日会也来了。我给你看照片,你等我找找。"

他打开手机在手机相册里划了几下,递到许则面前:"看,站在赫扬左边的那个。"

许则现在是不太能思考的状态,没等他把目光聚焦在屏幕上,陆赫扬忽然踩了脚刹车,许则下意识地伸手撑在驾驶座的靠背上。

"干什么啊?!"贺蔚叫起来。陆赫扬开车一向稳,这一脚刹车不算急,毕竟车速本来就慢,但贺蔚还是觉得受到了惊吓。

"有只小狗横穿马路。"陆赫扬平静地解释,接着他问,"撞到了吗?"

"当然啊!我手机都掉下去了!"

陆赫扬却说:"没问你。"

空气安静了会儿,许则回答:"没有撞到。"

贺蔚感到很荒谬:"没人关心我吗?"

"没有。"顾昀迟说,"只有人想把你从车上扔下去。"

"干吗?这有什么不可说的?"贺蔚捡起手机,往前探身,问陆赫扬,"你真的不喜欢那个人?"

"不喜欢。"陆赫扬很直接地回答。

"那陆叔叔要是给你下命令呢,你以后会订婚吗?"

"不会。"

许则愣愣地看着倒车镜里陆赫扬的眉眼。

"哇哦,真有种。"贺蔚往后靠,"你其实不是不喜欢那个人,我看你是不喜欢全人类。

"陆赫扬,"贺蔚的语气惋惜又无辜,"有问题的话要去医院啊,早发现早治疗。小扬你还那么年轻,肯定有治愈希望的,不要放弃,嗯?"

陆赫扬没有说话,但突然抬起眼,看到了倒车镜里许则怔怔的眼神。

首都外宾酒店,陆青墨结束一场外交活动,从会堂离开。高跟鞋踏在深紫色花纹的地毯上,没有发出声音,她一边走一边摘掉发夹,长而卷的头发散下来,头疼被稍微缓解了一些。

绕过一根大理石圆柱,两米外,一个年轻男人正站在栏杆边打电话,轻声说了几句之后他将电话挂断,再抬头时正和陆青墨四目交接。

陆青墨无意识地在原地站定,拎着包的手一点点地蜷紧。她很少有这样发愣的时刻,这些年一直都是冷静又理性的,像一块华丽的冰。

清俊的男人愣了片刻,接着朝陆青墨走来。他的左腿在行走时有些跛,放在这样颀长挺拔的人身上,显出一种令人可惜的缺憾。

对望几秒,男人率先伸出手,脸上带着笑意。

"好久不见。"韩检直视陆青墨的眼睛,叫她,"陆小姐。"

良久,陆青墨缓缓地将手伸出去,轻启双唇,却没能发出声音。作为联盟中最年轻的优秀外交官的她,面对首脑、外宾、记者都能从容不迫,此刻却一言难发。

韩检轻轻握住陆青墨的手,很快便松开。

"比电视上还要瘦一点。"他淡淡地笑着。

陆青墨的大拇指在包带上一下一下地抠弄,她调整呼吸,终于回答:"镜头会把人拉宽。"

"嗯。"韩检点点头,问,"现在是要回家吗?"

"对。"

"那路上小心,会议还没有结束,我先回去了。"韩检朝她点了一下头,转身走回会议厅。

陆青墨没有去看他的背影,只是盯着地面。很久后,她面色如常地抬起头,确认过方向,重新朝电梯口走去。

"韩老师,韩老师?"

韩检:……

韩检猛然回过神,才发现周围的人正看向自己。

"轮到你发言了。"同事提醒他。

"好。"韩检放下笔,仓促地站起来。

十点多,林隅眠从画室出来,回房间把满身颜料味洗干净。出浴室时林隅眠听见敲门声,打开,是保姆站在门外。"先生。理事长来了。"

"告诉他我睡了。"林隅眠说。

保姆却没有应,往旁边看了一眼,忧心忡忡地低下头。

陆承誉走到房门前,目光透过镜片落在林隅眠脸上:"睡了?"

从语气听出来他是喝过酒的,林隅眠沉默地转身。卧室只开了床头的台灯,林隅眠穿着淡蓝色睡衣坐在床边,像坐进一幅油画里。

陆承誉关上门,解开西服扣,走过去在落地窗前的椅子上坐下,随手倒了杯水。窗外是漆黑的山景,没什么好看的。陆承誉将领带扯松,喝了口水,说:"赫扬给了我一个提议。"

他很少这样平和地开口,林隅眠冷淡地问:"什么提议?"

"他想读军校,陆家如果要在联盟军方有所作为,没有比让他进入军事系统更稳妥的手段。"陆承誉缓缓道,"他说得很对,过几年联盟军方如果要大换血,空缺正好对接预备校现在的这批学生。"

"所以从去年起,联盟军校在预备校的招生名额就开始增加了……还有城西的扩建。"林隅眠低声说。

"我的重点在于,军校学生在校期间不允许建立婚姻关系,毕业前禁止接触联盟中心事务,一直是死规定。"陆承誉侧头看向林隅眠,"这么聪明讨巧的办法,你教他的?"

"我不是你,我从来不干涉他的决定。"

"我知道。"陆承誉说,"你不是在给他们自由,你只是要跟我作对。"

"总比把自己的儿女当棋子要好。"

"这个圈子里的人谁不是棋子？"陆承誉漫不经心地用指尖敲着杯壁，"你和我以前也是，忘了吗？林隅眠。"

"别叫我的名字。"林隅眠皱着眉。

"那叫你什么？"陆承誉又转过头来，月光透进窗，照亮他的侧脸。他看着林隅眠，罕见地有些似笑非笑，"哥？"

林隅眠猛地抬起头，脸色煞白地盯住他。

贺蔚从家里带了瓶红酒出来，让许则一定要尝尝。陆赫扬考虑到许则明天还要工作，让他不要喝，但许则说没关系。

因为他说没关系，所以贺蔚拉着他从"夏令营一年比一年无聊"说到"池嘉寒鼻尖上的那颗小痣长的位置挺好的"，并试图从许则那里套取一些关于池嘉寒的秘密。

回去时是顾昀迟开车，陆赫扬跟许则坐后座。贺蔚一路上还在不停地说一些没有营养的垃圾话，顾昀迟嫌烦，开了音乐，把音量调大。许则和陆赫扬视线在后视镜上交汇，再没移开。

到了楼下，许则推开车门，陆赫扬也下了车，说："他喝多了，我送他上去。"

顾昀迟干脆把车熄火，彻底抛弃贺蔚，自己下去抽烟。

楼道还是那么暗，陆赫扬握着许则的手臂扶他往上走。走到二楼，许则突然问："你……对什么样的人感兴趣？"

他从贺蔚几次的话里听出陆赫扬好像没有让谁走进过内心，所以他很想知道，没有别的目的，仅仅是想知道一下——什么样的人会让陆赫扬在意。

"精明的，脸皮厚的。"陆赫扬回答，"会问我要这要那，心安理得地让我给他很多钱。"

许则想了一下，说："你骗人。"

他可能是迟钝了点，对陆赫扬所说的都深信不疑，但还不至于真的失去判断力，分不出什么是实话什么是搪塞。

"骗的就是你。"陆赫扬坦然承认，声音里带着点笑意。

走到家门口，许则拿出钥匙开门，陆赫扬没有跟着进去，对许则说"再见"，接着将门关上。许则就站在屋里，微微歪头，睁着一双眼睛从门缝里望他。

门即将被彻底关上，但忽然又被推开了。

许则难得被吓了一跳，眼睛随着门打开而睁圆一些。

"怎么了？"他问。

陆赫扬走进来，反手关上门，说："你这么看着，我怎么走？"

许则：……

许则认真地思考几秒，然后抬手捂住眼睛："看不到了。"

有的人喝醉以后格外烦人，比如贺蔚；有的人喝多之后会变得有意思起来，比如许则。

"好，那我走了。"陆赫扬说。

许则听到门打开又关上的声音，他安静地呆站了会儿，才把手放下来。

灯光是暖黄色的，陆赫扬还站在面前，笑着看他。

想象不出陆赫扬会玩这么幼稚的游戏，许则不确定地去碰他的肩膀——陆赫扬是真的没走。

衣服上被许则戳过的地方有点皱，陆赫扬把那里抚平。他的动作并不带任何嫌弃或讨厌，有故作严肃的意味，许则于是又在那里戳了戳。

陆赫扬便再次把衣服褶皱抚平，然后抬起手，朝许则露出掌心。

喝了酒的许则好像也更聪明一点，戳戳陆赫扬的手心。

陆赫扬就抿唇笑了笑，说："很不错。"

这个回答听起来要靠谱很多，许则注视着陆赫扬，眼皮一耷拉一耷拉的，好像要睡着了。

"前几天我去拳馆拿东西，在那里看到贺予了。"许则含糊地说。

"你说贺蔚的堂哥？"

"嗯，他好像跟俱乐部里的人很熟。"

"好，我跟贺蔚说一下。"陆赫扬又笑，问他，"为什么不直接跟贺蔚说，要先告诉我？"

许则仔细地想了想，说："跟你比较熟一点。"

"只是比较熟一点吗？"

许则直起身，开始不停地揉眼睛，脑袋越来越沉，他不知道该答什么，怕答错。

"我要走了，他们还在楼下等我。"陆赫扬把许则没轻没重地揉眼睛的手按下去，"还有半个月开学，别太辛苦。"

"嗯。"许则点头。

陆赫扬说："去休息吧。"

许则看了他几秒，转身朝房间走。他在关门前朝陆赫扬挥挥手告别，陆赫扬站在大门边看着他。等许则关上房门，陆赫扬才离开。

"许则，弄完了吗？那边的车帮忙洗一下。"

"好。"许则从车底下出来，收拾好工具箱，去隔壁洗车间。

上清洁液，冲完水擦干车身，许则正要去拿气枪，又有人叫他。"许则，有人找你。"

许则回过头，一辆黑色商务车停在门口，副驾驶那侧的车窗降了一半，露出来的是完全陌生的脸。许则擦了擦手，走过去。

车上下来两个保镖，一前一后地站在车头车尾。后座的门被推开，许则站定，面无表情地看着唐非绎下了车。

有段时间没见，唐非绎又瘦了点，脸上没什么血色，透着阴沉沉的病态感。想起拳手说唐非绎受伤了，许则往他手腕上扫了眼——他被袖口遮着，让人看不出什么迹象。

"什么事?"许则问。他不想跟唐非绎在这里浪费太多时间。

"没什么事,就是好奇。"唐非绎古怪地笑了笑,"好奇我们的小拳手都搭上联盟理事长的儿子了,怎么还在这里洗车。"

许则皱了皱眉,对"联盟理事长的儿子"这个称呼非常陌生。

"你不会还不知道吧?陆赫扬是联盟理事长的儿子。"唐非绎神色嘲讽,"跟在人家屁股后面这么久,连这个都不知道,还不如他养的一条狗。就这样还想着从俱乐部脱身,谁给你的底气?"

"所以呢?"许则平静地反问。

唐非绎对许则的认知错误之一在于他总认为类似的侮辱性语言会打压到许则,但许则其实从不在乎这些。

关于自己和陆赫扬,无论多么难听的话、刻薄的嘲讽,只要不是陆赫扬亲口说的,那么对许则而言,就都是不重要的。

想退出俱乐部这件事本质上也与陆赫扬无关,是许则一早就有的打算。当初要不是叶芸华动手术着急用钱,许则不可能跟唐非绎签合同。

"所以,来提醒一下你,你跟陆赫扬不一样,我要整你,真的是件很简单的事。"

他说着去拍许则的脸,被许则偏过头冷冷地避开。唐非绎却不依不饶地扣住许则的下巴,强迫他直视自己:"就算你不怕死,好歹也要想想你躺在医院里的外婆吧,许则。"

话音还没落,唐非绎连许则抬手的动作都没看清,手腕上猝然传来剧痛,他被许则反钳住右手,被掐着脖子以巨大的力道按在车上。

车旁的保镖立马围上来,唐非绎咳嗽了一声:"都别动。"

许则没戴手环,S级的精神力弥散开来,压得人有点站不住。唐非绎的颈侧和手腕痛得发麻,脸抵着车顶边沿,说话都含糊:"看来你也知道自己的把柄有多多啊。"

他嗤笑一声:"就凭你能把我怎么样?"

"会杀了你。"许则语气冷静地说。

许则不做空放狠话的无聊事，这个唐非绎清楚，他说了，就一定会不惜一切代价地做到。

"好啊，走着瞧。"

"看出什么了吗？"车子驶离汽修厂，唐非绎揉了揉胀痛的右脸，声音冰冷地问。

"暂时发现两个，不知道到底有多少人。"

"确定不是其他汽修厂的人？"

"确定，那两人很警觉，我们刚一到，他们就发现不对了。"

"从许则身上入手总没错的。"唐非绎看向车窗外，"他们会有忍不住冒头的时候，抓住一个，后面的人就好找了。"

他活动了一下还没恢复好就又被许则拧伤了的右手手腕，这只手非但再也拿不了枪了，现在甚至连烟都夹不稳。

"我一向是很讲公平的人。"唐非绎慢慢地靠到椅背上，不知道是说给谁听，"只是想要对方还我一只右手而已。"

他就算要不了陆赫扬的右手，也必须要找出动手的那个人。

在原地看着那辆车驶远，许则转身走回汽修厂，在门口的水池边洗了个手。盯着水流看了片刻，许则又掬水洗脸。

唐非绎出现得太招摇，不少人都看见了。有人过来问许则："许则，怎么回事啊？"

"没事。"许则抹掉脸上的水，"不会影响店里的。"

他回到洗车间，想把活干完，手机忽然响了一声，许则立刻拿出来看——不是医院那边打来的，许则的神色放松了点。

是陆赫扬发来的消息，一张照片和一条文字信息。

照片是陆赫扬在海里冲浪的侧影，弓着腰背，充满活力，阳光和水珠几乎要隔着屏幕落在许则的脸上。

文字信息是一句很短的话：小则，等回来一起玩。

许则看了好一会儿，最后把照片保存下来，关掉手机，继续擦车。

十分钟后，许则收拾好车里车外，关上车门。挂毛巾的时候手机又响了，这次是电话，陆赫扬打来的。

"喂？"

"等一下。"电话那头传来贺蔚吵吵闹闹的声音，陆赫扬似乎是走了几步，到稍微安静点的地方，才继续说，"许则。"

"嗯。"

"在忙吗？"

"没有，怎么了？"

"看到信息了吗？"

许则回答："看到了。"

"那怎么没有回？"陆赫扬好像是笑着问的。

毛巾没挂好，掉地上了，许则俯身捡起来，说："因为不是你发的。"

"嗯，贺蔚用我手机发的。"

许则点点头，点完才想到陆赫扬看不见他点头。他正要开口，陆赫扬接着说："许则，别担心。"

很突然的一句话，许则一时间不知道该怎么作答，因为他现在确实有要担心的事。

"无论什么事都别担心，没关系的，我会解决。"陆赫扬说。

如果不是周围空无一人，许则简直要怀疑陆赫扬就站在他身边，否则他为什么会这么适时地说这样的话。

尽管他有很多想不明白的地方，但许则仍然从陆赫扬的话里获得了奇怪的安慰。他一直习惯自己解决问题，这是第一次对"安全感"这种东西有切身的体会，是被安抚了焦躁和紧张情绪的感觉，有点陌生，有点新奇。

许则隔天一早就去了疗养院，按理说他不需要太担心，这家私人疗养院里有不少身份特殊的病人，服务和安保质量一直很高，许则之前还经常能看见某些病房外守着保镖。

周祯也刚上班，换好白大褂从办公室里出来查房，正好遇见出电梯的许则，有点惊讶："怎么了，这么早过来？"

"给外婆带早饭。"

"这里的早饭都是根据你外婆的身体情况搭配的，真没必要自己大老远跑一趟。"周祯笑笑。

许则点点头，绕过拐角，看见叶芸华病房门外的椅子上坐着一个高大的男人，正在翻看一本书，听到脚步声后侧头朝许则瞥了眼，又继续看书。

"是隔壁病房的保镖吗？"许则问周祯。

"啊……是的，是。"

叶芸华刚在护士的协助下洗漱完，许则把早餐放到桌上，周祯一边对着仪器做记录一边跟叶芸华聊天，问她有没有什么不舒服，没多会儿便跟许则打了个招呼，去别的病房了。

"吃早饭了。"许则把调羹递到叶芸华手上。

叶芸华上下打量他，问："你是新来的护士啊？"

"嗯。"

"那我问问你啊，他们都不肯告诉我。"叶芸华拉着许则的手让他坐下，靠近他，"在这里住一个月多少钱啊，是不是很贵？"

"不贵的。"许则回答。

"肯定很贵，小媛什么时候来接我回去？许铭天天在外面出任务，她又不会做饭，许则跟着她老是要挨饿。"

许则开便当盒的手一顿，他已经很久没从叶芸华口中听到父母的名字。

甚至他在这一刻觉得，遗忘也许真的是件好事。这样叶芸华就不会记得许铭死在十年前,乔媛死在六年前,她还等着女儿来接自己出院,还想着回去给外孙做饭。

她的记忆停留在十几年前,这个家里只剩许则一个人在往前走了。

"他们有点忙,最近可能来不了。"许则低声说。

"你怎么知道的?小媛给你打电话了?"

"嗯,打来的时候你在睡觉,就没有叫你。"

"那下次记得叫我起来接啊,行不行?"

许则坐在那里,手上拿着一个饭盒盖子,迟迟忘记放下。

"好,一定叫你。"

离开学还剩两天,夏令营结束。下飞机时是中午,陆赫扬跟贺蔚在外面吃了个饭,今晚是池嘉寒哥哥的婚礼。

"你不去是对的。"贺蔚说,"要不是池嘉寒当伴郎,我也不去。这种场合,我们这些小辈肯定要被拎着去搞社交,想想都很烦。"

"昀迟呢?"

"他应该不去吧,自从那个人冒出来之后,他心情就一直很差,你又不是不知道。"贺蔚叹息,"97.5%的精神力匹配度,太高了,昀迟的身体情况那么特殊,弄不好一辈子都要被套牢了。"

陆赫扬喝了口柠檬水,没有说话。

吃完饭,回家,洗澡,午睡,陆赫扬在下午三点左右出门。到了许则工作的汽修厂,陆赫扬把车开进洗车间。洗车的人很有眼色,态度极好地问陆赫扬要不要去店面里坐坐,吹吹空调喝口饮料,被陆赫扬谢绝了。

"许则在哪儿?"他问。

"哦,找许则是吧?"那人说着放下水枪,"他在隔壁修车间,凌晨来了辆事故车,他加班修到早上。白天事情又多,他一直没空闲,现在手头那辆不知道弄好没,我去帮你叫他。"

"不用了,我自己去找他,谢谢。"

"啊,行。"

修车间里有点吵,陆赫扬从大门走到最里间,没有看见许则。最后他问了其中一个修车工,对方指了指角落里的工具间。

半开放式的工具间没有门,靠墙的那头有张脏兮兮的破沙发,不大,两人座的那种,许则正蜷着身子在上面补觉。周围杂乱吵闹,许则穿着那套蓝色连体工装,整个人弯曲,像被挤到调色盘上的一截蓝色颜料。

工具间里没开灯,光线不太好,只有一道细窄的夕阳从窗外投进来,照在许则疲累安静的脸上。

陆赫扬看着他,觉得耳边的声音在远去,渐渐消失。

这学期的暑假很短,只有一个月,发生了大大小小的事,有人做了决定,也有人被规划命运。陆赫扬无法从自己和旁人身上预见即将发生的改变,一切都是未知的,有很多不确定,但他一站到许则面前,看见他的时候,就会再次进入那种静默安宁的状态。

许则什么都不用做,光是在那里,就能帮陆赫扬逃离现实的所有。

"许则,许则。"

许则:……

许则睁开眼睛,皱了一下眉,坐起来:"你怎么过来了?"

池嘉寒在他身边坐下:"没怎么。"

拿出手机看时间,自己大概睡了半个多小时,许则松了口气。他摸了一下后颈上的稳定贴,说:"我在精神波动期。"

"没事,我戴了手环。"池嘉寒把一个纸袋递给他,"吃点东西。"

"沙发脏。"许则要站起来去找干净的纸板,"你等一下。"

"你吃吧。"池嘉寒拉住他,"没关系的。"

许则拆开袋子,拿出点心,没吃,问:"出什么事了吗?"

"我哥今天晚上要结婚了。"

"……恭喜。"许则说。

"我有什么好恭喜的,该恭喜的人是他。"池嘉寒趴下去,下巴搭在膝盖上,用手指揪着鞋带,"我哥给我打了一百万,说是给我的伴郎红包。"

"真替他高兴。"池嘉寒这么说着,脸上却没有任何喜悦的神色,他挠挠眼角,"外婆如果需要用钱,我打给你。"

知道许则肯定会拒绝,池嘉寒又说:"是借的,劝你早点跟我借,否则我爸知道我哥给我打钱,又要冻结我的卡了。"

许则轻声说:"好。"

他明白池嘉寒不是特意过来说钱的事,而是因为难过,所以来找他待一会儿。

很多年前,叶芸华带许则去过池家做糕点,于是许则碰到了同样不爱说话、喜欢一个人待在房间里的池嘉寒。叶芸华总是会把新鲜出炉的糕点包一小袋,让许则先悄悄拿去给池嘉寒吃。

那时池嘉寒的父母已经离婚半年,父亲的旧情人带着比池嘉寒大八岁的私生子来到池家,成为名正言顺的池太太。

后妈在客人们离开后把吃剩的点心扔给池嘉寒,那个私生子哥哥却是个放学回来会带他去花园荡秋千的少年。

初三的暑假,去书店的路上,池嘉寒经历了第一次精神力波动期,是多年不见的许则在小巷里把他从几个混混的手上捞出来,带到特助中心打精神力稳定剂。

池嘉寒厌恶男性,厌恶来源于自己的父亲和遇到过的坏人,只有哥哥和许则是例外。

"我先走了,要提早去酒店做准备。"池嘉寒呼了口气,直起身。

许则跟着他站起来:"天要黑了,不安全,我送你。"

"不用的,司机就在外面。"池嘉寒说,"我走啦。"

他想笑一下,但是没能笑出来,许则看了池嘉寒片刻,抬手捏捏他的肩膀。

把池嘉寒送出汽修厂，许则往回走，有人叫住他。"哎许则，怎么隔三岔五就有人来找你？今天一天来俩。"

"两个？"许则停住脚步。

"是啊，前面还有个人来了没一会儿就走了，我以为你知道呢。"

想到陆赫扬应该也是今天回国，许则立即问："长什么样？"

"就……跟你差不多高，看起来很有钱。"

"好，谢谢。"

许则摸出手机，想发信息问陆赫扬是不是有什么事，但又想到陆赫扬没有叫醒自己，也没有给自己留言，大概只是过来看一眼——虽然许则不晓得陆赫扬是怎么知道他在这里打工的。

经理从隔壁店里出来，喊许则来算工资。许则去他办公室里看了整个月的工作单，确定没有问题后签了字。

"活干完了的话你就回去吧，这个月你也挺累的，过两天就开学了，在家休息休息，工资明早打到你卡里。"

许则点头，经理抖抖烟灰，又说："你这么好的苗子，学东西快，又能吃苦，不该在这种地方。好好学习啊，考上好学校了跟我报个喜，知道没？"

"一定。"许则回答。

晚上，婚礼的流程一走完，池嘉寒就不见了。贺蔚穿过托着酒杯谈笑风生的宾客，走到礼厅外，这里是酒店顶层，露台上嵌着一个"S"形泳池，围栏全透明，不远处就是海。贺蔚稍稍有点恐高，一边捂住心口一边走，终于在角落那把遮阳伞下看见一颗熟悉的脑袋。

绕过木栏，贺蔚走下台阶，池嘉寒背对着他坐在椅子上，不知道在看什么。

走近了，贺蔚才从高楼的风声里听见池嘉寒在哭。

他的第一反应不是上前安慰，而是转身跑掉——凭池嘉寒的脾气，要是在偷偷哭的时候被别人发现,一定会气得再也不想看见对方。

但贺蔚最终还是没跑,真要跑了才傻。

他很冷静地朝池嘉寒走过去,然而由于光线不佳,半道被椅子绊了一下,整个人狠狠地踉跄几步。

"哎呀……"贺蔚要吓死了,真怕自己没刹住从玻璃围栏上翻下去。

池嘉寒被惊动,一下子不哭了,问他:"你干吗?"

听见他带着哭腔的声音,贺蔚受到了安慰。他站稳后在池嘉寒身边坐下来,说:"没干吗,找你聊天。"

"有什么好聊的。"池嘉寒吸了一下鼻子。

贺蔚从胸前的口袋里拿出方巾递给他:"好啦,那不聊了,我陪你坐坐。"

池嘉寒不接,贺蔚就问:"是要我帮你擦的意思吗?"

"神经病。"池嘉寒说。

他把方巾拿过去,在脸上擦了擦,但眼泪好像越擦越多,完全止不住。贺蔚拍拍池嘉寒的背,接着揽住他的肩,说:"我们小池是因为哥哥结婚了所以这么感动吗?"

池嘉寒从牙缝里挤出两个字:"闭嘴。"

于是贺蔚闭嘴了。

几分钟后,池嘉寒的情绪平复了一些,他把眼泪擦干,正打算起身,就听见上面传来木地板被踩踏的脚步声,离他们很近的地方,那道木栏旁,有几个人在那里站定。

"城西的项目肯定没着落了,我看过草拟的招标书,上面的条件完全是为顾家量身打造的。"

这声音贺蔚耳熟,那人是陆赫扬的姐夫魏凌洲。

"那城西和码头的线就等于要断干净了,啧。"

池嘉寒微微瞪大眼睛,凑到贺蔚耳边小声说道:"是唐非绎。"

贺蔚低头看他,有点诧异池嘉寒怎么知道唐非绎,不过他很快想到池嘉寒跟许则是朋友，对俱乐部的事应该也有了解。

"你这理事长女婿当的……"唐非绎又笑了声，"这么大的好处，居然真的不给你。"

"陆承誉一路上都是靠顾家提供大把的钞票，人家的合作二十多年前就开始了，你又不是不知道。"魏凌洲轻嗤，"再说了，都查出我跟你有来往了，怎么可能还会把项目给我，那边的人又不傻。"

"这件事扳不回来了，你还是尽快把城西那边收拾干净，既然已经被盯上了，就安分点。"

这是第三个人的声音，贺蔚拧起眉——是贺予。

前段时间陆赫扬告诉他许则说在俱乐部见过贺予，当时夏令营还没有结束，贺蔚打算回来再问贺予的，甚至想着等婚礼结束就问，却没想到会在这里听到他和唐非绎还有魏凌洲的墙脚。

"我是没问题，又不止城西这一个点，但你们加入之后的重心都在城西，利润还没分到多少就断线了，你们甘心？"

"甘心不甘心的，也没办法。"魏凌洲说，"不过我倒是觉得不用太急，慢慢地收尾就行，能走几批走几批，太胆小，是永远赚不到大钱的。"

"还是魏总有远见。"唐非绎似乎对魏凌洲的观点很满意，"资源还没耗尽，就要好好地利用到最后一刻。你说呢，贺总？"

贺予没有立刻回答，过了几秒才说："小心点总是没错的。"

有其他人来了露台，三人便结束了对话离开，留下一阵夹杂在风里的烟味。尽管和贺蔚待在一块，池嘉寒现在却莫名觉得冷。

"魏凌洲，唐非绎。"池嘉寒抬起头，"还有一个是谁，你知道吗？"

"贺予。"贺蔚的侧脸看起来严肃又凝重，是很少见的神情。他说，"我堂哥。"

一个是联盟理事长的女婿、财力雄厚的富商之子魏凌洲，一个是联盟船舶运输集团的继承人贺予——唐非绎挑选合作伙伴的眼光倒是很毒辣。

池嘉寒张了张嘴,想问什么,但最终没有出声。贺蔚还看着围栏那边,在沉默。

贺蔚转过头,确定他没有再哭之后,说:"走了,我们回去。"

"要怎么办?"池嘉寒忍不住问。

"只是听见了这么几句话而已,没用的,我到时候问问赫扬和昀迟。"

"小池,今天就当没听到,别告诉别人,不要让自己有危险。"贺蔚用双手托住池嘉寒的脸,揉来揉去,"知道了吗?"

池嘉寒还没有回过神,鼻尖那颗小小的痣在月色下若隐若现,贺蔚低头在上面弹了一下。

"滚啊!"池嘉寒立即回过神,一拳砸在贺蔚的肩上。

暑假的最后一天,许则在精神力波动期中度过。这次大概因为他暑假每天干活,经常熬夜加班,导致免疫力下降,再加上已经有较长的一段时间没有波动期了,所以这次来势汹汹。

早上八点多睁眼,许则勉强起来洗漱,过后又回到床上。头晕、燥热,等许则再昏昏沉沉地摸起手机一看,快十点了。

汽修厂的工资已经被打到卡里,许则搓搓眼睛,努力看清屏幕,给自己留了五百块做生活费,其余的全部转到疗养院的对公账户里,接着他关掉手机,又闭上眼。

许则觉得自己好像在做梦,梦里听见敲门声,身体却不能动。许则很想去开门,开门看看是不是陆赫扬来了。

敲门声停了,手机响了。许则在床上摸了有七八秒才摸到手机,又在屏幕上滑了好几下,终于接通电话。

"许则,不在家吗?"

许则说:"在的。"

说完,好几秒,许则才意识到自己只是张开了嘴巴,并没有发出声音,对面听到的应该只有急促的呼吸。

"在干什么?"陆赫扬礼貌地问,"我在你家门口,可以踢门吗?踢坏了的话给你换新的。"

"等……等一下。"许则艰难地支起身子,"马上来。"

他不清楚自己是怎么走到客厅的,门一开,他就站不住地往旁边倒。陆赫扬扶住他,反手关上门,又调高手环挡位,然后把许则带着往房间走。

许则的额头烫得要命。

走进房间,陆赫扬看见床上那个用枕头、被单、衣服围起来的"窝",其中一侧是墙壁,许则大概一晚上都是缩在墙边睡的。

生物书上说,当人出现"筑巢"行为,表示人在波动期内精神力不稳定的程度较重,已经影响到了正常意识。

陆赫扬把许则放到床上,许则果然又摸摸索索地爬回那个小窝,头抵着墙,整个人蜷缩起来,还打了个喷嚏。

潜意识里许则知道陆赫扬来了,想睁眼说话,但本能却促使许则必须回到这个"巢穴",进行自我保护。

陆赫扬把带来的袋子打开,从里面拿出一支退热剂,拧开。他坐到床上,将许则身旁的枕头移走,发现下面竟然还塞着一本暑假作业。

他还是第一次见到有人用作业本"筑巢"的。

"好学生,嘴张开。"陆赫扬把退热剂送到许则嘴边,"吃了药就能写作业了,明天要开学了。"

其实许则没听清他在讲什么,但既然是陆赫扬给他的——许则听话地张开嘴。

味道很奇怪,许则以前没有喝过这个东西,因为贵。他皱着眉把退热剂咽下去,舔舔嘴唇,发出一点声音:"水……"

陆赫扬没有听清:"嗯?"

"想喝水……"许则有气无力,音调拖得比平时长,听起来软绵绵的。

陆赫扬一边起身一边问他:"是在学小朋友吗?"

"不是。"许则努力分辨他说的话,回答。

这期间,陆赫扬已经去书桌那边倒好了水拿过来,说:"不是的话,就不帮你倒水了。"

许则稀里糊涂的,半睁开眼盯着墙缓缓地想了半分钟,最终被迫承认:"是。"

"好的。"陆赫扬把他扶起来。

许则喝了几口水,可能是心理作用,他感觉稍微好了些。其实许则昨天半夜恨不得把整个房间里的东西都塞到床上,摞得高高的,来增加安全感和归属感——这种情况此前只出现过一次,在他精神力二次分化的那天,他像只蚂蚁一样不断地往床上搬东西,但他始终觉得不够。

当时叶芸华已经在精神病院,家里只有许则一个人,他不知道自己正在经历二次分化,只是很迷茫、很慌乱。

那年许则把小床堆得很满,缩在里面躺了一天一夜,但好像所有的措施,都比不上今天简简单单的关怀。

"再喝一点。"陆赫扬一只手喂水,一只手碰了碰他的额头,"听说退热剂味道不太好。"

许则仰着头,一口一口地喝完水,又过了几秒,动作僵硬地下了床,两腿酸软,许则说:"我去洗澡。"

他没有看陆赫扬,脚步不稳地转身朝房间外走,甚至连换洗衣物都忘记拿。

热水阀门被打开,还没来得及脱衣服的许则被淋了一身水,他像棵正在接受浇灌的树苗,一动不动地站着,不出声也不思考。

浴室的门被推开,陆赫扬说:"你忘记拿衣服了。"

许则怔怔地眨了一下眼睛,然后回过头,从模糊的视线中努力地看,发现置物架上空空的,自己确实没有拿衣服。

"真的忘记了。"许则兀自嘀咕。

陆赫扬走到他身后,伸手关掉阀门,看着一件衣服都没有脱却已经完全湿透的许则，问："你一直都是这样洗澡的吗？"

"嗯？"许则低头看看，仍然没有意识到有什么问题，说，"对的。"

"好吧。"陆赫扬语气无奈，"那至少去把干净的衣服先拿进来。"

"嗯。"许则点头，在脸上胡乱地抹了几下，走出洗手间，去找衣服。

他整个人跌跌撞撞，一副随时要栽倒的样子，陆赫扬帮他拿衣服。

回到洗手间，陆赫扬才把衣服放好，水流声又响起，他转过头，看见许则站在花洒下，继续着穿衣服洗澡的壮举。

陆赫扬过去关掉花洒，建议道："我觉得脱掉衣服再洗澡比较好。"

"嗯。"许则又点点头，眼睛却盯着阀门，好像随时就要把它打开。

"我出去了。"陆赫扬说道。

然而还没等陆赫扬迈脚，许则就飞快地再次打开了阀门，热水伴随着雾气倾泻而下，淅淅沥沥地洒在两个穿着整齐的人身上。

陆赫扬一点都没有生气，只说："你怎么这么坏。"

许则不知道为什么忽然笑了一下。

"笑什么？"陆赫扬问。

许则笑是因为他觉得现在陆赫扬在陪自己一起当被浇水的树苗了。

新学期，所有S级的学生被集中分在一、二两个班级。许则和贺蔚在一班，陆赫扬跟顾昀迟在二班。

开学第一天早上，许则没来，顾昀迟没来。顾昀迟一向是随机上学，不来很正常，许则是因为正处于精神力波动期。他自己原本打算来学校的，但陆赫扬让他再多休息一天。

许则醒来已经是九点半，多亏陆赫扬前一天的照顾，许则晚上沉沉地睡了十几个小时，半个梦都没有做。

手机里有预备校的信息，是祝贺学生进入新学期的贺信，以及上学期奖学金到账的通知。预备校的奖学金由联盟中心直接拨款，一直给得很大方——在其他学生眼里或许只是小数目，但对许则来说已经算很多了。

把奖学金全部转进疗养院的账户,许则从床上起来。书桌上放着一堆退热剂、稳定贴,是陆赫扬后来叫人送过来的,唯独没有稳定剂,因为稳定剂的副作用很大。

洗漱完,许则站在电饭锅前对着正在冒泡的粥发呆。暑假一过,他有很多事情需要考虑,针对S级学生的提前招录会在上学期就陆续开始,会有一场接一场的初试、复试、面试,这意味着他没有办法兼顾学习和打工。

就算打工,对他来说也不会有比打拳更赚钱的职业,但为了从俱乐部脱身,以及不再让这具即将要面对各种重要考试的身体冒险,许则不可能回去。

这样短暂地权衡了几分钟,许则关掉电饭锅,给自己舀了一碗粥。他打算吃完早饭就去学校——开学第一天,应该会有一些重要通知,他最好还是去听一听。

新学期的第一个噩耗是贺蔚成了自己的同桌。

当然"噩耗"不是许则的想法,是陆赫扬的评价。

许则背着书包上楼,正是第三节课的课间,陆赫扬和贺蔚站在一班门口的走廊上说话,许则几乎是刚踏上最后一级台阶就跟恰好抬眼的陆赫扬对上视线。

许则还没想好现在在学校里应该怎么面对陆赫扬,也不知道陆赫扬希望自己是怎样的态度,下意识地选择了一种最简单的反应——避开目光,像上学期彼此还完全不熟时那样。

但陆赫扬看着他:"许则。"

两个字很轻易地就戳破了许则生硬的演技,他看向陆赫扬,然后跟被什么东西拽着似的朝陆赫扬面前走去。

"一个坏消息。"陆赫扬说,"贺蔚是你同桌。"

贺蔚靠着栏杆，不正经地向许则隔空抛过去一个媚眼："小则，笑一个。"

"池嘉寒。"陆赫扬越过贺蔚的肩往他身后看，"上楼了。"

"小池！"贺蔚嗖地一下转身，甚至根本都没有看清池嘉寒的身影，"干吗去呢？"

"回去上课。"池嘉寒看了许则一眼。

贺蔚赶紧跟上去："上什么课呢？书给我看看。"

"还以为你在睡觉，刚给你发了条消息。"陆赫扬抬手，碰了一下许则的额头，很快又收回，"不难受了吗？"

"不了。"许则摇摇头。

"退热剂喝了吗？"

"喝了。"许则点点头。

"嗓子怎么哑了？"陆赫扬问，"喉咙痛？"

看到许则略微哽住的表情，陆赫扬笑了下说："我知道了，下次记得保护嗓子。"

"要上课了。"陆赫扬轻轻敲了一下许则的后背，提醒他，"贺蔚废话很多，一个字都不要信，别被他影响学习。"

许则看看陆赫扬，接着就真的没有再说话，点了点头往班级后门走。

找到位置坐下，许则拿出手机，看见陆赫扬十分钟前发来的消息：醒了记得喝退热剂，老师发资料的话我放学帮你送过来。

上午最后一节课，许则过得意外地清静，因为贺蔚知道他精神力波动期还没有过，便没怎么烦他。

午饭时间，贺蔚拍拍许则的肩："一起出去吃吧，去昀迟家的酒店。"

许则抬起头，感觉晕，没什么力气。他说："我不饿，你们吃吧。"

确实不饿，他早饭吃得很迟，现在也没胃口。

"好吧,那你休息一下,不行就请假回家。"

许则"嗯"了声,趴到桌上,将脸埋在手臂里,闭起眼睛。

大概过了几分钟,许则听到脚步声,随后他感觉有人站在自己座位旁。

"很难受吗?"陆赫扬问他。

许则抬起头,额头被压出一个红红的印子。他挺茫然地舔舔唇,说:"有点困。"

"给你叫了点心和汤,汤对嗓子好,要喝完。"陆赫扬把目光从许则脸上移开,坐在贺蔚的位置上,将餐盒打开,"午休的时候睡一觉。"

小小的一份点心,适合没什么胃口的许则,他闻到汤里淡淡的果香,喉咙奇怪地开始发干,想喝一口。

"好。"许则点头。

"我先跟贺蔚出去吃饭了。"

教室里就剩许则,其他人大多回去吃饭休息,只有少数学生会在食堂就餐,然后回教室午睡。许则一边出神一边喝汤,他戴的是陆赫扬送的手环,比起自己的旧手环,尤其是在精神力波动期,戴起来舒服很多。

今天贺蔚的座位周围很热闹,因为池嘉寒又过来坐下了。

他看了眼作业本上贺蔚的签名,嫌弃地说了句夸奖的话:"字写得倒是好看。"接着又问许则,"波动期还没过吗?"

"嗯。"

餐具上印着顾家旗下某个酒店的标志——但当然不可能是顾昀迟送来的点心和汤。池嘉寒问:"陆赫扬让人给你送来的?"

许则:……

许则后知后觉地去翻包装,想找外卖单。

"这家不送外卖的。"池嘉寒的表情一言难尽,"而且你吃的这种点心,都是后厨专门请……"

"算了。"池嘉寒说,"你吃吧。"

许则却好像没办法继续吃下去了:"是不是很贵?"

"无所谓,反正顾昀迟又不会跟他收钱。"池嘉寒忍了忍,但没有忍住,问,"你们现在关系很好?"

上学期他还只是听说许则和陆赫扬偶尔会一起走,怎么一个暑假过去,他们就演变成了这种会帮对方订餐的关系。池嘉寒对陆赫扬不太了解,但也知道他不可能会管这种事。在一定程度上,陆赫扬的人际交往态度跟许则差不了多少。

见许则沉默,池嘉寒便问:"你觉得陆赫扬会和不是同一个世界的人相处很久吗?"

许则微微皱了一下眉,回答:"不知道。"

"停在这里就行了,不要跟陆家的人走太近,会变得不幸。"池嘉寒说,"陆赫扬的姐姐以前就是……"

"算了。"池嘉寒又打断自己,他今天已经说了两次"算了","你心里其实比我清楚多了。"

他是清楚,尤其在知道陆赫扬的背景之后,那是许则仰着头看、把脖子仰断了都不一定能看得到的位置。可能有的人会勇敢一把,或野心勃勃地追着往上爬,但许则不属于其中的任何一种,他自始至终都知道他和陆赫扬是两个世界的人,不会一直有交集。时间一到,他会收拾好跟陆赫扬有关的一切,从那间本就不属于他的空中楼阁上跳下来,回到小房间,把东西放进书桌抽屉,然后关上,一切都结束了。

池嘉寒推了一下许则的手腕,示意他不要发愣了,接着吃。随后他转开话题:"文件发下来了,你打算参加哪些学校的提前招录?"

"还没有仔细看。"许则说。

"不会想跟陆赫扬读同一个学校吧?"

"不会。"许则回答。他们的未来显然是在两个完全不同的方向,陆赫扬大概率会从政,联盟大学是最佳选择。许则偏向于专业性、技术性强一点的大学,学业很忙很累没关系,只要不是太封闭,也不能离首都太远,因为他需要经常去探望外婆。

"你呢？"许则问池嘉寒。

"无所谓。"池嘉寒耸耸肩，"反正也不是我自己说了算。"

首都大学外交学院，陆青墨已经有好几年没来过。她从一开始就被陆承誉安排进联盟外交部，是整个学院里毫不费力就走到行业最顶尖的一个。毕业后学院曾不止一次地邀请她作为优秀毕业生与现任联盟外交官回校演讲，陆青墨却始终回避。

她知道自己为什么胆怯，故地重游有时候是件很残忍的事。

多功能大教室被重新装修过，熟悉感减少很多。台下坐着三百多名外交学院的学生，每个人都认真地注视着陆青墨，她见惯了国家首脑与各大媒体的镜头，这种场合对她来说反而是轻松的。

演讲临近尾声，大教室右侧的门被推开一点，有人安静地走进来——演讲过程中时常有人进出。但陆青墨这次莫名朝那边望了一眼，十分无心的一眼，让她原本流利的表述生生地卡壳两秒。

她忽然忘记要说什么，有些僵硬地低头看稿——这是她在今天的演讲中第一次看发言稿，然而她看了之后才意识到，稿子的内容她早就讲完了，现在是自由延伸时间。

"抱歉。"强制拉回思绪，陆青墨抬起头笑了笑，目光没有焦点地落在观众席上，继续演讲。

结束后，陆青墨又在教室留了半个多小时，回答学生们的问题，直到院长过来。陆青墨向院长道别，离开教室前她环视了一圈，似乎在找人，但没有找到。最终她推开门走出去，走廊上只有零星的几个学生。

陆青墨垂着眼睛，觉得空虚，脑袋和身体都是，有种失落又侥幸的感觉。

"陆小姐。"

身后有人叫她，陆青墨猛地停住脚步，在心里将那道声音重复了一遍，然后回过头。

韩检的手里拿着一份教案，慢慢地朝她走过来，左腿微跛。他的脸上仍然带着淡淡的笑："你走得好快，我都追不上了。"

在韩检走向自己的十几步路里，陆青墨觉得他身上斯文的衬衫褪色了，变成青春洋溢的白T恤，那双腿也是健康的，像在一个平常的课间，韩检来等自己下课时那样。

多媒体大教室也不是现在被重新装修过的模样，踩在讲台上的时候能听到木地板嘎吱作响的声音。他们曾在那座讲台上进行过许多场外交演练，每次演练结束，韩检都会微笑着对陆青墨说："我的提问完毕，感谢您的回答，亲爱的外交官。"

他们原本或许能够成为同行，如果不是韩检的腿变成了这样。

"一下课就过来了，可惜只听到一点结尾。"韩检在陆青墨面前站定，"这场演讲大家期待了好久。"

不知道他说的"大家"是指哪些人，院长，学生，还是谁？

"只能算是分享一点经验。"陆青墨避开韩检的眼睛，"讲得不太好。"

"联盟外交官都讲得不太好的话，就没有人能讲好了。"韩检看着陆青墨，"上次时间紧，都没能和你多聊几句。"

他顿了顿，问："工作很辛苦吧？"

陆青墨将提包的手一点点地收紧："还好。"

仍然没能多聊几句，两人都沉默了。一个安静地注视对方，一个在躲避对视，他们明明有很多话可以说，只是不能说。

和泥泞混杂在一起的鲜血，雨夜里喊到喉咙沙哑的哀求——那个他们总是不愿回忆、不愿想起的夜晚，原来已经过去很久。

久到时间把身上意气风发的棱角通通磨平，把年少轻狂的勇气全数湮灭，只留下重逢时距离一米的隔阂与缄默。

"我下节还有课，要先去教室了。"韩检看了眼手表，"你呢？"

"要去开会。"

"那路上小心。"

"嗯。"

开学第一节课是游泳课,一班二班一起上。两个班的运动类课表重合度很高,所有项目需要在一个月之内考试完毕,以作为提前招录时的体育成绩参考。

顾昀迟今天下午很难得地来上学了,只是脸色十分差,连带着他的同桌陆赫扬都看起来格外阴沉。

"不知道的还以为他们吵架了。"跟许则一起从办公室交完资料回来,贺蔚往二班后门看了眼,说道。

他这样说了,许则才意识到陆赫扬和顾昀迟并没有吵架。

"原来没有吵架。"许则说。

"他俩有什么可吵的?"贺蔚在位置上坐下,搭着许则的背向他挨近,"反正你肯定不会往外说,我偷偷告诉你。"

"再过半个月是顾爷爷的寿宴,他的家人估计会在那时候给昀迟订婚。"

许则愣了一下:"现在订婚?"

"当然不是正儿八经地办,就是先让那个未婚妻出来见见顾家的人。不过顾爷爷是整个家里说话最有分量的人,在他的寿宴上专门把人带出来介绍,跟直接订婚没什么区别。"

"这么快。"许则想不到别的形容词,只觉得太快了。

他认为顾昀迟应该是他们三人中最不受约束的一个,从家庭背景、本人性格各方面来看。但仅仅只是过了一个暑假,最自由的人却最先被套上枷锁,多少有些令人猝不及防——又或许是自己少见多怪,在陆赫扬他们那样的家庭里,强权原本就凌驾于亲情之上,长辈不纯粹是长辈,而是另一种权力的象征。

"那个人也在预备校,听说家里的公司快破产了,如果不是那个人和昀迟的匹配度高,顾家不可能联这个姻。不过没办法,谁让昀迟的体质那么……"贺蔚说着说着就打住了，"唉，算了不说了。要上游泳课了，我们热个身。"

贺蔚最近热衷于跟许则掰手腕，虽然一次没赢过，但不影响他每天都要和许则比试一下。

他朝许则伸出手，许则握住。许则没怎么碰过别人的手，碰过的大概也只有陆赫扬和贺蔚的，两人的手都漂亮光滑、手指修长，是养尊处优没有受过一点苦的样子。

将手肘抵在桌面上，贺蔚认真地盯着双方的手，许则看起来却像在神游。拳头慢慢地朝右边倾斜，贺蔚眼睛一亮，表情兴奋起来，但许则回了回神，手腕加压，将贺蔚的手臂往左按到桌上。

"没关系，输给一个拳手，我不丢人。"贺蔚每次都这么安慰自己，拉着许则的手看他掌心里的茧，"小则，我问问你，如果你认识赫扬之前，我们还是同桌，你会每天都陪我掰手腕吗？"

他以为许则至少会犹豫下，但许则只是很短地顿了半秒，然后回答："应该不会。"

"至少说了'应该'，谢谢你的体贴。"贺蔚微笑。

"许则。"

班里有点吵，贺蔚什么都没听见，许则却立刻转过头，看见陆赫扬站在后门。

"去游泳馆了。"陆赫扬对他说。

许则点点头，把手抽出去，拿起书包。贺蔚这才回头，发现陆赫扬正看着他。

"干吗这么看着我？"贺蔚感到莫名其妙，"被顾昀迟带坏了吧你。"

去游泳馆的路上，贺蔚忽然拍拍顾昀迟的肩，指着器材室的方向："哎。"

许则跟着侧头看过去，器材室外的走廊上，一个背书包的学生在走路。

许则发现自己有点近视倾向，微微眯起眼睛，仍然没有看清那个人的侧脸，只知道对方低着头，很白很瘦的样子。

能明显感觉到周围有精神力的波动，贺蔚及时在顾昀迟的手环上戳了戳，把挡位调高，然后劝他："不要冲动，那个人也是无辜的。"

"要打先打你。"顾昀迟看他一眼，冷冷地说。

游泳课结束，许则回到更衣室。他今天的训练成绩在所有S级学生中排第一，老师只说了句"继续保持"就爽快地放他先下课。

许则在更衣室坐了会儿，直到听见场馆那边传来一声解散哨响，他才站起来，拿着衣服去淋浴间冲凉。

刚把衣服挂好，隔间门被敲了几下，陆赫扬在外面说："你毛巾忘记拿了。"

许则拉开门，说："谢谢。"

更衣室和走廊里吵吵闹闹，淋浴间暂时没有人进来，很安静，陆赫扬走进狭小的隔间。

开学以来，他和陆赫扬没有多少相处的时间，因为陆赫扬从这学期开始也不常来上课了，有时候下午才来，有时候一天都不出现，用贺蔚的话说就是"被顾昀迟传染了坏习惯"，但许则知道不是这种原因。

他甚至来不及去想别的，只能暗自默数着、预估着倒计时的秒表什么时候会被按下。

"赫扬，你好了吗？"贺蔚在离开淋浴间前喊道。

"没有，你们先走，司机会来接我。"

"行吧，许则呢？"

"他提早下课，已经走了。"陆赫扬的手搭在许则肩膀上，平静地回答。

贺蔚"哦"了声就离开了，陆赫扬转回头看向许则，告诉他："这学期我可能不会每天来学校了。"

许则看起来没有什么意见，轻轻点了点头："好。"

他没有问为什么，连一点疑惑的表情都没有，只是很平和地接受这个现实。陆赫扬看着许则的脸,曾经许则还会问他是不是要出国,现在他反而一个字都不问,好像已经做足了某种准备,只等陆赫扬挥手跟他道别。

许则为人处事的原则很简单,不纠缠不强求,也不需要别人对他解释或负责。就算陆赫扬开车带着他,在半路让他下车,然后丢他一个人在路边,他也只会默默地看着车离开的方向,在原地等一会儿,等不到陆赫扬的话,就自己往前走。不会追着车跑,更不会打电话问"为什么要丢下我"。

"也不能经常跟你发信息或者打电话。"陆赫扬以一种开玩笑的语气说,"万一被监听到了就不好了。"

"好的。"陆赫扬这句话应该是暗示自己不要主动联系他的意思,许则把毛巾攥在手心里,还是点点头,"我不会打扰你的。"

几颗水珠从许则的额角滑下来,他的脸色有些苍白,他想自己应该做了很多对陆赫扬来说没有必要的事。

"不要做这样的阅读理解,会得零分。"陆赫扬的声音没什么起伏,他让许则抬起头来,直视自己,"我不是这个意思。"

许则慢慢地问:"那是什么意思?"

不是质问也不是反问,不带任何负面情绪,只是因为陆赫扬说"不是这个意思",所以许则想为自己的零分阅读理解求一个答案,想弄明白确切意思——如果陆赫扬不想回答,也没有关系。

游泳馆的淋浴室隔间不是最好、最完美的地点,现在也不是最佳时间。不止这一刻、这一天,可能往后好几年,都不是合适的、将这个问题问出口的正确时间——但陆赫扬还是问了。

"许则。"陆赫扬松开手,直起背,注视着许则那张安静的、还不知道接下来会发生什么事的脸,问他,"有考虑未来吗?"

许则有个习惯,每次陆赫扬问他问题,他总是不经思考地先点头,再回想陆赫扬的问题。这次也是，陆赫扬话音刚落，许则就点点头。

过了片刻，许则停在那里，身体和眼神都僵住，他试图回想陆赫扬的原话，但想不起来了，只能回忆起一个大概的意思。

陆赫扬看见许则在呆滞很久后微微睁大眼睛，又慢慢地眨了一下，然后他听到许则回答："没有。"

意料之内的答案。他在意陆赫扬，并不意味着就会想要或是有勇气将陆赫扬的未来与自己联系在一起——陆赫扬和自己未来学习、生活走的路完全不一样，他们是两个世界的人，也不可能一直是同行的伙伴。

"是吗？"陆赫扬笑了下，略显遗憾地说。

许则现在要花好几秒的时间才能把陆赫扬的话听到耳朵里，并进行理解。他说："我不是这个意思。"

"那是什么意思？"陆赫扬也这样回问他。

"不是……"许则不知道该怎么表述和解释，试图组织语言，但最终只能承认，"我没有想过。"

他从来没想过。许则认为自己已经从陆赫扬那里得到了比预想中要多得多的东西，作为伙伴，他不贪心，哪怕陆赫扬有天要全部收回，他也会老老实实地将一切都物归原主。

许则以为陆赫扬是一时兴起问了这个问题，但他还是诚实地回答了，向陆赫扬表达自己的态度——没有想过那么多，你不要担心。

可陆赫扬对他说："没有想过的话，现在想一想吧。"

这句话让许则刚建立起来的理解又变得一团乱，他近乎迷茫地皱了皱眉："什么？"

"想想未来的事。"陆赫扬看着他，"还有，以后不管想知道什么，问我吧，我都会回答的。"

他在拉开门之前说："司机在校门口了，我等会儿就要走，你回家路上骑车小心点。"

见许则不回答，陆赫扬提醒他："说'知道了'。"

许则的眼睛终于动了一下,像机器人被充上电。他看着陆赫扬,说:"知道了。"

"好的。"陆赫扬对他笑笑,走出隔间。

等陆赫扬冲完凉,许则才刚把手里的毛巾叠好,他也不知道自己为什么要叠,于是又展开,将其挂到旁边的挂钩上。

"我走了。"陆赫扬的声音在空旷的淋浴间里撞出轻微的回音,"你早点回家。"

"……好。"

许则晚上回家洗澡洗漱后做了一个多小时的卷子,卷子是贺蔚的,家教布置了太多作业,他实在不想写,于是就送给许则。这对许则来说很有用,因为里面的所有题目都不会出现在普通渠道销售的教材或参考书里。

对完答案,研究完错题解法,许则开始发呆。

他始终有种浮着的感觉,不真实,就像穷了很久,忽然凭空得到一百万,第一反应不是欣喜,而是茫然、不解、担忧。

外面起夜风了,吹着树叶,发出海浪一样的声音。过了会儿,许则听到敲门声,不响,但他蓦地抖了一下,站起身时差点把椅子碰倒。

许则原本有很多需要想、需要考虑的事,整个人退缩到那条理智的线上,可是在看到陆赫扬淡淡地笑着的脸和他被风吹得有点乱的头发时,许则决定打消所有顾虑。

陆赫扬不是一百万,是远远比一百万还要好的存在,是往后人生里都不会再遇到的伙伴。许则意识到自己从一开始就没有设想过"拒绝"这个选项,永远拒绝不了陆赫扬,即使他对这件事充满顾虑,也不知道自己能不能做到。

许则一手按在门把上,不自知地把陆赫扬堵在门外。

"家里还有别人?"陆赫扬客气地站在楼梯间,问他。

"没有。"许则往后挪了一步，把门再拉开一点。

他看到陆赫扬的手里拿着一个文件夹，知道陆赫扬应该是有事才过来。

进房间，陆赫扬在书桌前的椅子上坐下，把许则的试卷推到旁边，从文件袋里拿出一沓资料和一支签字笔，然后他转过头看着许则："过来。"

许则就走过去，陆赫扬自然地拉了他一下，让他再走近一点。

"洗过澡了？"闻到许则身上的沐浴露香，陆赫扬问。

"嗯。"

"这里，签个字。"陆赫扬把笔递给许则，指着某个落款的位置。

许则没有看那是什么文件，甚至问都没问一下，陆赫扬让许则签，许则就签了。一份接一份，他总共签了有十多个名字，直到陆赫扬说"好了"，许则才把笔帽盖起来，放到桌上。

"不问问是什么吗？"

许则盯着桌面，问："是什么？"

"卖身契。"陆赫扬回答。

"卖给谁？"许则试着接下这个玩笑。

陆赫扬笑了一下，反问道："你想卖给谁？"

许则觉得自己果然不适合跟人开玩笑，低声说："不想。"

"是一些补助、报销和保险之类的。"陆赫扬把指尖搭在资料边缘，将它们粗略地对齐，"有些东西你之前可能没有了解到，所以你没申请，我把符合你外婆条件的东西都整理出来了。"

"私人疗养院的也可以报销吗？"

"可以的，住院费和医药费都可以报销一部分。"陆赫扬面不改色地、笃定地回答。

许则有疑问，可现在思路比较乱，不知道该从哪里问起。他说："有时间的话，能把电子档发我一份看看吗？"

"可以的。"陆赫扬说。

反正就算他不发，许则也会为他找各种理由，诸如"太忙了""忘记了"之类的，陆赫扬没有太多心理负担。

他又问许则："还有什么要说的吗？"

许则的两只手都握成拳搭在桌面上，他安静几秒，才问："为什么你说这学期会不经常来上课了？"

陆赫扬从身后看见许则问完这个问题之后将肩膀绷紧了，证明许则其实很想知道原因。

"因为我可能要读军校。报军校的话，书面和体能考试的内容会比较特殊，所以要额外补课和训练，还要提前去军校和军事基地参观学习。"

许则像没反应过来，过了会儿才转过身，问："读军校？"

他以为陆赫扬之后一定会进入联盟中心，即使从军校毕业后仍能进入政坛，但联盟大学显然要比军校轻松一百倍。如果最终目的是同一个的话，陆赫扬这样等于是绕了一个大圈，除非他还打算接触军界。

"是的。"陆赫扬答道。

"是你家里要求的吗？"许则的语气很谨慎，因为他不知道自己这么问算不算越界。

"不是。"

"那就好。"这句话许则没有说出口，但他整个人放松下来。

"明天早上我要出国，参加第一阶段的课程训练，大概要一两个星期。"陆赫扬顿了下，"不止这一两个星期，以后可能还需要更长的时间。"

他不单指考军校，而是各方面，他都需要很长的时间，要走过很长的路。

"没关系的。"许则说。

他们本来就是两条不相交的平行线，各自有事要做、要完成，陆赫扬愿意在有空的时候拐个弯，折过来一下，这样就好了，许则没有别的想法。

……不，有的，有一个。

许则不知道盯着什么地方，声音也变低："如果有一天，你真的要走的时候，能不能跟我说一声'再见'？"

不管两人的交集能持续多久，总之需要由陆赫扬来亲口结束，只要陆赫扬说了，许则一定会立刻反应的，不会闭着眼睛假装没有听见。

"再见"的意思是正式道别，不是要陆赫扬承诺会跟他再次见面。

窗外的风还在吹，陆赫扬一只手按在许则的肩膀上，确定这个像蒲公英一样的少年没有被吹走。他说："我会的。"

不止一次地，陆赫扬能感受到许则身上的悲观，或许许则自己都意识不到——有进步的是许则这次不是默默地悲伤，至少他能说出来了。

陆赫扬没待太久，在开门之前，回头看许则。许则的反射弧相当长，又或是在难以置信和忧虑悲观过后终于还是感到高兴，所以脸上好像隐隐有笑意，是那种说不出来、只会一个人傻傻地开心的样子。

"好呆啊你。"陆赫扬笑道。

许则还是用亮亮的眼神看着陆赫扬。

"我走了。"陆赫扬说。他关上门走到楼梯间，没下几级台阶，听见很轻的开门声，一回头就看见许则正从门缝里，隔着防盗门在看他，陆赫扬于是朝他挥了挥手。

下了一层楼，陆赫扬突然意识到盛夏已经过去，小区里的栀子花已经没有了，他只能闻到树和风的味道。

等陆赫扬消失在楼道里，许则关上门，回房间拉开窗帘，打开窗户，手撑在窗台上往下看。

大概半分钟，他看到陆赫扬迈出楼道。走了几步之后陆赫扬转过身，从摇曳的枝叶间抬起头。斑驳的光影洒了他一身，树叶晃动，海浪一样，陆赫扬站在夜色中的树下，就像站在海底。今晚的月亮其实很漂亮，但许则没有抬头看，只远远地从窗台俯视着树海。

许则今天无法早睡，做试卷做到半夜，在去床上睡觉之前，拉开抽屉，拿出那本小本子，翻到画了十二个圈圈的那页，又再翻一页，用笔在第一行的开头写下今天的日期，然后画了一横。

　　可能这个"正"字根本不会被写完整，又或是他写不了几个就会停止，但都没有关系。

　　这样一横的开头对许则来说已经是没有遗憾的结局。

未完
待续

番外一

一罐 糖果

YIGUANTANGGUO

后台更衣室空无一人,许则将桌上横七竖八的空酒瓶推到一边,勉强腾出一小块空地,把书包放上去,从里面拿出拳套。

刚把书包塞进储物格,更衣室的门被"砰"的一声踹开,许则回头,看到一个拳手走进来。

"来得这么早。"拳手随口打着招呼,拉开椅子一屁股坐下,"你今天就打一场是吧?"

"嗯。"许则应了声,关上柜门转过身时忽然愣了愣,问,"你手里的是糖吗?"

17号会主动开口是罕见的事,拳手愣了下,摊开手掌:"是啊,入口柜台那里买的。"

他剥开糖果扔进嘴里:"贵死了,按颗卖的,那小丫头说什么都不肯送一粒给我尝尝,我倒要看看有多好吃。"

不等他品尝后发表评价,许则已经不声不响地迈出了更衣室,穿过长长的走道,去了入口处。

"17号!"柜台的女生隔着人群就一眼看见许则,身体往前倾,靠在柜台上朝他挥手。

许则走过去,目光在柜台和女生身后的货架上扫了一圈,终于在一个十分不起眼的角落里发现了那罐糖果,他以前从没有注意到。

"那个糖果。"许则指了指,"能给我看看吗?"

"好呀。"女生把罐子拿出来递给许则,"你喜欢吃这个吗?我拿几颗给你好不好?"

"不用的,我想多买一点。"

"买给谁吃啊?"

"一个……朋友。"许则看着那半罐糖果,又问,"只有这些了吗?"

"还剩……嗯……我看看哦。"女生在电脑上查了查,确认道,"除了这半罐,只剩下一罐没有拆封的了。这个糖是国外的牌子,有点贵,买的人不会很多,所以货也拿得特别少。"

"我想买新的那罐,多少钱?"

"一整罐吗?"女生看看屏幕上的价格,语气为难得仿佛是她要买,"那很贵欸。"

女生直接给许则偷偷报了进货价,许则脸上的神色没有波动,只看着那罐糖果。

即使是进货价也很贵,超出许则的承受范围,许则目前身上只有一点零钱,今晚比赛的工资也要立刻转给疗养院,没办法剩下多少。

"帮我留一下吧,我尽快来买。"许则仍盯着糖果,舍不得放下的样子。

女生正要答应,视线一转,忽然慌张地叫了一声:"老板。"

"17号想吃糖了啊。"唐非绎走过来,看了眼许则手上的罐子,"还是这么贵的糖,怎么,发财了?"

许则没有说话,将糖放下。

"不买了吗?"唐非绎露出故作关心的表情,"真可怜,要不要我送你一罐?"

"不用。"许则语气冷淡,"我先去后台了。"

唐非绎似笑非笑:"正好今晚有个拳手打不了,给你加一场比赛怎么样?不但能多为你外婆赚一笔医药费,顺便还可以买你想吃的糖。"

许则一周只有一晚可以轮到打比赛,一个月算下来也只有四场,加赛是运气好才有的事。如果今天能多打一场,这个月的医药费负担就会轻一些,而且还可以买下那罐糖果。

但这场加赛大概率没有那么简单——果然,唐非绎继续道:"是跟 Avery 比,你应该没问题吧?"

许则垂了垂眼,回答:"没问题。"

"Avery……"唐非绎走后,女生惊恐地从柜台后跑出来,拉住许则的衣摆,"17号,Avery 很疯的,大家都怕和他打,这次肯定是找不到别人和他比了才让你上的,你要不要再考虑一下?"

"没关系。"许则轻声对她说,"还是麻烦你帮我留一下那罐糖果。"

"好……"女生担忧地望着许则的背影。

周一,很早很早,早到整个预备校里几乎没有什么人,许则背着书包慢慢走到一班后门。

教室里也没有人,许则把书包放下来,左手缠着绷带,拿不了东西,许则便用手肘将书包夹在怀里,右手拉开拉链,从书包里拿出了一罐全新未开封的糖果。

他在原地静了片刻,走进教室,把糖果放进最后排某张桌子干净而整齐的抽屉里。

许则有点紧张,不是对教室里的摄像头,而是对给陆赫扬送糖果这件事。

他没有什么特别的想法,试图引起注意或是像别人一样用昂贵的礼物拉近关系,都没有,这罐糖果对陆赫扬来说微不足道,许则只是想到小时候,七岁时短暂见过的十几面里,陆赫扬总是分享给他这样的糖果,也是爸爸在世时会给自己买的糖果。

那时的许则没有什么能给陆赫扬的,现在也没有,只有这罐糖果。

许则离开一班教室,往食堂去。他其实不饿,嘴角和脸肿得几乎无法吃东西,但午饭时间食堂没有白粥,所以要现在去打包一碗粥留着中午吃。

他微微抿着唇,没有笑,但眼睛里有一点点亮光,因为给陆赫扬送了糖果而感到开心。

从食堂回来,学生渐渐变多,经过许则身边时向他脸上和四肢上的伤口投去诧异的、观察的目光,许则只是沉默地走着,像平常一样。

许则从对面楼上楼梯,走过天桥,途中刚好可以透过窗户看到二楼几个教室的内部。

走到一半,许则停下脚步,盯着一班教室的窗户。

陆赫扬正走到桌边放下书包,然后随手打开抽屉,在看见糖果罐时,他的动作顿了一下。

许则屏住呼吸,仿佛他才是那个正在被陆赫扬注视着的糖果罐。

他的右眼肿得厉害,因为贴着纱布,有些影响视线,许则擦了一下还算像样的左眼,尽可能不错过任何一帧画面。

陆赫扬将罐子拿起来的那一秒,许则听到自己的心跳变得很快,平静的外表下难以控制地产生一种期待,期待陆赫扬会认出小时候爱吃的糖果,会想起一起分享过这些糖果的,那个站在围栏外不会说话的七岁小孩。

会吗?

在陆赫扬转身把罐子扔进教室后垃圾桶里的瞬间,许则得到答案。

不会。

糖果罐砸进垃圾桶,这几天一直蒙着许则的那层透明壳也终于碎开,于是他总算迟钝地反应过来,他和陆赫扬早就不是可以隔着围栏分享糖果的小孩,而是预备校里毫无关系的陌生校友,生活在必须要处处谨慎的世界,陆赫扬不可能轻易品尝任何来路不明的东西。

冲动的、愚笨的、多此一举的、不自量力的行为，就像罐子里的一颗颗糖果，是要被丢掉才对。

许则眨了一下眼睛，安静地站了几秒，重新往前走。

转过拐角准备上楼，没有预料地竟然和陆赫扬正面相遇，许则飞快低下头，擦肩而过时他感受到陆赫扬看了自己一眼，普通的并不特别的一眼。

许则不感到难过或失落，他只是有点可惜那罐糖果，有些后悔，自己不应该从这里走的。

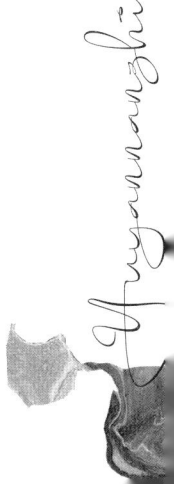

一个夜晚

番外二

YIGEYEWAN

周六,许则中午从疗养院回来后,在做试卷的途中收到贺蔚的消息。

贺蔚:小则,晚上有空出来玩吗?

许则第一反应是拒绝,但贺蔚紧接着又发来一句:赫扬和昀迟也来,今晚有场球赛,一起看嘛。

许则:好的。

贺蔚:六点来接你哦!

后面还跟着一串许则看不太懂的颜文字,他关掉手机继续做题,没做几分钟却又忽然抬起头,看着墙上的钟。

似乎是比平常要更漫长一些的下午。

等热烈的阳光稍微冷却下去,许则整理好试卷和书,去洗手间洗了把脸。

然后他坐到床边,双手撑在床沿,安静地看着窗外被风吹动树叶。

具体不太清楚过去了多久,手机铃声打断了许则放空的思绪,他将目光收回来,起身去书桌旁,看到手机屏幕上陆赫扬的名字,立刻接起来。

"喂？"

"下楼了。"陆赫扬的声音轻又温和，"我在小区门口。"

"好的，马上。"

许则拿了钥匙和手机，跑出门，下楼到小区门口。

陆赫扬已经倒好车子，主副驾驶车窗都开着，许则看见车里没有其他人。

"他们没有来吗？"上车系好安全带，许则顺利地找到话题。

"嗯，就我和你。"陆赫扬问，"要去吗？"

许则有点意外，但还是很快点点头。

"骗你的。"陆赫扬笑了一下，"他们先过去了。"

"好的。"许则完全没有意见的样子，只愣了愣，又点点头。

大概是个足球俱乐部，陆赫扬没说，许则也就没有问。

包间在二楼，有一整面墙壁都是单向玻璃，可以俯视整个热闹的俱乐部大厅。

"小则——"一见到许则，贺蔚就放下饮料张开双臂迎过来，"你居然真的接受了我的邀请，我特别感动。"

许则向来很难招架这种热情，他站在那里任由贺蔚抱住自己，干巴巴地回应道："别这么说。"

一旁的陆赫扬开了听饮料，问贺蔚："输了多少了？"

被打击到了，贺蔚一下子松开许则，对陆赫扬微笑："不会说话可以不说。"

"好的。"陆赫扬将汽水递给许则，顺口回答。

顾昀迟靠在沙发角落玩手机，抽空抬起下巴对陆赫扬和许则点了一下，算是打过招呼。

陆赫扬带着许则去沙发另一头坐，许则只是走得慢了半步，就被贺蔚一把揽过，将他按在自己和顾昀迟中间坐下。

并没有听清小蜜蜂一样的贺蔚在自己耳边嗡嗡了些什么，许则越过他去看陆赫扬，对视时陆赫扬朝他笑了笑。

仅仅是笑了笑，许则却忽然产生一种要完成某个指令般的坚持，对贺蔚说："我们换一下位置可以吗？"

正在滔滔不绝的贺蔚："啊？"

他下意识瞥了眼顾昀迟，恍然大悟，凑到许则耳边低声说："我明白了，顾昀迟那种人，谁坐在他旁边都会不自在的，我都明白。"

许则沉默片刻，说："谢谢。"

"客气，客气。"贺蔚说着起身，迈了一步，在许则和顾昀迟之间直接坐下。

动作太大，顾昀迟看了他一眼。

"许则怕你，我跟他换下。"贺蔚说。

顾昀迟又看了陆赫扬一眼，然后转回目光，意味不明地对贺蔚嗤笑了一声——贺蔚因此被惹怒，也不甘示弱地回给他一声嗤笑。

比坐在顾昀迟身边更让许则不自在的是坐在陆赫扬身边，许则双手握着饮料瓶，一动不动地看着对面大屏中自己完全不熟的球员们，直到陆赫扬歪过头对他说："不想喝的话先放在茶几上吧。"

许则仓促移开视线，喝了一口饮料，然后才回答："想喝的。"

"别喝太多，等一下会送吃的过来。"

"嗯。"许则就听话地把汽水放到茶几上。

没过几分钟，服务员将小食端上来，都没等陆赫扬动手，贺蔚就不断地将吃的往许则手上的盘子里堆，直到许则几乎快把盘子藏到身后。

"我们小则，多吃点，这里的东西味道还可以。"贺蔚说。

"好，谢谢。"

贺蔚的注意力很快就被球赛吸引，许则看着盘子里堆成小山的食物，正不知道该从哪里下嘴的时候，一只叉子伸过来叉走了一块烤牛肉。许则转头，叉子的主人——陆赫扬说："我帮你吃。"

于是许则把盘子往陆赫扬那边再挪了一点，但被陆赫扬直接接过去："我拿吧。"

包厢和楼下大厅都没有开灯，宽阔的场地像一个昏暗的巨大角落，只被屏幕里透出的光薄薄照了一小圈。

许则觉得自己很安全地藏在这个角落里，和陆赫扬共同分享一盘小食。

这份安全在贺蔚心仪的球队接连失利后就消失了，贺蔚悲伤得难以下咽，他说："我不想再看下去了。"

顾昀迟："那就别看。"

贺蔚擦擦眼睛，难过地说："我要玩游戏。"

"应该的。"陆赫扬评价道。

像发泄似的，贺蔚大声道："我要玩真心话大冒险！"

见陆赫扬和许则都没有提出反对意见，顾昀迟按服务铃，让服务生拿了扑克牌和转盘过来。

第一个抽中 King（国王牌）的是顾昀迟，他拨了一下转盘，指针旋转数圈，最后指向贺蔚。

"银行卡密码。"顾昀迟问得毫不拖泥带水。

"你是不是有病？"贺蔚生气，"我选大冒险。"

顾昀迟随机应变："去楼下大厅把地拖了。"

贺蔚瞪他几秒，又回头去看陆赫扬和许则，发现没有人帮自己说话，最后只能愤愤把牌一摔："去就去！"

于是，隔着玻璃墙，陆赫扬几个人坐在沙发上，看贺蔚拎着拖把，在楼下观众的浓浓疑惑中,将大厅的地面火速拖了一遍。

陆赫扬甚至打开手机录了一段视频。

拖完地,骂骂咧咧地回到房间,贺蔚扯了张湿巾擦手,咬牙切齿:"继续。"

抽中 King 的仍然是顾昀迟。

贺蔚精神涣散,直到指针在朝着许则的方向停下,他才长舒口气,幸福地吃了一口小点心。

"大冒险。"许则很干脆地给出选择,如果是下楼拖地一类的话,他完全没有问题。

"可以。"顾昀迟更干脆,"打一下你右边的人。"

许则还没反应过来,贺蔚先不干了:"凭什么!凭什么我是下楼拖地!"

"凭我抽到这个。"顾昀迟晃了晃手里的牌,又越过贺蔚,眼神示意许则可以开始了。

"……"许则转头看陆赫扬,犹豫了一下,问,"可以吗?"

灰暗的光线里,陆赫扬脸上的笑意显得淡淡的,他回答:"可以。"

是在玩游戏,没关系的——许则侧过身,看到陆赫扬大方地微笑着,许则轻轻拍了他一下。

似乎哪个球队进球了,音响里和楼下传来吹哨声与欢呼,但声音在许则的耳朵里变得非常小,而短短几秒却被拉得很长。

贺蔚还是很嫉妒,凭什么许则的大冒险的任务这么简单,而自己就要去干楼下拖地的苦差。

"再来!"贺蔚大喊。

这次抽中 King 的是许则,而被指针指到的又是贺蔚。

"大冒险。"贺蔚眨巴着眼睛可怜兮兮地看着许则,"小则,你不会让我为难的吧？"

"能不能去拿一下冰激凌？"许则说。因为他之前有听到贺蔚疑惑地嘀咕了一句'冰激凌怎么还没有送来'。

贺蔚立刻就懂了，捂住心口："好爱你哦，小则。"

然后兴高采烈地跑出包厢去拿冰激凌了。

没过一会儿，顾昀迟接了个电话去走廊了，包厢里只剩下许则和陆赫扬。

"觉得无聊吗？"陆赫扬问。

许则摇摇头："不会。"

"觉得吵的话随时告诉我，我带你回家。"

陆赫扬顺手递了块吃的给许则。

没有看清那是什么，只知道是陆赫扬给的，许则接了过来。

"不吵。"许则慢慢嚼了几口，幸运地想到一个话题，问，"你喜欢看球赛吗？"

"还好，你呢？"

许则诚实地说："球星全都不认识。"

"那为什么会答应贺蔚过来？"陆赫扬隐隐笑着。

"……"许则低头看了看自己纠结的十指，最终还是选择继续保持诚实，"他说你也会来。"

陆赫扬又喂了块吃的，状似了然的语气："是这样啊。"

话毕，他伸手拿过桌上的牌，一张放在许则面前，一张放在自己面前。

许则一开始没有理解，到陆赫扬将牌翻过来，他忽然明白，于是也翻开自己的牌，是 King。

然后陆赫扬按了一下转盘，指针缓缓停在他的方向。

"真心话，还是大冒险？"许则慢吞吞地、有些不确定地问他。

陆赫扬回答："真心话。"

这一秒许则意识到这并不是游戏，可他好像没有什么想问的——又或是想问的都不敢问，不知道该怎么问。

机会是很珍贵的，错过就没有了。许则又这样想。

"你现在……"在陆赫扬耐心的注视下，许则终于斟酌出一个最不显得冒犯的句子，"愿意和我做朋友吗？"

他一直看着茶几，不去和陆赫扬对视，问完后并不觉得轻松，反而更忐忑不安。

走廊上传来贺蔚的声音，应该是和顾昀迟一起回来了，没有听到答案的许则暗暗松了口气，猜想这个尴尬的问题马上就可以揭过去。

包厢门开了，贺蔚的声音变得更清晰，而这时陆赫扬朝许则靠近了一点，低声说出答案。

许则怔怔看向他，陆赫扬只笑一下，抬手接过贺蔚递来的冰激凌。

这里的冰激凌好像比外面的好吃很多——虽然许则没有吃过几次冰激凌，他试图偷看陆赫扬的冰激凌是什么口味的，可惜光线不足，没能看清。

不等他把目光收回来，陆赫扬就把冰激凌递给他："尝尝这个。"

竟然有淡淡的葡萄酒味道，许则有点惊奇，陆赫扬轻声问他："好吃吗？"

"嗯。"许则点头。

"帮我把它吃掉吧，我还要开车，万一被查出酒驾可不好。"

许则答应说"好"，然后微微低下头，吃完了陆赫扬一整颗冰激凌球。

整个过程中贺蔚都紧盯着屏幕上激烈的球赛，一边发出怪叫一边抱怨早知道就去现场看球，回了首都之后没有自由等等。

从始至终只有顾昀迟无意地看了许则这边一眼，又冷静地收回视线继续看手机。

贺蔚对球赛的专注是许则安全感的来源。整个口腔都是冰凉的，充满着冷冷的酒香。

  他转头看了看贺蔚和顾昀迟,接着拿出自己还没吃的冰激凌,犹豫很久,终于积累够勇气,问陆赫扬:"你要尝一下这个味道吗?"

  "什么味道的?"陆赫扬声音很低,刚好只够许则可以听到。

  "抹茶。"

  陆赫扬没有说话,接过了许则手里的冰激凌。

  大概是支持的球队终于进球了,贺蔚跳起来大声欢呼,而许则觉得自己的脑袋里也有欢呼声——他得到了一个很好很珍贵的夜晚。

图书在版编目（CIP）数据

欲言难止 / 麦香鸡呢 著.
—武汉：长江出版社，2023.10
ISBN 978-7-5492-8922-6

Ⅰ.①欲… Ⅱ.①麦… Ⅲ.①长篇小说－中国－当代
Ⅳ.①I247.5

中国版本图书馆CIP数据核字(2023)第113045号

本书经麦香鸡呢委托天津漫娱图书有限公司正式授权长江出版社，在中国大陆地区独家出版中文简体版本。未经书面同意，不得以任何形式转载和使用。

欲言难止 / 麦香鸡呢 著
YUYANNANZHI

出　　版	长江出版社
	（武汉市解放大道1863号　邮政编码：430010）
选题策划	漫娱图书 李苗苗
市场发行	长江出版社发行部
网　　址	http://www.cjpress.com.cn
责任编辑	李剑月
总 策 划	幸运鹅工作室
装帧设计	刘江南 肖亦冰
印　　刷	深圳市精彩印联合印务有限公司
版　　次	2023年10月第1版
印　　次	2025年2月第21次印刷

开本	889mm×1230mm　1/32
印张	9
字数	241千字
书号	ISBN 978-7-5492-8922-6
定价	46.80元

版权所有，翻版必究。如有质量问题，请联系本社退换。
电话：027-82926557(总编室)　027-82926806 (市场营销部)